新時代红旗譜

李天岑　主编

河南文艺出版社
·郑州·

图书在版编目(CIP)数据

新时代红旗谱/李天岑主编. --郑州:河南文艺出版社,2022.8(2022.9 重印)

ISBN 978-7-5559-1389-4

Ⅰ.①新… Ⅱ.①李… Ⅲ.①报告文学-中国-当代 Ⅳ.①I25

中国版本图书馆 CIP 数据核字(2022)第 123487 号

选题策划 马　达　王淑贵
责任编辑 王淑贵
责任校对 赵红宙　殷现堂　梁　晓
封面题字 张克军
书籍设计 吴　月

出版发行 河南文艺出版社
本社地址 郑州市郑东新区祥盛街 27 号 C 座 5 楼
承印单位 河南瑞之光印刷股份有限公司
经销单位 新华书店
纸张规格 700 毫米×1000 毫米　1/16
印　　张 19.75
字　　数 234 000
版　　次 2022 年 8 月第 1 版
印　　次 2022 年 9 月第 2 次印刷
定　　价 36.00 元

印厂地址　河南省武陟县产业集聚区东区(詹店镇)泰安路
邮政编码　454950　　电话　0371-63956290

目　录

《新时代红旗谱》序

徐光春

伟大时代呼唤伟大精神，崇高事业需要榜样引领。习总书记强调“一个有希望的民族不能没有英雄，一个有前途的国家不能没有先锋”。选育先进典型是党的优良传统、政治优势和宝贵经验。党的十八大以来，以习近平同志为核心的党中央高度重视先进典型的选育工作，使时代楷模和英模精神成为党的思想建设重要的一环。

河南，伸手一摸就是春秋文化，两脚一踩就是秦砖汉瓦。作为一个在中原这块热土上工作过的老同志，中原古老而神奇的历史文化像磁石一般吸引着我，在河南工作的五个春秋里，我发现河南有本钱来谈文化，河南也有地位来论历史，并逐渐认识到“一部河南史、半部中国史”，南阳更是这半部中国史的重要一页。我在河南已经十三年了，对中原大地情意浓浓，尤其对南阳有着一种特殊的感情，我现在是河南省的省党代表和省人大代表，我的选区就在南阳，我长期关注这片热土。

南阳古称“宛”，位于河南省西南部、豫鄂陕三省交界处，因地处伏牛山之南、汉水之北而得名。南阳人杰地灵、英才辈出，有五千年的文明史、二千七百多年建城史，是楚汉文化的重要发祥地。历史上南阳有很多高光时刻，曾一度领先世界：在中医方面，南阳人“医圣”张仲景所著的《伤寒杂病论》确立了辨证施治原则，奠定了临床诊断理论的基础，被誉为“中国医方之祖”；在科技方面，被誉为“科圣”的东汉南阳人张衡，发明的世界上第一台测定地震时间和方向的地动仪比西方早一千七百年，创立的“浑天说”比同时代的希腊天文学家托勒密的“宇宙理论”先进得多；在水利应用方面，东汉南阳太守杜诗的“水排”鼓风技术，比欧洲早一千一百年。尤其是官德文化，“智圣”诸葛亮曾躬耕南阳，他“鞠躬尽瘁，死而后已”的忠君报国情怀，可歌可泣；范仲淹在邓州吟出了“先天下之忧而忧，后天下之乐而乐”的“先忧后乐”精神，影响了一代又一代人的价值观和人生观。近现代南阳也涌现出许多名家大师，如考古学家董作宾、建筑教育学家杨廷宝、军事家彭雪枫、哲学家冯友兰……

现在，南阳正在奋力打造省域副中心城市和文化强市，优秀共产党员的先锋模范作用正是精神支点和旗帜。正是“大杏金黄小麦熟，堕巢乳鹊拳新竹”的初夏时节，接到南阳转来的《新时代红旗谱》书稿，起初以为一个地级市出的书，尤其是这种宣传先进典型的书，大多是为了地方宣传需要，创新性、思想性一般不是太深。当我翻开书稿后发现，《新时代红旗谱》是李天岑等多位作家运用报告文学的写作手法来解读新时代英模精神，形式新颖，内涵丰富，可读性较强。虽然只写了十名共产党员，但反映的是整整一个时代、数代人的奋斗史、成长史，是南阳四十九万共产党员的缩影和代表。这十位共产党员的精神，就是中国共产党人的精神，真正的共产党员是什么样的，在《新时代红旗谱》中可以找到答案。

细细品来，这本书有三个让我想不到。

想不到英模形象刻画得这么丰满。一本好书，给读者留下印象最深刻的就是里面塑造的人物，利用报告文学的形式去刻画英模人物，能达到这个程度已是不易。叙事散文、戏剧和小说等记叙性文章长于人物形象塑造，它们主要是利用人物肖像、心理、语言、行动等手法让人物丰满生动起来，使人物形象有血有肉、鲜活生动、富有个性、呼之欲出。十位作家①、十种文风、十个视角，各有所长，尤其是带有浓郁豫西南乡土气息的语言，传神、生动、形象，让人如闻其声，如临其境，十位英模的鲜活形象跃然纸上。掩卷沉思，北京“冬奥会”的火炬手张玉滚，带领群众脱贫攻坚、决胜小康、走上乡村振兴之路的独臂支书李健，同新冠病毒做斗争的战“疫”英豪赵江，还有最美民警肖振宇，大地之子陈增喜，当代猪倌秦英林，救危扶困李相岑，永葆本色解建业，国医大师唐祖宣，大国工匠郭跃东，这些英模人物的音容笑貌、举手投足如放电影般徐徐而来，不时激起我内心的涟漪，久久难以拂去。

想不到英模人物和优秀共产党员有这么大的影响力。这次南阳所选树的十名英模都是国家级奖项的获得者，其中，多人受过习总书记的接见。如此规模的英模群体，如此动人的英雄故事，如此高规格大范围的宣传推荐，都体现出了南阳日新月异、快马加鞭的强劲发展势头。自改革开放以来，尤其是十八大以来，南阳的政治、经济、文化都得到了长足发展，习总书记2021年5月到南阳视察，在总书记的殷切关怀下，河南省委支持南阳建设省域副中心城市，在南阳市委的有

① 最初策划这部书时，提出“十位作家写十位英雄”。在具体创作中，增加了一名作家参与修改润色。因南阳籍作家为十人，故序言及后记中仍延用这个提法。

力领导下，南阳各项事业出现迅猛发展势头，经济总体位列全省第一方阵。这些成绩的取得，来自南阳四十九万党员和一千多万劳动人民的辛勤付出，从这点来看，南阳涌现出英模群体也就不足为奇了。

想不到南阳作家群有这么强大的创作力。文章中、字里行间散发出的泥土芬芳，鲜活滚烫的文字，感人肺腑的事例，触及灵魂的拷问，磨砺人生的警句都给我留下了深刻印象。久闻中国文坛上先后掀起过东北作家群、陕西作家群、南阳作家群等，这些作家群群星闪耀，在中国文坛上一度各领风骚，都井喷式地发表了诸多影响力深远的好作品。但这些作品涉猎英模的甚少，这次由组织部门牵线搭桥，借助作家们的力量推动英模人物的选育宣传工作是个新的尝试，值得肯定。作家有着独特的视角、敏锐的社会洞察力，从作家的角度来刻画人物、传播思想，相信作品会为党的“二十大”召开献上厚礼！

习近平总书记在中国文联“十一大”、中国作协“十大”开幕式上指出：“文化兴则国家兴，文化强则民族强。当代中国，江山壮丽，人民豪迈，前程远大。我们所经历的这个时代，是中华民族走向伟大复兴的时代，是值得大书特书的时代。”

当今，先进典型就像是散落在广袤大地上的种子，需要深厚的土壤滋养；个人的砥砺磨炼，更需要组织上持续关怀培养。运用群众喜闻乐见、易于接受的方式，更加有效地传扬英模美名、传播英模事迹、传唱英模形象、传递英模精神，这项工作任重而道远，在此我提一点想法，与大家共勉。

“南阳作家群”是南阳一张亮丽名片，要充分发挥这张名片的作用，进一步讲好南阳故事、中原故事乃至中国故事。故事最能打动人心，感召化育人。深入挖掘先进典型的成长经历和心路历程，感受他们的喜怒哀乐和奉献付出，用故事吸引人、感染人、激励人。2015年，我曾在淅川讲过，淅川县是移民最多、牺牲最大的县，在半个多世纪中，先后有近四十万移民为了一江清水送京畿，抛家舍业，远迁他乡，涌现出很多感人的故事，其中也有优秀共产党员累死在工作岗位上，用鲜血和生命给党旗添彩……每每想起，眼角仍含着热泪。像这种“移民精神”也需要作家予以倾情关注。

要打好典型宣传组合拳。一个英雄模范人物的出现，是无数幕后英雄的默默付出和无私奉献。一位优秀共产党员就像一支“火炬”，照亮身边无数群众。抓好典型更要宣传好典型。坚持全媒联动，推动传统媒体与新型媒体协同发力，让典型报道动起来、活起来，让典型人物事迹传得快、播得广。同时延长宣传链条，持续关注先进典型的成长发展，不断展示他们的新进步、新成绩，不断挖掘其精神价值，使他们始终焕发时代光彩，让榜样成为力量。

还要有条不紊做好典型选育培育工作。一个树得起、叫得响、过得硬的先进典型，除了自身必须具备良好的素质和不懈努力外，更需要组织的关心、支持和培养。豫北红旗渠英模群体的成长，就是经过当地数届党委政府数十年如一日、持之以恒才积淀下来的精神财富。南阳作家群领军河南、享誉海内，如何借助作家群的力量，艺术化地推出先进，树立典型，《新时代红旗谱》就是大胆的尝试和思考。用艺术的手法把典型推向全省全国，把英模精神上升到全党、全国的层面，影响一代又一代人，将成为我党我国实现两个百年梦的宝贵精神财富。

“路曼曼其修远兮，吾将上下而求索。”在这个伟大时代筑梦追梦中，十位优秀共产党员用他们的实际行动留下了闪光的足迹，用辛勤和汗水浇筑了成功之花。作家更要用自己的智慧和想象力，让人生之光闪耀在人类文明进步的路上，书写出无愧于时代、无愧于人民的最精彩的华章。

《新时代红旗谱》很快就要结集出版了，表示祝贺并以此为序。

2022年5月6日

（徐光春，中共河南省委原书记，现任中央马克思主义理论研究和建设工程咨询委员会主任，炎黄研究院院长和专家委员会主任）

序二

为时代而歌

——《新时代红旗谱》序

徐　剑

2015 年金秋时节，《人民文学》创作基地揭牌仪式在风光秀丽的南阳鸭河水库风景区举行，我应邀参加，这是我第一次到南阳。我最早了解南阳，源于少年时代读姚雪垠写的长篇小说《李自成》，后来认识了南阳作家周大新、柳建伟、邱华栋。周大新温和厚道，柳建伟睿智聪明，邱华栋大气宏阔。我常想，这三个人如此优秀，他们的家乡南阳，到底给了他们多少滋养？南阳，我一定要好好看看，寻找密码。

南阳采风期间，深感这块丰饶的土地物华天宝，人杰地灵，极富天境秘意。古代以“商圣”范蠡、“科圣”张衡、“医圣”张仲景、“智圣”诸葛亮、史学大家范晔、光武帝刘秀为代表，近现代以考古学家董作宾、建筑教育学家杨廷宝、军事家彭雪枫、哲学家冯友兰等为代表，可谓群星璀璨，让人仰慕。

采风回京后，我写了一篇散文《凝固的〈史记〉》，刊发在《人民文学》2016 年第 3 期“南阳行”特辑中。文章描绘了南阳汉画简约粗犷之艺术气概和魅力：“南阳汉画石像上的故事、人物，仿佛就是凝固的《史记》，不著一字，却尽占风骚，几条勾线，便神韵凸显……”

南阳，是个让人心仪的地方，更是个值得“三顾”的地方。

时光荏苒，一晃六七年过去了。前几天，柳建伟兄打来电话，说他家乡南阳正在全力打造省域副中心城市，为了提振精神，起到榜样引领作用，地方有识之士组织“南阳作家群”李天岑等作家，对十位不同行业的优秀共产党员和英模代表进行一对一采写，以报告文学的形式向党的“二十大”召开献礼，嘱我写篇序言，给他的家乡摇旗鼓劲。因为对南阳的美好印象，又是向党的“二十大”献礼作品，我欣然接受。

翻开书稿，标题就很引人注目：《火炬手》《英雄归来》《点亮生命的光》《大医之路》《为了大地的丰收》《为爱圆梦》等。仔细阅读，内容更吸引人，人物性格、事迹描写饱满，感情真挚，思想境界高。作家们用报告文学的文体来呈现新时代英模精神，展现优秀共产党员风采。里面既有在脱贫攻坚中的独臂英雄村支书，也有默默无闻扎根深山的时代楷模、优秀人民教师；既有平凡岗位做出不平凡事迹的专业工匠，又有无硝烟战场上与疫情战斗的抗疫英模；既有无惧生死千里寻亲的公安干警，又有医术精湛胸怀仁心的国医大师；更有立志让天下人吃得起放心肉的猪倌企业家……

报告文学和文学一样，关注人的命运情感、荣誉尊严、生存挣扎、牺牲与重生，描摹人性深处的皱褶，透视人性世界里光辉暖意的一面，或者是阴暗复杂的一面，写尽光荣与梦想、牺牲与生死、爱恨情仇、人的生存尊严，展现出人性的多重维度，这种文学一定涵盖了人性之光与人性之暗，抑或是人类和国家民族命运的一个诠释，是从人的角度来反映折射一个时代、一个国家、一个社会和民族的命运。

作为一种时代文学，报告文学在新时代和世界百年不遇之大变革时期，应该有一个广阔的天地。这是一种历史的发展选择，也是报告文学自身的特性所决定的。一个时代有一个时代的文学，就像汉赋、唐诗、宋词、元曲、明清小说一样，其发展都是时代和文学相互接受、融合发展的结果。文学在适合的环境发展，环境也会力促文学进步，就容易使文学走向高峰。而时代环境变化了，文学的体裁和形式也需要自我调整，不可能总是在一个品种上永远地持续下去。这既是哲学的规则，也是事物发展的规律。时代和文学始终有一个相互选择和适应的过程、结果，当下就是报告文学适应时代需要的好时期。它参与社会生活记录、描摹时代的特性使社会大众更加地感受到了它的作用和价值。

一个伟大的时代，需要用纪实的文体来记录它的伟大变革发展，借助文学生动地诠释人民作家为国家立心、为民族立魂的担当与情怀，书写好中国故事，弘扬中国精神，诠释中国价值。

检视中国作家报告文学的书写，应该说，这种非虚构文体，注定了它是中国与时代贴得最近的，也是最具前沿精神的文学载体。新时代，其实就是以人民的利益为根本出发点的时代——而这一条，恰恰体现的是我们党的创建宗旨。缘此，新时代的中国文学，始终不能忘记的，便是人民群众。作为主题出版，最有力的笔触，最称得上浓墨重彩的诗章，应该是苍生在上。因此，报告文学的书写和表达，一定要上承天心，下接地气。唯其如此，文学才有真正的力量，才能展示它的预见性、揭橥性、思辨性和悲悯度、温馨感，才会有大时代的意义和化外之功。

春风大雅，秋水文章；经国大业，千秋之事。充满时代精神和正能量的报告文学，会在自己的目标道路上激扬文字、挥斥方遒，沿着人民追求美好生活的步伐阔步向前！时间和历史会淘洗一切，拥抱留下真正有价值的书写！

这本南阳优秀共产党员风采录——《新时代红旗谱》，是南阳十位作家对十位新时代红旗谱系人物有价值的书写。

是以为序，并祝愿南阳更加美好！

壬寅初夏于北京

（徐剑，生于1958年，汉族，云南昆明人，火箭军政治工作部文艺创作室原主任，中国作家协会全委会委员，中国报告文学学会会长）

火炬手

——记“时代楷模”“最美奋斗者”张玉滚

李天岑

张玉滚（中）

张玉滚

祝贺您作为火炬手，参与北京2022年冬残奥会火炬接力，分享“健康、欢乐、活力”，传播残奥精神，为北京2022年冬残奥会增添了力量。

蔡奇

北京2022年冬奥会和冬残奥会组织委员会主席

这是张玉滚在北京冬残奥会开幕式上当火炬传递手归来不久收到的证书。

2022年春节前，我接受了采访“时代楷模”“最美奋斗者”、河南省南阳市镇平县黑虎庙小学校长张玉滚的任务。采访两次中断，都是因为张玉滚参加北京冬奥会和冬残奥会活动。

在采访过程中，我想到了爱尔兰著名戏剧作家萧伯纳的一句话：人生不是一支短短的蜡烛，而是一支由我们暂时拿着的火炬，我们一定要把它燃得十分光明灿烂，然后交给下一代的人们。有人把张玉滚比作蜡烛。我觉得把他比作蜡烛还不够，蜡烛的光亮太弱了；应该比作一支火炬，火炬的光亮太灿烂了。没想到张玉滚真的当了火炬手。

其实，张玉滚早就是“火炬手”了。他高举着手中熊熊燃烧的火炬，照亮了大山深处孩子们的前程……

山的呼唤

南阳盆地北部是绵延八百里的伏牛山脉，这条山脉是秦岭东段支脉，山势同秦岭一样高峻雄伟，层峦叠嶂，奇峰突起。群山中有一座尖顶山，海拔一千四百多米，非常陡峭。在它的怀抱里有一个叫凤凰台的山崖。这崖子之所以叫凤凰台，依我之见是由于山势的形状像凤凰。而这里的老乡们说，古时候这里落过凤凰，所以叫凤凰台。凤凰在人们心目中是瑞鸟，能够给人们带来幸福和吉祥。这也是山民们的愿望吧！凤凰台的山崖下散落地住着三四户人家。1980 年，张玉滚就出生在这个地方。

在尖顶山的山脚下，与凤凰台相隔两座小山包的地方，还有一座黑虎庙。黑虎庙之所以叫黑虎庙，相传商末周初，赵公明骑着一只黑虎在此降妖除魔，保得一方平安。乡人感念其恩德，在清代嘉庆年间为这位武财神建下庙堂，塑造金身。这位专司招财进宝的财神，黑面浓须，端坐黑虎之上，手托金元宝，被人们顶礼膜拜，进香上贡，敬了几百年。至于为何让赵公明骑着一只黑虎，究其根底，是因为古人根据天干地支、阴阳五行，认为黑虎象征财气，这样就会财上加财、旺上加旺了。黑虎庙小学也因此庙而得名。

虽然凤凰台象征着吉祥和幸福，黑虎庙象征着财富，但几千年里它们并没有给这大山里的人们带来富裕、幸福和快乐。这里的人们祖祖辈辈过着贫穷的日子。这里偏僻，被称为镇平县的“西藏”；这里交通闭塞，在 2006 年通公路之前，只有一条羊肠小道。到五十里之外的高丘镇，要翻四座山，过七十八道弯。所以有的人一辈子都没离开过大山。见过世面的人最远也就去过五十里开外的高丘街，也不过是春节前挑担木柴去街上卖掉，买棵大白菜回来过年吃。更没人去过距这里一百二十多里的镇平县城。谁不想走出大山？走出大山，是每个山里人的愿望，可他们都认为没有命走出大山。有一个聪明的孩子开穷旱，他知道读书能够改变命运，只有读书，学得知识，才能够走出大山。这个孩子就是张玉滚。

张玉滚兄弟四个、姊妹五个，他排行老三。他从小就身体瘦弱，经常生病。他母亲为了使他的身体能够结实起来，就用一根红线拴在他的腰里系在石磙上滚了几滚，寓意着他能够像石磙一样那么敦实，长大了能上山担柴火。可张玉滚人小志大，要求上学。他们兄弟姊妹那么多，父母能让他们吃口饭就算不错了，哪有钱供他上学。张玉滚软磨硬缠要上学，说的次数多了，十岁那年父亲终于送他到黑虎庙小学开始读一年级。玉滚一进学校，就如高尔基说的那样，像一个饥饿的人扑到了面包上，刻苦钻研学习。二年级就当上副班长，三年级就加入了中国少年先锋队，当上了中队长，是少先队的旗手。听少先队辅导员老师讲，少先队队旗上的五角星代表中国共产党的领导，火炬象征光明，红旗象征革命胜利，张玉滚每次举着队旗总是雄赳赳、气昂昂的。他还对辅导员老师说，我要一辈子当少先队旗手。辅导员老师笑着说，你长大了就要退出少先队，要加入共青团、共产党。玉滚点点头说，那我就一辈子做那个熊熊燃烧的火炬！

玉滚在黑虎庙小学读完了六年级，上初中要到高丘街去读书。上那里读书是要花钱的，要寄宿，需交的学杂费也比小学多。由于家境贫寒，花费不起，父亲劝他退学。他也能理解，姊妹几个，一大家子人，就靠父亲一个人在五分山坡薄地上劳作，父亲实在负担不起。他有一个叔父早年迁居到了平原地带镇平县彭营乡。他说通了父亲，投奔叔父家。那时候叔父家里也不富裕，但可以帮补他一点。他就在叔父的帮补下，在镇平县实验学校读完了初中。功夫不负有心人，由于刻苦学习，张玉滚各门功课成绩优秀，1998 年秋，他终于考上了南阳第二师范学校。当时可不要小看考上这个小小的中师，那是一毕业就可以端上铁饭碗、吃上皇粮领工资的，身份就变成国家干部身份。若有机遇还能调到县政府、省政府，甚至国家部委去工作的。没想到，就在张玉滚毕业的时候，国家取消了对大中专毕业生包分配的制度，别说中师毕业，北大清华毕业也需要自主择业。自主择业没有什么可怕，自主择业可以按照自己的意志去选择自己的工作，选择自己的单位，选择自己的岗位；可以到大城市去，到广州去！到深圳去！好男儿志在四方，有本事到哪里都可以大展身手！张玉滚雄心勃勃。即使国家包分配也无非就在镇平这个小县里，一个中师毕业生，能分到哪里去？到县城去，到镇上去，去当初中教师？没有关系那是不可能的！也无非是分到哪一个乡间小学任教罢了。张玉滚很快通过早期去广东打工的一些亲戚的亲戚、朋友的朋友，了解到深圳不少学校师资缺乏，他们已帮他联系到了一个可以应聘的学校。他可以到改革开放的前沿阵地去任教了。爹妈也支持他，帮他打点行囊，准备出发！但他万没有想到，就在这时，距他的家凤凰台四华里的黑虎庙小学竟把他给拴住了，而且一拴就是二十年。

黑虎庙小学是有历史的。1942 年，山外来了一位范先生，在这里办私立小学，三间房的庙宇，盛不下几个学童。1948 年，黑虎庙村解放，村里在黑虎庙旁边盖了六间土坯房，成立了黑虎庙小学。1960 年，党和国家重视教育的曙光照进这个深山区，上级拨来资金，将其扩建为有十七间土坯房的小学校。尽管这所学校简陋，但张玉滚对它是有感情的。他不管是在高丘中学读书，或是在镇平县实验中学读书，还是后来到南阳第二师范读书，每逢假期回家的时候，总要远远地朝黑虎庙小学方向眺望几眼。偶尔也会拐进学校里去看望当年的那位少先队辅导员老师，也就是时任校长吴龙奇。正是因为这些，他一毕业就被老校长吴龙奇盯上了。

2001 年的暑假很快就要过去，吴校长直发愁，再过两三天就要开学，还有两个班级没有老师怎么能行？师资缺乏一直是困扰黑虎庙小学的一个突出问题。20 世纪五六十年代，上级教育部门先后派来过两位公办教师，以后就再没有派来过。山里人都想到山外去，山外的人、平原的人谁愿意来这深山沟里教书呢？实际上学校现有的四位教师都是初中毕业的民办教师。1986 年，国家出台政策，这几个民办教师才陆续转为公办教师。但四个教师六个班级排不开啊，况且有两个教师很快就要退休。这时候，吴龙奇校长将主意打在了张玉滚的身上。

这天早晨，天一亮，吴校长就徒步来到了张玉滚的家，轻轻地推开了张玉滚家的柴门。吴校长在这里已经教书三十多年，他为人师表，是一个深受山里人欢迎的老教师，得到山里老百姓的敬重。玉滚一家人见吴校长来到院子里，就像来了贵客一样，急着给他拉椅子、端水，还问吃早饭没有，没吃就给他做饭吃。

吴校长没顾着回答这些话，他两眼只朝张玉滚看着说："玉滚啊，我是来请你出山的。"

"出山？"玉滚愣着笑了笑说，"啊，吴校长，我是要出山的。这次要去很远的地方，想到广州、深圳那一带去闯一闯，长长见识。"

吴校长摇摇头，叹了口气说："玉滚啊，我说的出山，不是刘备三请诸葛亮出山那个意思。我是想让你到咱黑虎庙小学去当老师，去教书。可能我来得唐突，说得也唐突，咱俩可能没有想到一个道上去，我知道你没有这种心理准备。"

张玉滚没有避讳，他点点头说："吴校长，你说得很对，我确实没有这样的心理准备。”

吴校长又接着说：“玉滚啊，我不说你也清楚，咱这地方山高石头多，交通很闭塞，留不住人。有两个老师到了退休年龄卷起铺盖就走，拦都拦不住。公办教师调不进来，现在学校里有两个老师很快也都到了退休的年龄，经过做工作，勉强答应留下来返聘一段时间，还有两个班级没有老师，我心急如火呀，想让你救救这个火，先把这两个班带起来。”

玉滚听得心里热乎乎的，却是一脸的无奈和惆怅，他不知道该怎样回答老师。

吴校长似乎看出了他的心思，说了声：“玉滚，这个事情你可以想一想，愿意呢，你就留下，回到学校去当教师教孩子；如果你没有心思留在黑虎庙，我只有另想办法，不过，我也真的没办法了。”他说完就出门走了。吴校长之所以这样讲，是他不想强人所难，这个事情提得太突然，不能硬逼着让张玉滚同意。其实呢，他心里认定了张玉滚，认定张玉滚留在学校会成为一名优秀教师。他深知张玉滚的德行和为人，相信只要自己功夫下到话说透，他极有可能答应。精诚所至，金石为开嘛！他后来又找过玉滚几次，每次玉滚都没有表示拒绝，也没有表示同意。吴校长心想，只要玉滚不说拒绝的话，就说明他心里在思考，就有商量的余地。如果没有商量的余地，他早就背上行李去南方了。

学校已开学了，孩子们干瞪着眼看着黑板，却没有老师来。这一天，吴校长急了，心生一计，使个“激将法”，他挎着一篮子鸡蛋来到了玉滚家。玉滚爹和娘都拒绝着，不肯接受吴校长送来的鸡蛋，说：“天下哪有这样的道理呀，吴校长，你把事情做颠倒了，哪有老师给学生送礼的呢!”

“唉,”老校长顾不上回答这个问题,他叹了一口气说,“玉滚啊,不管你愿意不愿意到学校教书,我只求你到学校去看一看,看好了,你愿意留下来就留下来,实在不愿意留下来想到外地去闯一闯,我也拦不住你,也不会影响咱师生之间多年的感情。人各有志嘛……”

没等老校长说完,张玉滚就接上说:“好,吴校长,我现在就跟你到学校去看看。”

吴校长听了这句话,心里就有了底儿,踏实了许多。他在回学校的路上步子就迈得更快更坚实了。

张玉滚来到学校里,看到教室还是过去的土坯房,讲台也是土坯堆的,学生的课桌还是泥巴糊的。操场还是只有四五十平方米,人均不到半平方米,根本活动不开。学校连旗台、旗杆都没有,一面国旗套在一根鸡蛋粗、丈把长的竹竿上,竹竿绑在校园中间的一棵梧桐树上,让国旗显得高一些。唉,不忍目睹啊!更让人扎心的是一班学生如一群麻雀乱喳喳的,没娘娃一样可怜巴巴的。张玉滚看了之后一阵心酸,眼泪差点掉下来。老校长领着他在校园里走了一遍,最后站在院子中间。此时的山风呼呼地刮着,大风把校园里梧桐树上那面五星红旗扯得啪啪作响。玉滚听着那山风声,觉得群山都在呼唤:张玉滚,你留下来!你留下来,张玉滚!张玉滚思绪万千,自己上的师范,国家就是培养自己做教师的。深圳那边是需要教师,而眼前最需要教师的是黑虎庙小学。自己要做一个真正有良心的人,就应该不负家乡养育情,不负母校教育情,为培养母校的学生、为解决家乡的孩子上学难而贡献自己的青春……玉滚望着远山,望着那海拔一千四百多米的尖顶山,望了很久很久,他心里想了很多很多。他突然扭转身,上去攥着吴校长的手，说："吴老师，我听你的，我想通了，我决定了，留下来，就在黑虎庙小学教书!"

从此，张玉滚留在了黑虎庙小学。由于当时没有编制指标，他只是一名代课教师，月工资三十元，一直到2012年才转为正式教师。不用扳指头也算得清，前边十二个年头他是代课教师身份啊!

接过扁担

张玉滚所在的黑虎庙小学有一个传家宝—— 一根扁担。这根扁担由于年代久远，已经磨得溜溜光，又经过多年汗水的浸润，扁担的颜色已经是黑里透红。

当年这里出山进山的唯一的路是一条羊肠小道，这条羊肠小道崎岖不平，充满着艰险。当地群众曾经这样形容，"上八里，下八里，还有一个尖顶山；羊肠道，悬崖多，一不小心见阎罗。"正因为如此，物资的转运必须靠人肩挑手提，扁担成了唯一的运输工具。老校长吴龙奇用这根扁担挑了三十多年，被当地人们誉为"扁担校长"。他的事迹曾被《河南日报》以《一根扁担挑起两所山村小学》为题做过报道。

这一天，老校长吴龙奇把张玉滚叫到自己的办公室，双手持着这根扁担对张玉滚说："玉滚，我年龄已经大了，挑不动了，这根扁担就交给你吧。"

张玉滚激动地喊了一声："老校长!"就把这根扁担接到了自己的手中。他知道这根扁担的分量，他知道这是黑虎庙小学的传家宝，他知道这是老校长对他的信任，也是学生们对他的期盼。此时此刻，他也想起当年在井冈山革命根据地传颂的《朱德的扁担》的故事。玉滚想到老一辈无产阶级革命家的扁担精神，想起老校长吴龙奇的扁担精神，他决心要把这根扁担扛下去，把优良的革命传统继承下去。于是，他一路走来，肩不离扁担，扁担不离肩，冬天一身雪，夏天一身汗，风里来，雨里去，挑师生用的书本、教材、学具、教具，以及全体师生吃的油盐酱醋、蔬菜和米面。

2001 年冬天，下了一场大雪。这里山势高寒气大，一场雪就使整个山结了溜冰——封山了，谁也别想出山。过了春节不久就要开学，孩子们返校后没有新书本怎么办？孩子们读书是大事，一天也不能耽搁。正月初十夜里三点多，张玉滚就扛着扁担，揣几个凉馍往高丘镇上赶，直到中午才到了高丘镇。他饿了，向路边的人家讨碗热水就着凉馍吃几口，然后就挑着几十公斤重的教材和作业本返回。去时翻四座山，绕七十八道弯，回来也是同样，一步也不能少。天黑时才走到八里坡山脚下，天又冷，路又滑，每走一步都十分艰难。张玉滚不足一米五的身个，百把斤的体重，根本架不住七尺长的扁担和四五十公斤重的教材。脚下的溜冰光滑得让人不仅上不去坡，而且多次摔倒。于是，张玉滚搁下挑子，扒开积雪，扯了几把龙须草拧成草绳，把脚上穿的鞋子缠住，这样可以把滑，才一步一步往山上走。那个难劲啊，真比上天梯还难！正常情况下，他应该是汗流浃背了，可是，由于气温太低，他被冻得直打哆嗦。由于呼呼地喘气，口里哈出的热气已在眉毛间结成了冰碴，肩膀也已经磨破，脚板磨得水泡累累。走到半山腰的时候，老天爷好像故意刁难他，又下起了雨夹雪，雪豆打得满脸生疼，脚下的溜冰让他一次又一次摔倒。藏在云层里的月亮也不见了，一点儿也看不见路了，他怕教材被雨雪淋坏，决定不走了。他凭着熟悉的记忆，寻找到一个山洞，将肩挑的教材小心翼翼地放在山洞里，自己也在山洞里躺下。刚躺下又听见野兽的吼叫声，他知道那是狼。他既害怕又不害怕。他听老人们讲过，狗怕一摸（捡石头），狼怕一虔（拿棍子）。有这根扁担还怕狼吗？狼来了就用扁担打死它！他给自己壮着胆，把扁担紧紧地抱在怀里，而且抱了一夜。这一夜狼没有进山洞，玉滚这一夜也没合眼，冻得也睡不着啊！天微微亮了，玉滚又挑上扁担开始登山！这仅是第一次啊！以后日子长着呢，他有点泄劲了。回到学校后，他几次欲张口给老校长提出辞职，可当他看到学生们捧着新书本笑得那么灿烂，浑身又有劲了，决心在学校干下去。后来他又多次同其他老师一起挑过教材和物资，也多次遇到过野猪和豺狼，多次夜宿山洞和农家的屋檐下。

寒来暑往，张玉滚扛着一根扁担，踩着老校长的脚印，足迹已踏遍尖顶山，迎来一个个日出，送走一片片晚霞，挑起了大山深处孩子们的希望……

后来随着山区的扶贫开发，通往黑虎庙的公路修通了，可以人来车往了，张玉滚也省吃俭用购买了一辆摩托车，去镇上给学校买米、买菜、拉教材，再也不用肩挑手提了。扁担虽没有了用武之地，但扁担精神仍代代相传，激励着乡村教师们艰苦奋斗，一往无前！

采访中，张玉滚的爱人张会云告诉我，有了摩托车也不是轻松的事，虽然效率提高了，但山路骑摩托车也是充满着风险的。那是 2013 年 10 月的一天，天还没有亮，张玉滚骑摩托车到高丘镇中心校开会。为了赶时间，他起了个大早，刚走了一段路，山上起了大雾，遇到一个急弯，突然刹车失灵，他被重重地摔在路边，幸好被路边的一块大石头挡住了没有掉下悬崖，但身体多处受伤。张玉滚被路人送到了高丘镇卫生院，头上裹满了纱布。在医院没住几天，他就慌着回到了学校，他心里放不下孩子们啊！他走路一踮一踮的，妻子张会云扶着他走上讲台。张玉滚忍着疼痛，像往常一样翻开课本。不善表达的山里娃娃们纷纷哭着依偎到他的身边。张玉滚却风趣地说，你们不用哭，我只是给阎王爷打了一个照面就回来了。

有一位以前采访过张玉滚的记者告诉我，他们前几年到学校采访张玉滚的时候，打量着张玉滚骑的摩托车，一看码表，已经跑了四万零三十六公里，很是诧异，问张玉滚，那码表对不对呀？张玉滚也凑过去，站在摩托车旁对记者说，对着呢，就是四万零三十六公里，相当于绕着地球赤道跑一圈儿啊！采访中，我也想看看那辆摩托车，张玉滚腼腆一笑说，那辆摩托车早已被淘汰了，我现在骑的摩托车已经是第四辆了。跑山路不仅费油还费车，二十年来，张玉滚至少绕着地球跑了足足四圈。听到这里，我激动地说，好一个不畏艰险的张玉滚，我真佩服你，你就像奥林匹克大赛里的勇士！

凤求凰

山里的娃子上学，不像在平川，走一二里、二三里路就够远的了。黑虎庙小学覆盖三个行政村一百三十一个自然村，人口居住分散零落之状况可见一斑。三个行政村分布东西宽二十七八里，南北长三十二三里，可以想象孩子们上学要跑多远的路程。最远的来上学要跑二十里左右，时长达三小时。他们一般需要自带干粮，稍微大点的孩子从家里带个铁锅，用三个石头支起来，露天做饭。晴天还好办，每逢风天雨天下雪天就做不成饭了。张玉滚看到这个情况，和几个老师一商量，搭起了几间石棉瓦房，让小学生们在石棉瓦房子里做饭。虽然夏天十分炎热，像蒸笼一样，冬天非常寒冷，像冰窟一般，但孩子们总算可以坚持做饭了。后来，张玉滚又发现年龄太小的学生根本不会做饭，做的饭半生不熟，常有吃了生病拉肚子的。他就盘起一个大锅灶，亲自当起了炊事员，集中给学生们做饭吃。可是学校的老师太少，他又忙着备课、讲课、批改作业，而且还有很多校务工作，往往是吹响了喇叭顾不上按眼。这时间，张玉滚心想，要有一名专职炊事员该多好啊！但他知道学校的办公经费紧张，有的学生甚至连学费也交不起，从哪里来钱聘请炊事员呢？想来想去，最后他想到了自己的老婆。

张玉滚是到学校的第二年，跟邻村的一个名叫张会云的姑娘结了婚。会云与他结婚不久就到高丘镇上的地毯厂编织地毯去了，月收入一两千元。

张玉滚拿定了主意。这天是星期六，他跑到镇上的地毯厂找到了自己心爱的妻子。中午的时候，他在镇上一个饭店里要了两个菜和两碗肉片汤，还要了一瓶饮料。张会云有点儿发愣，她觉得自己的丈夫平时省吃俭用，根本舍不得花钱，平常在街上吃饭，无非是吃碗臊子面或是喝一碗羊肉汤面，从不会要炒菜的。她知道玉滚在学校工作非常繁忙，哪有空在这里细吃闲饮？而且他往常来都是匆匆见一面说几句话就走了，今天怎么有空占用这么长时间请她吃饭？她问张玉滚：“你来找我有事吗？”

玉滚腼腆地笑了笑。张玉滚的笑总是腼腆的。他没有说话。

张会云又说：“你一定是有什么重要的事情，你就告诉我吧。”

玉滚又腼腆地笑了笑说："你爱我吗？"

张会云睖他一眼说："正喝热汤哩往嘴里塞个冰棍，说些热不热凉不凉的话。"

张玉滚说："你如果爱我，就应该爱屋及乌。"

张会云看着他，眼睫毛扑闪了扑闪，说："什么意思？"

玉滚又一笑："爱屋及乌的意思就是说，既然你爱我，就应该也爱我的学生。"

张会云越发迷糊，眼瞪着说张玉滚："你怎么头上一句，脚下一句？我真不明白你是什么意思。"

这时候，张玉滚才把自己想请她到学校去给学生做饭的想法说了出来。

张会云问："一月给我开多少工资啊？我在这里编地毯一月的收入你知道。"

玉滚收敛了脸上的笑容说："实话告诉你——做一个义务炊事员。如果需要用薪水聘请的话，我就不需要请你了，到哪里请不来呢？"

张会云叹了口气说："玉滚，你想没想过，你在那里代课工资很低—— 一月三十元钱再加上一百斤粮食。父母都年老体弱，干不动活儿了，挣不来钱；我再回去，没有一分钱的收入，咱一家咋生活呀？能喝西北风吗？"

张玉滚说："会云啊，你说的问题我不是没有想过，那咱的日子就过苦巴一点，生活艰难一点。现在这些孩子正是吃饭长身体的时候，他们吃不好饭，怎么能学习好呢？况且生病了更是没有办法。所以我就求你啦。"

张会云低下头说："你让我再想想。"

张玉滚又接着劝妻子说："会云啊，咱凤凰台人有一句老话，行下春风望秋雨。咱现在舍下点自己的利益，舍下几个工资的收入，这些孩子读书成才了，对国家是多大的贡献啊！对他们一生来说是多么重要啊！再说，他们将来无论走到哪里也不会忘记你这个师娘的恩情。真的，我上学时就叫老师的爱人师娘。再说句政治话，就当咱扶贫了！"

张会云低下头，呼噜呼噜喝了一碗面条，把碗一搁，一句话也没有说扭头就走了。玉滚失望地返回黑虎庙小学。

山里的夏夜是凉爽的，这里海拔高，气温低，也没有蚊子和苍蝇，玉滚躺在院子里瓜棚下的小床上，辗转反侧，不知熬到什么时间才睡着。当他醒来的时候，只见张会云坐在床前。他一愣："会云，你什么时候回来的，怎么也不说一声？"

张会云睃他一眼，说："别跟我说客套话了吧，我还不明白你是要干什么的。我答应你，今天就到学校去当炊事员。"

有了张会云做饭，学生们再不用操心做饭的事了，可以安心地学习。每逢吃饭的时候，他们一个个欢呼雀跃，高兴极了。这期间他两口可以说是夫唱妇随，有时张玉滚烧火她掌勺，有时她烧火张玉滚掌勺。过了一段时间，张会云想，不能总让孩子们吃馒头喝稀饭，也得改善改善生活，不说包饺子了，最起码得让孩子们吃上面条。这么多学生，手工擀面条供不上吃，玉滚就买了台电动轧面条机。这天中午玉滚正在烧火，突然听到妻子"哎哟"一声惨叫，右手的四个手指被轧面机"咬"住了。张玉滚一个箭步蹿过去，先扒下电闸。扒掉电闸以后，轧面机就停住运转了。这时间张玉滚看见妻子的右手正夹在轧面机的齿轮里，他很快用扳子卸掉齿轮，把妻子的手松开了。他一看，傻眼了，会云的几个手指头都轧扁了，血滴溜溜地淌着。张玉滚二话没说，骑上摩托车带着妻子往县医院去。可是，从偏远的黑虎庙小学到镇平县城有一百二三十里，路上用了两个多小时，赶到县医院的时候，医生看了说，她的手指骨已经轧碎，神经线轧断了，错过了最佳时间，无法对接。妻子的这只手残废了。妻子的手虽然残废了，但她没有掉下泪，没有觉得委屈，也没有放弃义务给孩子们做饭。她右手不能炒菜不能盛饭，就练习着用左手来炒菜做饭。张玉滚很感动，学生们也很感动。

深山沟里办学校不容易，真是一山放出一山拦。2009 年春季又有两位教师面临退休。退休的教师一走，有的班级又没了教师，马上就要开学，急需聘请教师。可是外边的教师哪个愿意到这深山老林里呀？每当遇到困难的时候，张玉滚总习惯在自己的亲人身上打主意。他有一个亲侄子张磊，南阳职业技术学院毕业，这时候在深圳富士康公司上班。张玉滚就给张磊打电话，要他回到黑虎庙小学当老师。

这怎么可能呢？张磊在那么有名的外企工作，每月四五千元的收入，最近还刚结识了热情开朗的广西姑娘佘超凤，两人一见钟情，关系如胶似漆，怎么也不肯回到黑虎庙教书。因为说的次数太多了，后来也是张玉滚的一句话打动了侄子的心。玉滚说："张磊呀，小时候叔叔背你跋山涉水上学的情景你忘了吗？你那时候就那么渴望上学，现在有很多孩子没有老师教，他们眼巴巴地看着黑板，讲台上却没有老师。你只想着你一个山里人出去了海阔天空，你能忍心让黑虎庙的几十个孩子没有老师教而一天到晚枯皱着脸？你能忍心看着这些孩子没有老师而荒废了学业吗？你觉得对得起养你的这片土地吗？你教不教，你只用回到学校来看一看，找一找感觉，有感觉了你就教，你找不到感觉，没心教书，老叔也不强求你。”他同样用了吴校长当年请他“出山”的“激将法”。

果然奏效。过了几天，张磊扯了个谎，恳求恋人余超凤回老家看看，顺势带她来到黑虎庙小学。当时一看，学校的教室还是破破烂烂，窗户四面透风，孩子们冻得直哭，有的孩子脚上连鞋子也没穿，脚冻得肿着。张磊一看哭了，心地善良的余超凤也掉下眼泪。张磊趁机提出自己留下教书。余超凤点头同意了。没想到一波三折。张磊的父亲——与玉滚一母同胞的大哥不依了，他找到了张玉滚说：“玉滚呀，你咋专坑自家人？你让会云到学校当义务炊事员把一只手弄残废了；你侄子在深圳干得好好的，工资高高的，你又把他‘叨’回来到你那破小学里教书，我不明白你那心是咋长的?”玉滚耐心地给大哥解释说：“大哥，首先我是共产党员，当党员就得大公无私。再者我是老师，当老师就得首先为学生着想。眼看着学生没老师给上课我不能撒手不管。”大哥最终还是被说服了。为了解决学校教书工资低与家庭生活开支大的矛盾，张磊动员具有同等学力的恋人余超凤留在黑虎庙小学教书，自己到镇平石佛寺镇学做玉雕。做玉雕能够挣大钱，这样就弥补了与他们原来在企业上班的收入差距。过了一段，学校又缺老师了，张磊放弃做玉雕，也回到黑虎庙小学教书。两口子在学校很安心，成了模范教师。

在谈到学校什么困难最多最大时，张玉滚说，千不怕，万不怕，就怕教师年龄大。教师年龄大了要退休，这是必然的。可是，往往是退了休的会按时走，需要调进来的却调不来。在这个关键时刻，在这个卡口的时候，没有办法也得想办法。唯一的办法就是张玉滚登门拜访这些即将退休的老教师，返聘他们到学校任教。在返聘期间他再想办法招新教师，解决青黄不接的问题。

采访中，我也问过张玉滚，在困难面前你有没有退缩过、犹豫过？张玉滚坦率地回答："有过！人的坚强也是反反复复磨炼的。每当遇到坎坷的时候，我总是回想起 2005 年 12 月 15 日在入党宣誓的时候，面对鲜红的党旗立下的誓言，为共产主义事业奋斗终生！遇到困难就退缩，这是共产党员吗？这不是共产党员！共产党员应该是永远一往无前的！"是的，张玉滚就是用这种精神不断激励着自己，克服一个个困难，跨过一道道坎，静下心来，定下神来，坚守在黑虎庙小学。

谁也没有想到在 2006 年秋季，张玉滚家再次遭遇了不幸。学生秋季用的课本，他早已从镇上运了回来，发到了学生手中，后来新添的十几个新学生没有课本。刚开学头绪多，玉滚走不开，其他老师也走不开。玉滚就让妻子张会云抱着九个月的大女儿张苒，搭乘邻村去高丘镇拉货的三轮车去买书本。三轮车在返回途中翻到山沟里，妻子受了伤，满脸是血；刚满九个月的张苒搭上了小命。哪个做父母的能够受住这样的打击？苍天不公啊，你怎能让张玉滚这么好的人父女分离？乡亲们都知道玉滚若不是去教学，其妻子张会云不去为学生买书，哪会发生这样的灾祸？他们觉得用什么语言也安慰不了张玉滚夫妇。他们最大的担心是玉滚承受不了这沉重的打击而放下手中的教鞭。妻子张会云也撕心裂肺地哭喊着，玉滚，不干了，咱别干了！乡亲们有的喊着玉滚，有的喊着张老师，你一定要撑住啊，你不能放弃教学，让娃娃们再上山放牛放羊！张苒走了，那些学生都是你们的孩子啊！是的，乡亲们说得对啊！那些学生都是自己的孩子，决不能让他们荒废了学业而上山放牛放羊，那样对不起凤凰台的祖宗，对不起黑虎庙的乡亲，也对不起党啊！他也劝妻子说，会云，我知道你心里比我更难受。乡亲们说得对，小苒走了，那些学生都是咱的孩子，我还要去教书，你还要去给学生们做饭！就这样，张玉滚咽着血和泪又走上了三尺讲台。

多少年来，张玉滚靠着坚强的党性、执着的信念，站在三尺讲台，为山村的教育事业散发着光和热，为深山里的小学生们播下火种，点燃希望，照亮前程。

你就是父母

当改革的春潮涌动在神州大地，改革的春风也吹醒了山民们。随着劳动力市场的开放，憋闷已久的山里人也按捺不住激动的心情，他们也扛起背包，拎起行李，走出大山，奔向远方。有的家庭甚至两口子争着外出打工。他们顾不得给孩子说上一声“爸爸要走了，妈妈要去打工了”，更来不及在孩子的脸上亲吻一口，就披星戴月，奔向四面八方。他们要外出挣钱了。

任何事物都是两面的。父母外出打工，无疑会把一些年龄小的孩子丢在家里，孩子的生活或上学成了问题。

有一支歌曲叫《世上只有妈妈好》：“有妈的孩子是个宝，没妈的孩子像根草……幸福哪里找?”有一次，一位叫陈金亮的老师（他已经六十三岁，退休返聘）给学生们布置作文，让孩子们写写《我的妈妈》。班上有好几个孩子含着泪说，陈老师，我们都忘了妈妈的样子了，从来没有感受到妈妈的爱，我们写不出来。张玉滚听说之后，内心受到极大的触动。他通过走访了解到，这几个孩子的妈妈都是父亲在外打工时娶过来的外地女人，这些女人来了之后，见住的地方比老家还偏远、还贫穷，生下孩子后就狠下心走了。张玉滚与妻子一商量，就把这些学生的饮食起居照顾起来，不但给他们做饭吃，还安置他们晚上睡觉。

2014 年 6 月的一个晚上，10 点多了，张玉滚正在批改作业，突然接到张朋爷爷的电话，说张朋还没有回到家。他知道张朋是学前班的学生，立刻紧张起来。这孩子，6 点多就放学了，怎么这时候还没到家？他立刻和妻子一起打着手电筒去寻找。走了七八里的山路，才发现六岁的张朋靠在路边的大石头上睡得正香，脸上还爬着几个蚂蚁。小家伙走得太累了。张玉滚心里一酸。如果遇住个豺狼虎豹野猪啥的会发生什么情形——不是危言耸听，这一带的村名就叫五狼坡、虎狼村什么的。他赶忙俯下身子，背起张朋就走，走了一个多小时才把张朋送到家。张朋七八十岁的爷爷见到了孙子，心情非常激动，又非常感激，对张玉滚说："谢谢张老师，要不是你把孩子送回来，我这一夜也合不上眼啊！"张玉滚忙说："老伯伯不用谢，张朋的爸爸妈妈没在家，这是我应该做的。"张朋的爷爷双手紧紧地握住张玉滚的手，含着泪花说："张老师，你就是张朋的父母。"

黑虎庙村支书张书志说，这只是其中的一个典型例子。张玉滚关心学生的故事，能写一本书。有一个女孩子叫葛格，上二年级的时候几次腿疼得蹲下去站不起来。有一次，张玉滚看见后就去扶她，扶也扶不起来，她还疼得直流眼泪。张玉滚立即联系家长，同家长一道送葛格到高丘镇上医院，医生一检查，说葛格患的是骨瘤。家长一听哭了，说没钱给她治病。张玉滚掏出自己微薄的工资给葛格治好了病。葛格上到初中的时候，已离开黑虎庙小学，骨瘤又复发，按说与张玉滚不沾边了，家长却又找到玉滚说："张老师，俺家也种了几年香菇，可技术不行，老赔钱，实在没钱给葛格治病。"张玉滚听了，毫不犹豫地又同家长一道把葛格送到了镇平县医院，又一次垫上自己的工资给葛格治好了病，葛格又复学了。后来，葛格考上了平顶山的医学专科学校。村支书说，他们算过一笔账，二十年来，经过张玉滚资助的学生有三百多人，花费的资金有六万多元，不仅花掉他的工资，还搭上了家里人搞养殖挣的钱。这样，黑虎庙村才没有一个孩子因为家庭困难等原因辍学。

在采访的过程中，有不少老师和同学们给我介绍说，张老师不仅手持教鞭能上课，拿起勺子能做饭，他还是一个多面手，打开药箱能治病，拿起斧子会修理桌椅板凳，握起剪刀能裁缝。哪个学生的衣服、被子破了，都是他来帮着缝缝补补，他甚至还会给孩子们做新衣服。豫剧《花木兰》里有一个唱段唱道：刘大哥讲话理太偏，谁说女子不如男？你要是不相信啊，就往身上看，咱们的鞋和袜，还有衣和衫，千针万线都是她们连。从这个角度可以看出，张玉滚对学生，不仅是一个称职的优秀教师，而且有一颗慈母般的心。

不负使命

"当父母的责任是把孩子养大成人，当老师的使命是把学生培养成才。老师就是园丁。园丁的职责是当好园艺师，把花草修剪好，当老师就要像园丁那样爱护祖国的花朵。一所小学校，任务就是要迎进祖国幼苗，送出国家栋梁。"张玉滚对我这样说，"要把学生教育好，让他们真正成为社会主义建设者和接班人，可不是一句简单的话。当老师的必须下苦功夫，首先提高自己的本领，提高自己的教学水平。学生需要一瓢水，老师要有一桶水。”

隆冬的夜是寒冷的，深山的隆冬夜更是冷得彻骨。已是子夜了，张玉滚的办公室里还亮着灯光。他面前的办公桌上放着一本计算机操作指南，一边放着一台电脑，他琢磨着书上的那个字，摸索着怎样在键盘上打出来。是啊，学生们马上要开微机课了，这对他来说也是一个从未接触过的课题，他也得从头学起呀。白天忙，顾不上学，只有晚上把一切工作完成了才能学。学校虽通了电，张玉滚也舍不得买个电暖器。他就穿着厚厚的棉衣，用一条被子盖在两个膝盖上，以防受寒。窗外，寒风呼呼吼着，雪片飞舞。虽然棉衣和棉被能够抵御住寒冷，但他坐的时间太久了，两条腿都冻麻木了。这时候，他需要去个厕所，两条腿却站不起来。他几次两只手按着办公桌才勉强站了起来，可是他的两条腿已经麻木得挪不动脚步。等了一会儿，麻木状态消散，他的脚才能慢慢地挪动。去了厕所，在蹲池上蹲了一阵后，两条腿又麻木得站不起来了。他双手抚摸着冰冷的石头砌成的墙，很用力地要站起来，却打了个趔趄，差一点掉进粪池里去。类似的情形，不仅这一次，也不仅这一夜。为了教好学生，为了使自己成为“全能型”教师，他得苦练“内功”。虽然他在上中师的时候，刻苦读书，发奋学习，装了一肚子两肋巴的知识，同时也知道了怎样教学，但是教材在不断地更新，开课门类在不断地增多，他不学不行啊！像语文、数学、道德与法治这些课还可以轻车熟路，可现在还要给学生开美术、音乐、体育这些课。更难的还有英语，如何准确发音成了难题，英语的教材也是不断地更新。原来学过的东西需要提高，原来没有学过的东西需要从头去学。要当好先生，必须先当好学生，才能做到教学相长。为教好英语，他就买了一台录音机，买一些英语磁带，利用每天晚上的时间来学习英语。同时，他还买了一套广播体操的录音带，买了广播体操的挂图，自己先跟着录音机的音调，看着墙上的挂图姿势学做广播体操。自己学会之后，他就教全校的同学们学做。在上体育课的时候，他不仅教学生们做广播体操、打乒乓球，同时还结合着小孩儿们的童趣，开展老鹰捉小鸡、推铁环、羊抵架等活动，把正常的体育课和孩子们的童趣活动结合起来。这样就不单使同学们的学习知识得到增长，而且身体素质也不断得到提高。

张玉滚为了让孩子们能说一口纯正的英语，他不仅自己学好、练好，更重要的是在课堂上，他一丝不苟地教学，一边播放一边教，哪个发音不准了，就及时纠正，有时候一个发音甚至要让孩子们反复练上十几遍。他风趣地说："咱山里人不比他们城里人傻。城里孩子能说好的，我们也能说好。将来可不能一口黑虎庙的英语呀，那样可是让人笑掉鼻子笑掉牙！"不管上哪门课程，张玉滚总是千方百计地讲好每一节课。数学课上，他运用直观教学法，和孩子们一起制作钟表、表盘、正方体、长方体等教具。科学课上，他带领孩子们去野外上课，或是自己动手做实验，激发他们热爱大自然、探究大自然的兴趣。

张玉滚为了培养孩子们的阅读兴趣，经常领着孩子们咏诵经典，像唐诗宋词、毛主席诗词等。他还经常给学生们讲雷锋的故事，让学生们读雷锋日记，培养学生树立正确的世界观、人生观和社会主义核心价值观。

张玉滚就是这样，学中教，教中学，无论再忙再累，都不忘学习。他先是完成了大专的自修，后来又完成了本科的自修，教学水平远远超过了其他乡村普通小学教师的水平。

可以说，张玉滚自从进了黑虎庙小学，他把整个心血和青春都献给了这个学校，献给了一届又一届的学生们。他本身是一个孝子，可是由于他全身心扑到了教育事业上，母亲病了，他甚至都顾不上照顾。有时候，回家看一眼母亲就走了。有时候他很想在母亲身边多站一会儿，跟母亲多聊几句。母亲也理解他工作忙，总是说，我没事，你去吧！

2017 年，“精准扶贫”的战鼓也在黑虎庙这个深山区擂响，周围的村子都在打脱贫攻坚战，村子的面貌都发生了巨大的变化。教育扶贫也是脱贫攻坚的重要一项。上级部门从“教育平衡”专项资金中陆续给黑虎庙小学拨了近三百万元。学校门前的公路通了，校舍由陈旧的土坯房变成了两层小楼房。老师有了专门的办公室和寝室，寄宿学生有了八人同居一室的宿舍楼。这时候，学校决定把校园里的泥巴地面硬化成水泥地。为了少花点工钱省下钱来办别的事，张玉滚带领老师们投入校园里的地面硬化施工。扛水泥、拉沙石，什么活儿都干……

那天，正在紧张施工，张玉滚的二哥突然跑来说母亲病重，要他拿个主意。他母亲原来患有帕金森综合征，脑血管也有一点问题，他估摸就是这些陈病复发，便交代哥哥把母亲先送到县医院去，地面硬化工程完成后他就上医院看望母亲。母亲这次病了，他虽然心里很难受，但是丢不下学校的工程建设。一周之后，他得知母亲已转到了南阳市中心医院救治，才意识到母亲的病情严重。他根本不知道，他的哥哥们怕耽误他的工作，没有把母亲的真实病情告诉他，其实母亲最后确诊的是血癌。仅仅一周的时间，母亲的病情就急剧恶化。这时候，二哥才给他打了电话，说母亲病情极重，他才把学校的工作安顿好，赶到南阳去看望母亲。母亲已经躺在床上不能动了，浑身的皮肤黄得透亮，嘴唇发乌，两只眼睛里没有了光，也没有了神。他不由得掉下泪来。这时候他还不知道母亲患的是血癌。通情达理的母亲，知道玉滚学校事情多，工作忙，不让玉滚在医院陪伴她，她有气无力地牵着玉滚的手说："玉滚，那么多孩子离不开你，娘没有事，有你哥们在这里照顾我，你不用操心我，你还是回学校去吧。"玉滚站在母亲的病床前，迟疑着不走。他这些年欠母亲的账太多了，母亲病重，他没有陪伴，没有伺候，他觉得心中有愧，他多么想在这里多待一分钟啊！母亲却一直催促他，让他赶快回学校。这时候，玉滚擦了一把泪，就说："娘，你好好治病，过些天我再来看你。"娘没有再说话，手向门外指着，意思是让他快快离开医院回学校去。玉滚走到病房门口时，又回头看了娘一眼，忍不住掉下泪珠，他怕自己失声痛哭，头也不回地离开了医院。

玉滚哪里想到，他刚回到学校，哥哥又打来电话，说母亲病危。他又赶忙折回医院，可是，从黑虎庙到南阳，得两个多小时的路程。他赶到医院的时候，母亲已经闭上了双眼，他再也不能给娘说上一句话了。张玉滚跪在母亲的遗体旁边，悲痛欲绝，追悔莫及，一声声地哭喊着：娘啊，儿子不孝，娘啊，儿子不孝！哥哥扶起玉滚对他说："自古道，忠孝不能两全。你虽然没有伺候老娘，没有给她擦屎刮尿、端吃端喝，可你为教好孩子们费尽了心，这就是对娘的最大孝心，这就是对娘的最大安慰。娘到天堂里也不会怨你这个儿子。娘在天堂里看着你把黑虎庙的几百个孩子教得那么好，也会在九泉之下含笑。"

把根留住

经过伟大的脱贫攻坚，尖顶山旧貌换新颜，昔日的荒山现在披上了绿色的盛装，凤凰台也真正地飞来了凤凰，农民过上了小康日子。每个自然村——哪怕只有三五户人家的自然村也都通了水泥路，人来人往再不用走那羊肠小道。农民们已从昔日那破旧茅屋搬进了舒适的小楼里，再不用吃河沟里的水，家家用上了自来水，户户安装了有线电视和空调，有了电冰箱，人们也都用上了手机。大部分山民出行不是开小车就是骑摩托车。黑虎庙小学随着山乡巨变，也旧貌换新颜。学校由土坯房变成窗明几净的楼房，土坯课桌已无影无踪，用上了标准课桌和统一制作的椅子。学校有了电教室、图书室、梦想教室、青少年活动中心，有了乒乓球室和篮球场，有了可容纳一百五十人的会议室。各教室也都装上了教学一体机等。学校的操场扩大了一倍，操场上有了旗台和铝合金旗杆，五星红旗在学校的上空迎风飘扬。

由于学校面貌的变化和教学质量的提高，现在不仅周围的学生不到外地去求学，周边其他地方的小学生也都要送到黑虎庙小学来。就连远在几十里以外非常繁华的玉雕小镇石佛寺街上那些钱包鼓囊囊的客商，也要将自己的孩子送到黑虎庙来上小学。这里的教师资源已不再匮乏。栽下梧桐树，自有凤凰来，大专、本科的师范毕业生也积极应聘到黑虎庙小学来教书。

人民不会亏待为他们造福的人，国家不会亏待每一个对社会有贡献的人。张玉滚现在已是多项荣誉加身，头顶满是光环。他先后被党和国家授予“时代楷模”、“最美奋斗者”、全国优秀共产党员、全国道德模范、全国教书育人楷模、全国师德标兵等十三个国家级荣誉称号。他曾三次走进人民大会堂，聆听习总书记讲话，也曾登上颁奖台从党和国家领导人手中接过荣誉证书和奖牌、奖杯。

2018 年 9 月 4 日晚，在中央电视台的金色演播大厅里，响起了主持人刚健、激动而又洪亮的声音：张玉滚同志是扎根深山的“四有”教师，是新时代人民教师的杰出代表和光辉典范。他用实际行动诠释了社会主义核心价值观，忠诚践行了我们党全心全意为人民服务的根本宗旨。为宣传弘扬他的先进事迹和崇高精神，中共中央宣传部决定授予“时代楷模”的称号，并号召广大干部群众特别是广大教师向他学习。同年，张玉滚又被评为“感动中国年度人物”。“感动中国”组委会给张玉滚的颁奖词是：扁担窄窄，挑起山乡的未来；板凳宽宽，稳住孩子们的心。前一秒劈柴生火，下一秒执鞭上课。艰难斑驳了岁月，风霜刻深了皱纹。有人看到你的沧桑，更多人看到你年轻的心。

张玉滚二十年含辛茹苦，送出了一批又一批的学生。在他到黑虎庙小学教书之前，几十年里，黑虎庙小学送出的学生只出了两名大学生；在他到黑虎庙小学后，送出的学生中，已经出了五十一名大学生、三名研究生。有考上兰州大学的、四川大学的、北京化工大学的、浙江中医药大学的、海口大学的……可以说，东西南北中，桃李满天下。

2019 年国庆节，庆祝新中国成立七十周年，张玉滚坐在“凝心聚魂”方阵 26 号彩车上，通过天安门时，看到习近平总书记和其他领导人。这时，他眼眶里充满了激动的泪花，心想，我只做了这么一点点贡献，党和国家给了我这么高的待遇和荣誉……

张玉滚从北京回到山里后，有人对他说，玉滚哪，你为山区的教育献出了青春，耗尽了心血，现在要名有名，要功有功，你该歇一歇了，要求要求到县里去找一个名气大的学校，或者是到南阳去，找一个环境好的学校去享受享受，改变一下你的生活条件和工作环境。你自己看不见自己，你不到四十岁，就像个小老头了。听到这些话，玉滚总是摇摇头，笑着说："我做得太少了，党和国家给我的荣誉太多了。我对乡亲们的贡献太少了，乡亲们给我的爱太多了。俗话说，树高千尺也离不了根。我张玉滚的根就在黑虎庙，我的岗位永远在黑虎庙小学！"张玉滚把根扎在大山里，却不把学校封闭在大山里。他走出校门，与河南省实验小学，南阳市第十二小学、第十五小学"结对子""手拉手"，还拉着平顶山学院、南阳理工学院在黑虎庙小学建立了教学实践基地。除此之外，他还与一些知名本科院校建立联系，有计划地送学校的老师去深造，使城市的新的办学理念、新的教育理念、新的办校管理方法，如春风般吹进黑虎庙小学，使黑虎庙小学的教育质量不断登上新台阶。

张玉滚这个不平凡的普通人，也受到了北京2022年冬奥会和冬残奥会组织委员会的青睐。2022年1月7日，张玉滚接到北京冬奥会开闭幕式工作部的邀请函，2月1日报到，2月2日参加重要彩排。2月1日是农历新年第一天，也就是春节，从南阳到北京有直达的高铁和飞机，他完全可以在除夕夜与家人吃碗团圆饺子再赴京。但他为了参加冬季奥运会开幕式的彩排，放弃了与家人团聚，1月30日就赶到了代表住地。他是唯一一个提前赶到北京的外地代表。经过严格的训练，终于等到了2月4日火炬传递，一百七十六名来自各地各行各业的英模代表将五星红旗手手相传，一直传到升旗区，传到升旗礼兵手中……当张玉滚双手小心翼翼传递国旗的时候，当他目不转睛地望着五星红旗在庄严的国歌声中冉冉升起的时候，他心潮澎湃，无比激动，感到我们的祖国多么伟大，作为一名教师能参加“世界盛会”是多么的荣耀，多么的幸福……

2 月 28 日，我又一次来到黑虎庙小学，找学校的师生和当地村干部及村民们深度采访。见到张玉滚时，他告诉我，第二天他又要去北京参加冬残奥会，当火炬手。我听了，很有兴趣，对他说，你参加完火炬接力如果不涉及保密要求，请尽快将经历告诉我，我要把这个事情写进作品中去。3 月 2 日 20：16，张玉滚通过微信发来一张传递火炬的图片。他和另一位火炬手，身穿红白相间的运动服，手持火炬，姿势优美，充满青春的活力。没想到，平时在学校里看着他像个饱经风霜的“小老头”，穿上这漂亮的运动服却帅得像小伙子。选他当火炬手没选错。后来，张玉滚电话里告诉我说，他是 17 号火炬手，与广西壮族自治区上思县民族中学校长陆雄光两人一组，从 14 号火炬手聂德芸手中接过火炬开始往前跑，跑了五十米火炬传递给下一组……张玉滚还是满怀激情地说，当时北京气温虽然低，火炬点亮的瞬间，我感觉浑身是暖暖的，感觉到了祖国大家庭的温暖。虽然只跑了五十米的距离，我觉得前程无限，分享了奥运的健康、欢乐、活力！虽然传递的时间是短暂的，但我要永远做一名火炬手，永远为山区的孩子们点燃希望……

3 月 13 日，张玉滚回到学校，学校也刚刚开学。他在学校大会议室里与全校师生分享了参加北京“冬奥会”和“冬残奥会”开幕式的幸福与快乐，讲述我们祖国的伟大和昌盛。当他讲述到他们一百七十六名代表手手相递国旗的时候，三年级学生辛怡瑄站起来问：“张校长，你们那么多人传递的国旗有多大啊?”张玉滚略一思索，风趣地说：“九百六十万平方公里那么大！”

顿时，黑虎庙小学的大会议室里响起了阵阵热烈的掌声。

掌声过后，辛怡瑄同学又说：“张校长，我长大了也要当火炬手！”张玉滚伸出大拇指说：“好啊，辛怡瑄同学，我为你有这样的志气点赞！在第二个一百年里你们就是主人翁！”

英雄归来

——“独臂支书”李健

李天岑　水兵

李健

诺贝尔奖获得者、法国小说大师加缪说："以鄙视的态度，就没有战胜不了的命运。这样一趟趟上山下山，如果说有些日子是行走在痛苦里，也有可能走在欢乐里。"

走在痛苦里也好，走在欢乐里也好，真实活着的人生，每一步都是自己的。

所以，诸神啊，你尽管嘲弄推石上山的西西弗斯吧，你说他一无所成，可是"这块石头的每一颗粒，这座夜色弥漫的高山每道矿石的闪光，都单独为他形成一个世界。推石上山顶这场搏斗本身，就足以充实一颗人心"。

英雄西西弗斯是幸福的。

——题记

序　曲

"高手在民间。"

千百年来，民间总是像大地一样，用它质朴的方式，默默奉献着让人心动的故事或者闪光的事迹。

山乡奇人奇事多，总让人震撼感动，耳目一新。

从南阳到桐柏，走高速只一个钟头的车程，从桐柏到埠江再到付楼，也只有近四十分钟的车程。这在过去，是不可想象的，要翻山越岭，涉水攀坡，没有十天半月的工夫，难以踏遍这片美丽的地方。

这是一片神奇的土地，迷人的土地，也是一片红色沃土，一个出英雄的地方。时代大潮中，从城市到乡村，从乡村到产业，处处呈现出时代的脉动，迸发出奋进的力量。大地如画，天然成趣，如果能竖立起来，一定是一面别具风格的壮丽风景墙。

这就是桐柏，一块状似祖国版图，横立在伏牛山和大别山之间，地理单元上被单独定为“桐柏山脉”的豫南宝地。

盘古山、淮源地、太白顶、水帘寺，峰峦叠嶂；淮河千里，淮水滔滔。这里，成为中华民族开天辟地和大禹治水神话传说的滥觞。

翻开古代和近现代历史册页，桐柏虽是个小地方，却英雄辈出，故事常新，其创造力和生动性总像文学中的皇冠——史诗般的巍峨壮丽。

早在五六千年前，这里已有人类聚居，从商周至今，历史如逶迤淮河，浩浩汤汤。

三国的金戈铁马中，桐柏人魏延曾是西蜀叱咤风云的大将军，他随诸葛亮多次北伐中原，战功卓著。他禀性如钢，不拘小节，善于大刀阔斧，长于奇兵取胜。蜀国六出祁山攻伐曹魏时，他建议从斜谷出奇兵，直取魏兵老巢，可一生谨慎的诸葛孔明太过缜密，未听取魏延的计策，结果损兵折将，无功而返。后人根据魏兵部署揣测，如果采纳了魏延建议，一战制胜，重创魏国，三国历史或许会被改写。可惜历史不能假设和倒转，后人空留遗憾。

在土地革命时期，桐柏是中共最早的人民政权机构所在地之一；解放战争中，中共中央中原局在这里成立，是 3 个中央级、6 个省级、9 个地级党政军领导机关所在地。刘邓大军曾在这里驰骋，1.2 万名革命先烈的忠骨在此埋葬。他们犹如一颗颗星、一盏盏灯、一簇簇火，光耀天空、烛照大地，激励和鼓舞着一代又一代人，照亮淮源大地伟大复兴的光辉前程。

20世纪80年代，由小说《桐柏英雄》改编的电影《小花》，主题曲唱响大江南北。至今，“妹妹找哥泪花流”仍在几代人的心灵深处回旋。桐柏，是英雄的故乡，是革命的摇篮，是被鲜血染红的老区。

如今，红色土地上又长出一朵壮硕的时代之花——“新桐柏英雄”李健。

2018年10月16日，埠江镇付楼村党支部书记李健作为全国三名基层残疾人脱贫代表之一，应邀参加了国务院新闻办举办的中外媒体记者见面访谈会。2019年5月6日，李健被授予“全国自强模范”。两年后的2020年11月24日，李健又被评为“全国劳动模范”。

当庄严的人民大会堂响起嘹亮的国歌，习总书记挥手向一个个全国劳模致意时，李健又一次泪湿眼眶。他想起一年前，习总书记接见残疾人“全国自强模范”时，在一一握手祝贺问候时，到了自己面前，总书记伸出的右手猛然停顿了片刻，接着，总书记换成左手，用厚实温暖的手握住了自己布满疤痕粗糙的手。那一刻，总书记百忙中亲民敬人的细节，那双宽厚的手传递过来的暖流，让李健不由得泪流满面。

李健，何许人，何种背景？短短时间，能从千千万万普通农民中脱颖而出，成为“全国劳动模范”；他又有何种超人能力，从万万千千残疾人中成为“全国自强模范”，成为“双料劳模”？

这是两块金子般的国家级荣誉，沉甸甸、厚实实的，无数人一生难得一次，可李健两年得了两次。这荣誉背后，到底发生了什么？是什么样的特殊故事？

正是这些“传奇”和“蝶变”故事吸引着笔者。2021年金秋十月，我们来到了付楼村。

我们站在村委门前空旷干净的广场上环视四周，只见高规格现代化的香菇种植大棚在村部周边落成，像一个个大培养箱和孵化室，种植的香菇传来鲜嫩的菇香；不远处的果园里引种的黄金梨系列远看已是硕果满枝，在秋风中散发出诱人的甜香，园中的荷塘鱼塘水光潋滟、荷叶田田，引来天空中无数的白色水鸟在细雨中蹁跹起舞，叫声清亮。村部北面是一排排的蔬菜大棚，远远看去，拱形的支架下面像一片片碧绿的海。再细看村部，“两委”办公楼、党群服务中心整齐洁净，“不忘初心，牢记使命”八个红色大字醒目耀眼；门前广场上国旗飘扬，紧邻的村史馆白墙黛瓦，在秋天的氛围中，庄重朴素，倒影如画。

好一个恬静美丽的乡村！

人们不禁好奇，一个残疾人怎能带领村民们把这个村子建得如此美丽？

一、平凡的付楼

平凡的付楼村，有着不平凡的传奇。

付楼村位于桐柏县埠江镇东北部，这里是河南、湖北两省四县交界，俗话“三不管”的地方。这里，没有特别的自然条件，浅山丘陵过渡地带，农耕文明时代，贫穷而落后。

据说，付楼原先叫傅楼，一个姓傅的有钱人家，看到这个几不管的地方地广人稀，人们朴实中带着彪悍，都是种地的好手，就通过各种关系住进了傅楼，并盖起了两层小楼，在方圆数里范围内都很出名，傅楼就此得名。后来，傅楼的主人去世了，儿孙辈也慢慢成为这里的村民和“土著”，没文化的老百姓“傅楼、傅楼”地叫着叫着，让有文化的人一写，就变成现在的付楼了。

它距镇政府4.5公里，辖6个自然村，8个村民小组，549户1912人，总面积3.9平方公里，其中，耕地面积2965亩，地貌以丘陵为主，属于亚热带季风性大陆气候，四季分明，温暖湿润，雨量充沛。小麦、水稻、玉米、豆类、红薯为主要农作物，香菇、黄金梨为主要经济作物。

付楼村历史悠久，清朝时期隶属平氏保，1942年隶属玉皇庙16保，1947年隶属桐柏八区周岗乡，1955年隶属安棚中心乡，1976年隶属栗楼公社，1983年隶属栗楼乡，1985年至今隶属埠江镇。

付楼行政村因村委会所在地付楼村而得名。中国共产党张岗地下支部于1927年在付楼村成立，与桐柏县中共中央中原局，豫鄂边省委，七七工作团，中共桐柏区党委、行署、军区机关等120余处革命遗址，共同成为桐柏红色文化和老区的组成部分。

走进付楼村村史馆，我们看到这些大事记：

1937年，中共地下党组织创办学校，以学校为掩护，开展工作。

1949年，中国人民解放军在留守干部老魏和老哈带领下开展剿匪除霸斗争。

1950年，建立了周岗乡卫生所。

1950年6月，付楼村积极响应中共七届三中全会精神，开展为国家捐款活动，为三年经济恢复工作做出贡献。

1951 年，响应党中央号召，刘明相、刘修点、刘明德、贺金荣、孙贵斌五名同志参加了抗美援朝战争。

1954 年，周岗乡合并为张楼乡，后成立红星高级社。

1957 年，红星高级社经合并，为张楼高级社；6 月，分离为张岗中队，后更名为周岗大队。

1976 年，付楼大队隶属栗楼公社。

1979 年，改造瓦房 23 间，振兴付楼小学，开设 5 个年级，招收学生 160 名。

1982 年，清修堰塘 12 个，修建水渠 4000 米。

1984 年，女青年张永梅、张永珍、张书云自费建起 6 间草房，成立了付楼村敬老院。其先进事迹被撰写为散文《三颗芳心》，发表在《河南日报》上。

1988 年，开坡挖地 320 亩，种桑养蚕。

1990 年，新建村党支部、村委会办公楼建成投入使用。

1996 年，建成 500 米张岗商贸街，供销合作社、菜市场、公共食堂、小吃部、医药门市部、卫生所等，一应俱全。

1996 年，村党支部书记张荣霞带队，参加桐柏县淮源风景区旅游公路建设。

2001 年，修建农村道路 4500 米。

2004 年，打深水井 13 眼，建立自来水塔两座，解决了 500 多人的吃水难和 230 亩稻田灌溉困难等问题。

2008 年，硬化修路 3000 米。

2009 年，建成村级敬老院。

2011 年，村部改建为上下 10 间的 2 层楼房，付楼小学新建教学楼。

2017年，建成村党群服务中心及文化广场。

2017年，成立金芙蓉生态农场，带动123户建档立卡贫困户脱贫致富。

2018年，村党支部、村委会、村监委会进行换届。

2018年4月21日，李健竞选村支书，高票当选。

2018年，建成15亩香菇示范基地、成立犇鑫养牛合作社、建成村扶贫就业车间，解决建档立卡贫困户35户83人的就业问题。

2018年，8口堰塘清淤，硬化道路8000米，打灌溉水井32眼，建成3个供水站，解决了全村农田灌溉及人畜安全饮水问题。

2019年5月16日，支部书记李健被评为“全国自强模范”。

2019年5月6日，李健受到习近平总书记接见。这一年，李健相继获得“南阳市劳动模范”“南阳市岗位学雷锋标兵”。新建村卫生室及公厕。

2020年，新建香菇基地1处，建设高标准香菇大棚23个，种植香菇规模达20万袋。

2020年，新建游园1处；新建村史馆1座。

2020年，参加第七次全国人口普查工作，付楼村普查登记443户1938人。

2020年，230户建档立卡贫困户841人全部脱贫。

2020年11月24日，支部书记李健被评为“全国劳动模范”，再次受到习近平总书记接见。

2021年，村党支部、村委会、村监委会进行换届，李健全票当选党支部书记并兼任村委会主任，同时开启付楼村“三委”五年任期新征程。

再看付楼村在几个历史节点处的党支部书记任职：

1959年11月，根据中共中央政治局扩大会议和中国共产党第八届七中全会精神，历经变革的付楼大队正式成立，村民张金坡成为首任付楼大队党支部书记。

1975年，随着栗楼人民公社的成立，付楼大队脱离安棚人民公社，1976年村民张录义当选为大队党支部书记。

1978年，村民付家旺当选为中共付楼大队党支部书记。

1983年，撤销栗楼人民公社改为栗楼乡政府，撤销付楼大队建立付楼村村民委员会，付家旺成为首任中共付楼村支部书记。

1985年，村民张永长当选为村委会主任。

此后，付楼村党支部、村委会按照基层党委、村委选举办法，依法依规进行选举，走上稳定健康发展的道路。

付楼村2014年被确定为建档立卡贫困村，确定187户629名贫困人口，2016年实现整村脱贫，2020年，230户建档立卡贫困户841人全部脱贫。现在，正行进在美丽乡村建设、乡村振兴奔小康的新征程上。

一座村庄之所以美丽，是因为传统和现代交融绘就的色彩迷人；一座村庄之所以动人，是因为勤劳和奋进创造的故事感人。

付楼村自汉代成村以来，世世代代秉承淳朴、勤劳、节俭的民风，继承中华民族的优良传统，自力更生，奋发上进，涌现出诸多的先进典型和模范事迹，用新时代的崭新画笔，勾勒出今天付楼村“产业兴、百姓富、生态美、乡风纯”的秀美画卷。

付楼，无疑是美丽的。

在这块乡风民俗人情丰厚的大地上，付楼村正在生发出翻天覆地的变化、凤凰涅槃般的巨变。

付楼村的“领头雁”、一村之长，李健就出生在这里。家中兄弟姊妹六个。

他家祖祖辈辈都是付楼村民。因为伯伯在李健幼时就外出了，后在山西定居，两个女儿也一直留在李健家中。加上伯家这两位堂姐，李健兄弟姊妹共八人，李健排行第六。

在李健的记忆中，童年时家里非常穷，兄弟姊妹八个和父母、爷奶住在一起，除了种庄稼，没有别的任何营生，经常是吃了上顿没下顿，童年都是在饥饿中度过。那时李健时常在心里想：能吃饱多好啊！李健至今记得，弟弟出生时母亲坐月子，家里搅点鸡蛋面汤给母亲喝，没等放凉，几个孩子偷抢着一转眼就喝光了，最后母亲只能用开水涮涮锅底来充饥。

后来，爷奶去世，几个姐妹相继出嫁了，哥哥们也分家另过了。李健和父母、有智障的小弟生活在一起。

母亲已经去世了，现在家里六口人：父亲、弟弟，他们两口和两个孩子。父亲今年八十多了，因大腿骨折成为一个行动不便的老人；妻子患有慢性病，中风以后，成了一个半身不遂的人；还有一个从小智障、生活几乎不能自理的二级残疾弟弟。两个孩子，大的已在外上大学，小的仍在上中学。除了两个尚在求学年龄的孩子，李健一家四口都应该算是残疾人，而且残疾等级很高。

在李健伤残之前，凭着乡下人的吃苦耐劳，李健的家庭也像其他家庭一样，生活平淡而祥和。那时父母还能劳动，下地除草、培土、栽秧苗。妻子勤劳能干，屋里屋外收拾得干净利落，一日三餐，饭菜做得可口而有营养。两个孩子，一男一女，健康活泼，聪明可爱，每天背着书包蹦蹦跳跳地去上学，学习成绩也好，不用大人操心。李健本人身体健壮，不但有力气，脑子也灵泛，种庄稼一把好手，那些庄稼被侍弄得完美且丰茂，一派生机盎然。李健为人仗义大方，乐善好施，村里谁家有了困难，二话不说，出力出钱。除了种地，还有一技之长，是村里的电工，也是村里的能人。标准的农家生活，虽不很富裕，但小日子也过得有模有样，滋润而甜蜜。

天有不测风云，人有旦夕祸福。谁也没有想到，连李健自己也意想不到，刹那间，他成了一个缺胳膊残腿的残疾人——

二、生命奇迹

这天是 2011 年 12 月 30 日。

再过一天，就是阳历新年了。为迎接新年，让乡亲们过一个安宁祥和的节日，李健和工友一起在村里检修变压器。那天吃过午饭，风特别大，呼啸如怪兽，刮得树枝电线呼啦啦响。李健和工友扛上梯子干活了。当他们把梯子靠在电线杆上准备上去检修时，铝合金梯子不停地颤抖摇晃，看着同事缩手缩脚、胆怯害怕的样子，一向果断胆大的李健大声地说：“我上去！”凭着年轻自信和技术熟练，李健在同事惊惧和诧异的目光中爬了上去。突然又一阵大风袭来，李健脚下一抖，眼看着要随晃倒的梯子一起掉落下去，出于本能，他下意识地伸手想抓住些什么，谁知一下子便失去了知觉……吓傻的工友忙乱中踢翻梯子，李健随着梯子摔在地上。只见他头盔冒着白烟，右手、左腿都着了火，哧哧作响。瞬间，他一条腿发黑的骨头露在外面，上面的肉都没了。

“出事了!”“出事了!”“电打死人了!”“电打死人了!”……工友带着哭腔大声地呼喊，就近干活的乡邻赶紧跑过来，看到这一幕，人人都胆战心惊。他们立刻把李健送到当地医院，医生看着李健已经成了这副模样，根本无从下手去抢救，无奈地说，没有抢救的希望，不敢接收。一边的同事和乡邻面面相觑，急得眼泪都流了下来。

昏迷中的李健就在病房外的走廊上躺了几小时，空气里弥漫着烧焦皮肉的味道，来回经过的人都不敢直视这骇人的惨状。得知消息的家属急急赶来，悲痛欲绝，打听到南阳的南石医院烧伤科条件好，或许有一线生机，就迅速把李健送到南石医院进行抢救。当时医生看了李健那样的情况，交代只让交 400 元住院费。

“我时而昏迷时而清醒，看见自己右胳膊都是黑的，彻骨的疼痛令人难以忍受。感觉自己正承受着炼狱般的折磨。惊恐、绝望!”这些词语经常在李健片刻清醒的大脑盘旋，可随后想得更多的是，“我走了，家人怎么办啊?”强烈的求生欲望和对家人深深的眷恋，让李健顽强地从鬼门关走了出来，也打破了医生“头天拉来第二天拉走”的预言。

在家人的一再要求下，会诊、决定手术方案，医生们下定了决心。经过八次手术的救治，李健暂时脱离生命危险，却不得不截掉右臂。他的左腿因为皮肉血管严重损伤坏死，营养无法输送，按医生的建议也必须截肢才能保命。

“我已经截了一条胳膊，如果再截掉一条腿，那不就完全废了？手不能拿了，腿再不能走，我往后还能干啥，像个植物人般的‘活死人’一样，活不能干，生活不能自理，还净给家里添麻烦，活着有啥意思?”坚决不让截腿的李健，在南石医院住了八个月后，转院到洛阳正骨医院。

左腿肌肉大都烧掉了，只能把双腿捆绑在一起，把右腿的皮肉组织嫁接到左腿上，抽取腰部和右腿的骨头再植入左腿，让左腿再造重生，之后再将两腿生生分开……整整两个多月，李健绑在一起的双腿不能动，这还不算，更大的考验是做手术不全身麻醉，清醒着做。为什么？回想时，李健情不自禁地眉毛一皱，心酸地说：“身体残了，脑袋不能也残了。为了尽量减轻对大脑的伤害，做手术我坚决要求局部麻醉，疼一点算了，不能憨傻。”医生固定好他的上体，让他咬紧纱布，手中握个东西，才开始手术。“咯咯”锯骨头的声音在耳边回响……那些声音啊，至今想来仍让人不寒而栗！

古代有关云长刮骨疗毒，那是条件所限；现在是李健不做全麻，为了让以后的脑子不坏，能保持清醒。不全麻，头脑清醒着做手术，这是多大的艰难和疼痛，得有多大的毅力和坚强去坚持啊！

“生命奇迹、精神潜能不可估量，不可估量……”医生们摇着头感叹。

李健前后住院两年，出院时，医生断言：“你能活下来已经是个奇迹，往后能站起来就不错了，走路绝不可能！”

三、“我一定要站起来！”

人的不幸是一种历练，其实也是一笔财富，从某种意义上说，应当感谢命运赋予的种种苦难。

——李健

明知不可为而为之者，往往是不平常之人。而这也是成就英雄的前提。

回家后，李健有一年多的时间躺在床上不能走路。每当夜深人静时，凄凉像无边无际的潮水涌过来。他沮丧而孤独地躺在黑暗里，常常不由自主地喃喃自语：“一直跟着我的小弟是个残疾人、智障，老父亲年纪也大了，儿子女儿都正在上学，要是我走不成路，干不成事，一家老小咋办?”想着想着，勇气萌生了出来，也有更多的力量涌现了出来。“我要站起来!”从那时起，他就咬着牙每天坚持拄拐锻炼。

最初，李健怎么都站不起来，残疾的腿根本不能自主支配，他就拄根拐杖，利用拐杖的支撑慢慢地站起来，慢慢地立定。每一次站起，左脚脚尖一落地就疼得钻心，无法站稳，一次次重重地摔倒在地。不知道摔了多少跟头，晚上睡觉时身上青一块紫一块。那些伤痕的颜色醒目地印在皮肤上，后来，又随着时间的流逝变淡。有一天，李健真的摇摇晃晃地完全站了起来。

那天，阳光格外明媚，李健的脸庞被光照得温暖而光亮。李健左胳膊架住拐，又试着左脚着地。猛然间，他感觉有些力气，在妻子的辅助下，挪动了几步，走到了屋外。阳光下的李健，希望再次升腾，他喜悦得像个孩子。

然而，当他把能站起来的这些情况和主治医生沟通后，医生却当头给他泼了一盆冷水："你这是假站起，偶然因素。就是再锻炼，再恢复，最多也只能到马蹄脚那种程度，一点一点往前挪。想要像正常人一样，不可能！就算能走，也是一辈子离不开拐杖地走。"

听了医生这一席话，李健再一次有刹那间的不自信，甚至绝望：现在一只胳膊没了，如果腿再不能走，今后自己还能干啥？还得治疗花钱，净给家里添累赘，这活着还有什么意义？从小倔强的他又想道：自己上有老，下有小，是家里的依靠、顶梁柱，如果自己真的倒下或消失了，这个家不也就完了？无论如何不能倒下，他自己给自己信念。

强大的意志力和冷峻的现实，让李健再一次勇敢而坚定地选择：活下去，一定要站起来，要像正常人那样走路！

精神的力量像养分，让一个损伤了翅膀的鹰扇动翅膀，再次飞向天空。

他每天天不亮就醒来，第一件事就是用脚使劲蹬床尾床帮，一下一下地练，不厌其烦地，机械且重复，从不敢懈怠。他自制了滑轮凳子，一步一挪练走路，一步挪出几寸远，每一步都疼出泪水。由于腿不能长时间走路，他就走走歇歇，每天如此。家人和村子里的人无不为他的自强而感动。村子里的人看到他都默默地敬佩点头，行注目礼，跷起拇指鼓励："李健，好样的！"

半年多后，他终于甩开了拐杖站了起来，走路也不那么费劲了，还能帮家里干点轻活。久违的笑声又出现在这个风雨飘摇、顶梁柱曾坍塌的家。

就这样，凭着惊人的毅力和信念，李健再一次奇迹般地打破了医生的不能正常行走的预言。

“我一定要站起来”的心愿实现了。

四、“坚持就是胜利”

> 宁肯苦干，不要苦熬。在奋斗的过程中，不要惧怕失败，因为失败是成功之母；不要轻言放弃，因为坚持就是胜利。
>
> ——李健

虽然落下了残疾，但康复了。李健看看房前屋后，看看脚下的土地，又抬头看看天，白云轻风，一种劫后余生的幸运感扑面而来，虽然对以后的家庭和生活前景还很模糊，还不知道以后能干什么。“总算活过来了。”“总算能行走了。”“总算又变成了一个人。”李健在心里说。

他开始考虑以后的生活了。作为一个贫困户，一没钱，二没技术，一家人要生活下去，还要发展，该怎么办？困难像一双巨大的手，又从另一个角度紧紧地卡住他的心，使他禁不住叹气。壮士断腕，猛虎折腿，望着苍茫的天空和大地，他有一种前所未有的苍凉感，沮丧、颓废的情绪又不由分说地袭了过来。站在迷茫、陌生的十字路口，李健有些胆怯。正在这时，镇长王诗东与他相遇，朗声劝慰：“李健，不要担心，有党和政府呢！”并义无反顾地选择和他结成重点帮扶对子。

雪中送炭的加持，再次点燃一缕摇曳的火苗。

王诗东要让这火苗越烧越旺，直至成为熊熊燎原之火。

他利用上下班和开会来回路过李健家门口的机会，有空就去李健家，鼓劲，找问题，想办法，帮助解决家庭困难，并主动担负起李健工伤后治疗费和赔付金的商谈、善后工作，为李健争取最大利益。无数次，无数趟，多少口舌，多少心血，多少汗水，王诗东像亲人兄弟一样地关照和支持着李健。

村干部也经常去他家，嘘寒问暖，希望他重新振作起来，尽快干点事；尤其是老革命、本家老三爷，不顾孱弱、年迈的身体，天天往李健家跑。还有兄弟姐妹、左邻右舍、亲戚们更是三天两头往他家跑，帮干活，拉家常——所有这一切让他的内心变得敞亮，感觉到大家和党和政府的温暖。他又开朗起来，顽强地坚持锻炼，每天干些力所能及的轻活、碎活。人们每天都能在村子里看到他从容、坚强的身影。

自从被定为贫困户后，李健享受到了到户增收项目照顾，每年入股分红 650 元；村里按政策对他家的危房也进行了改造——天阴下雨不再犯愁，再也不用担心因房屋漏雨而无处栖身，听不到雨水打落在碗盆上发出的刺耳的嘀嗒声；孩子上学都有了教育补贴。看着孩子们背着书包轻快的脚步和可爱的笑脸，李健由衷地感到欣慰。村里打了深水井，自来水通到了家，吃水不作难了，费力而沉重地挑水的场景从此不再上演，打开水龙头那哗啦哗啦的流水声，多像一首美妙的音乐；享受到了医疗合作大病救助政策，生病治病也不作难了；他的弟弟享受到了最低生活保障，他和妻子也都享受到了残疾人生活补贴和护理补贴；就连种植艾草也有化肥和种苗补贴。这些好政策，让李健得到了基本生活保障，拥有了生产能力，他从内心深处感受到党和政府帮助农村农民脱贫致富的决心和带领农民致富奔小康的愿望，感受到了强大有力的国之爱、党之爱。

但作为受了扶贫政策特别照顾恩惠的一户，总不能这样不死不活地永远靠政府，熬日子。下一步怎么办、怎么干？李健想，虽然自己胳膊残了，但脑子还管用。他便开动脑筋，想一些可以赚钱的门路。根据付楼地域环境和土质及旱涝雨水等情况，也根据别人的经验，最后决定：种大葱。

没有钱干事，资金短缺，他就找亲戚朋友借。凭着他的为人和过去的仗义，亲戚朋友都很给面子，都尽可能地帮助他。很快筹资 25 万元，在村委帮助下流转土地 150 多亩，没钱付乡亲们的租地费，他就找村干部协调，先欠着；整地和购买化肥、葱种需要钱，也找村干部帮忙，暂且欠着。种植大葱的技术，自己学点，不懂的就向别人请教。他把这百亩大葱看得像自己的命根子一样，除了找别人帮忙管理，自己也是天天起早贪黑待在地里，天天看着这些油绿的“生命箭头”一点一点地在他面前成长。每个清晨到黄昏，都能看到他的身影在那片庞大而壮观的葱地里游走，除草、施肥、浇水、培土。天旱了，赶紧抽水浇；遇到下雨时间长了，立马排涝。长时间奔跑劳动，本来带伤的腿就肿了起来，疼得他几乎不能站立，他就坐上轮椅，再苦再累，他都忍着坚持下来。

俗话说，好想法不一定有好结果，努力不一定有收获。这话一点也不假，因为当时急于赚钱，市场信息不畅，也没有深入调查分析市场需求，盲目种植，结果因当地种植面积过大，导致遍地大葱。虽然丰收了，但是滞销，价格不抵成本，最后大葱一毛钱一斤，甚至连挖葱的人工费都不够，成片的大葱贱如荒草，只能犁掉掩埋作肥料。每一犁下去都是在犁割李健的心啊！辛辛苦苦，拼死拼活，一年下来不但没能挣钱，反倒净赔了 20 多万。20 多万啊！这是借来的亲邻和大伙的血汗钱啊！在当时的农村，这无疑是天塌地陷，让人发疯。李健心疼而自责，后悔不及，整夜整夜地失眠，头发大把地掉。那一个个漫长的夜晚，都在焦灼无奈中度过。茫然、无助、后悔、不知所措的感觉，让他头痛欲裂，浑身疼痛。

屋漏偏逢连夜雨！不幸再一次降临：妻子因他的出事受到惊吓，加上日夜操劳，高血压突犯，脑出血偏瘫，住院又花去 6 万多元，命虽保住了，却落下了身体左半侧失去知觉、不能活动的后遗症，还有点精神障碍。每当李健走过去给妻子盖滑掉的被褥，妻子总吓得不停地哆嗦，仿佛看到了坏人。妻子还经常双目呆滞地看着李健，仿佛看着一个陌生人，不理睬不说话。多少次李健看着憔悴而瘦弱的妻子，悄悄地掉泪。亲弟弟从小智障，得人管理；老父亲也因他种葱，在外出借钱时遭遇车祸，造成大腿严重骨折，现在走路还拄着拐棍。还有两个上学的孩子需要照顾。一个乡村朴实敦厚本来能过的家庭，转眼就像刮过一场台风一样被洗劫一空；又因投资失败变得一贫如洗，举债度日。李健一家，转眼成了村里的特困户……眼瞅着家不像家，人不像人，实在过不下去，李健心如刀割。

干事难，残疾人干事更难。厄运、命运咋就光落在自家头上呢？“老天啊，你咋这样对我呢？”是自己命不好，还是上辈子欠了什么？李健再次陷入迷茫、绝望。“路在哪里？这一家如何过下去？我是否还要坚持走下去？”他再次陷入无边的黑暗之中。“该怎么办呢，难道没有一点希望了吗？”父亲布满褶皱的脸上，两行浑浊的泪水流淌着。李健走过来，抱住父亲的肩膀失声痛哭。以后连续几天，李健经常一个人在黑夜里徘徊，甚至一死了之的心都有。

正当李健一家再度陷入绝望和困顿的时候，镇里领导也得知了他们的情况，李健口中常说的“贵人”“恩人”再次出现了。已升任埠江镇党委书记的王诗东，作为李健家的帮扶“对子”和脱贫责任人，再次伸出了超越工作职责的大爱和援助之手。

他带着自己的工资和积蓄来到了李健家，和李健分析现在的家庭情况和种植大葱亏损的原因，理思路，找办法。

李健是家里的顶梁柱和主心骨，如果他不站起来，这个家就站不起来。不要说脱贫，这个家能不能过下去都不好说。而李健要站起来，一定得有希望和精神支撑。

王诗东书记每天除了镇里繁重的工作，有点空就往李健家跑，谈家庭，谈人生，也谈苦难，谈国内外伤残人士奋发有为、身残志坚干大事创大业的故事。

他开诚布公地说：“李健，你不能消沉。像你家庭出现的情况，在农村确实少见——三个重残疾，一个八十多岁的老人，两个正上学的学生，如果你自己不能站起来，这个家就要垮下去。说句不该说的，谁也帮不了你。扶贫只能解决一时的困难，只能让你有最低的生活保障。想要家庭彻底摆脱困境过上好日子，你非得自己振作起来干实事，指望别人都是救得了一时救不了一世。我是你的帮扶人，也是你的兄弟，我说的都是掏心窝子的话。哪重哪轻，你自己掂量吧。”一席话，让李健无地自容，又让他热血沸腾。李健对自己说，我可以像英雄们一样。还有村里的党员干部、父老乡亲也都鼓励他：不要泄气，困难是暂时的，还有我们大家伙呢。只要努力，肯定有成功的那一天。已长大的儿子的一句话更是让李健热泪盈眶，记忆犹新。儿子说：“爸，赔了没事儿，这说明你又重新站起来了，能干事了，咱振作精神，继续苦干就是了！”

王书记还给李健讲苏联英雄保尔·柯察金为国而残，却以钢铁般的意志成为《钢铁是怎样炼成的》的主角，克服难以想象的困难，无所畏惧地顽强工作和生活，激励了国内外一代代人；党的好书记焦裕禄，身患肝癌仍带领群众防风治沙，生命不息，战斗不止，硬是让贫穷的兰考变了样，让人民过上了幸福生活；世界级大科学家霍金终身残疾瘫痪，却用智慧的大脑，用超人的毅力和高远的胸怀为人类做出了巨大贡献。一个个人物，一个个故事，王诗东书记的话像温暖的阳光，一寸一寸激活和照亮李健此刻冰冷的心。那时候，又适值国家精准扶贫政策落地开花，李健又被村里确定为建档立卡贫困户，家庭生活基本保障无忧。

王诗东书记的鼓励，老三爷的天天守护，众多乡亲的关心，使李健的心态逐渐稳定了下来。

想想几年来的治疗和康复生活，住院期间，村委干部轮流守护；王诗东镇长、老支书张华峰几次去南阳、洛阳看自己，把自己家中的事情全揽下；乡亲们自发捐款。在家康复中，过去曾得到过自己一点帮助的村邻们自愿帮家人犁地收割；门口那些偷偷放下的菜、粮、水果、土特产，哪一项不是乡亲们对自己的爱？还有村里镇里，所有的救济项目样样都不少，诗东书记把自己当成兄弟，多少次深更半夜到家促膝而谈，并走街串巷，调查访问，在互联网上找信息，在产业政策上找项目，帮自己出点子，想办法，甚至自费帮自己买书找资料协调关系……我要不自强自立，活得像个正常人一样，我对得起谁呀！

他更想起了自己深爱的母亲，正是在卖葱赔钱的当口，七十九岁的母亲突然得了心肌梗死，送到医院不到二十四小时就去世了。他知道，母亲是因为他吃了那么大的苦，借了那么多的钱，结果又赔了那么多。母亲看在眼里，疼在心里，又无能为力，一急，就犯病了。可怜的母亲，一辈子没有享过什么福，又为自己着急猝死。她对家庭操劳付出，她对自己的爱护都还历历在目。

但是，现在母亲却和我阴阳两隔了。李健心痛得无以复加。

“我如果就此躺下，怎对得起我的亲娘啊。我也不能把欠人家的债带到棺材里。”李健流着泪说。

党的关怀和家人的鼓励让李健下定了决心，在哪里跌倒就要在哪里爬起来！

“我可以，一定可以！”李健攥紧了拳头。

行动，用行动改变未来。

他背上干粮，悄悄到邻县学习食用菌、蔬菜种植技术，取到了增收的“真经”，并积极付诸实践。

种植香菇，再种植大葱，以此为依托搞蔬菜批发。

为了及时掌握市场信息，方便跑销路，独臂的李健学会了开车。他把周边的大多城市都跑遍了，与各大蔬菜市场批发老板交流，留下联系电话，通过网络与省外的蔬菜批发商保持联络。

他与许多外地的批发商进行业务往来，很多都没有见过面，却靠着诚信，建立了自己的销售渠道和领地。现在，他的各种蔬菜销往周边和省外十多个城市，经常供不应求。

经过两年的探索和实践苦干，在县、镇、村三级“志智双扶”的措施下，李健重新出发，把原来流转的一百多亩地种上大葱、花生、枇杷树，2016 年，他家的种植获得了大丰收，除了种植业收入，加上贫困户入股分红、种粮补贴等收入，当年家庭收入超过百万，不但还清了以往所欠的一切债务，还净落 13 万余元，一举摘掉了贫困户的帽子。

两年的艰辛探索和努力奋斗，使李健深切认识到：想真正脱贫，有了党和国家的好政策、基层党委政府的正确引导，还要靠自己用脑用心，自强不息、艰苦创业。

鲜花和掌声总是眷顾勤奋的人，成功和喜悦也总是留给有准备的人。

李健成功了，一个残疾人擎起了一片蓝天。

成功之后，总有人向他讨教致富法宝。他说，哪有什么法宝，人哪，宁肯苦干，不要苦熬。在奋斗的过程中，不要惧怕失败，因为失败是成功之母，只要咬牙坚持，历经风雨，总会有云开日出的时候！也有人问他，从一个正常人到残疾人，内心有着怎样的煎熬。他坦然地说，有些事儿，你躲不过去，与其终日唉声叹气，不如面对现实，人生的不幸也是一种历练，因为，它让自己感受到另一种艰苦的生活，就人生经历来说，也是一笔财富，从某种意义上说，对不幸也应该表示谢意。

水有源头，屋有根基。小家后面有大家、国家，是党的脱贫攻坚政策点燃了李健和他一家人生活的希望。这温暖和希望，是阳光，照耀着大地，也照耀着中国亿万农民的心；更是灯盏，像星星之火，点燃起万家灯火，点燃起人们对新时代美好生活的追求和向往！

李健坚持住了。

五、“我要入党！”

信仰是一种理想、信念，一种无形的光芒和动力，催人奋进，驱动着人思考生命的价值和意义。

——李健

李健因祸致残，因致残而立志，因立志而改变了自己的命运。

现在，他要以自己的方式，去改变一个村庄的命运。

一花独放不是春，百花齐放春满园。脱贫致富了的李健，想的不仅仅是自己和自己的家。灾难和意外带给他突然的人生变故，也磨炼了他坚强的意志和毅力，更带给他一颗感恩之心。他要感恩党和组织，更要回报帮助过自己的父老乡亲。

他想起了从小到大陪伴并教育自己的三爷——一个一生光明磊落、无私无畏、乐于助人、顶天立地的老共产党员、老英雄。

三爷是个老革命，从土改时就跟着武工队干，党龄比自己的岁数都大。新中国成立后还当过乡里武装部长，为村里办了不少好事。他无私、公正、廉洁，深得村里人敬重。三爷的一位战友牺牲后，丢下两个女儿无人抚养，三爷就把烈士的两个孩子领过来自己养，又当爹又当妈，把她们养大，自己却一生没结婚。

因是一个人生活，三爷时常帮李健家干活，也时常在李健家吃饭闲坐。有时在吃饭的间隙，三爷会突然顿住，正正有些驼的腰身，睁着有神的眼睛，认真地对李健说，你这孩子有个性，脑瓜子灵，好好干，将来一定有出息。他时常向李健讲红军路过付楼，在这里养伤，引导村里穷孩子打土豪参军的故事；讲解放军在桐柏、埠江战斗中那些党员干部带头冲锋，一个个在炮火中倒下，有的还是个娃娃，连个姓名也没有。新中国成立后县里普查，陆续找回一些烈士遗骸埋到烈士纪念园。李健从三爷的故事里汲取营养，在心中埋下了正直、善良、帮助别人、热爱共产党的种子。李健电伤出事故后在家休养期间，七八十岁的三爷，把积攒一生准备养老的钱都拿了出来，拉着李健的手说："这是三爷的一点心意，不多，你先拿去用。病好了，你娃有出息了就好，我的眼不瞎，不会看错。"李健心酸地看着三爷，看着他身上那陈旧得看不出颜色的衣服，看着他深陷的双目含着让人心中涌出暖流的东西，接过三爷颤巍巍的手递过来的钱，那一刻，李健心情澎湃，这分明是捧着一颗火热而滚烫的心。三爷那双浑浊的眼睛迸发出明亮的光，深情地盯着李健的脸庞："你还年轻，趁自己还有冲劲，去干自己想干的事情吧！"李健从三爷的脸上看到了希冀和期盼，不由攥紧了因激动而抖动的手，连连用力地点头。

三爷走路缓慢，但天天拄着拐棍来陪他，每天听到有木棍捣击地面发出的沉闷且熟悉的声音，李健就知道三爷又来了。三爷让李健躺好，用那双干瘦的手给他按摩麻木冰凉的腿，还动手帮李健做上肢运动，如此反复，自己累得气喘吁吁。李健心疼三爷，要三爷停下来歇歇，不用再按摩，不用再费力时，三爷正色告诫李健，一定要挺住，挺住了就会有希望，千万别往别处想，更不能轻生糟蹋了生命。三爷生怕李健走想不开的路，不止一次地鼓励和劝慰，像对待自己孩子那样上心。

"放心吧，三爷，我会好好活着！"李健握着三爷青筋瘦骨的手真诚地说。

三爷临终时，拉着站在床边泣不成声的李健的手说："孩子，挺住，要像红军、解放军、共产党员那样，不怕苦，不怕困难，就一定能成事……咱付楼穷啊，你一定要带领大家让付楼富起来。"李健不停地点头。

他在想：一个孤独清苦一生的老革命，一个无儿无女的老党员，一个至死都在劳动的瘦老头，临终还在想着乡亲，想着付楼。我一个五尺多高的大汉子，有什么理由不为乡邻、为付楼做点事？

现在的李健早已今非昔比，早已不再是过去那个脆弱如小草的李健了。现在的李健果敢坚强，尤其是三爷的教导和鼓励，使他刻骨铭心，他要不辜负三爷的期望，勇往直前，百折不挠，向着自己心中的目标奋进。

他忘不了几年来、十几年来，村里、镇里更多的人，尤其是出现灾祸后，王诗东书记和他的后任李启群书记对自己的鼓励、教育、帮扶。李健对党的认识已不再是一般化、表面化的想象了，而是深入思想、深入灵魂。

"一个人要做成事，光靠自己绝对不行；一个人要干一番事业，离开群众、离开党和组织绝对不行。共产党就是为人民谋幸福，带领大家一起过上美好生活的。我要感恩党，感恩大家，带领大家一起致富。"李建在入党积极分子心得中真诚地写道。

他以党员的标准要求自己，以党章的要求对标着自己。

但任何一条走向成功的路，都布满艰辛、荆棘，充满委屈和泪水。

李健想为村里做点事，他总去村委提些意见和建议，有时还坚持自己的观点，和人辩论。日子长了，有些村干部就烦了，甚至发生一些矛盾。在一次争吵中，有个干部说："李健，你算老几？你一不是党员，二不是干部，你有啥资格在村里说三道四、指手画脚？"

李健回到家，不吃不喝睡了两天。老父亲含泪在床前走来走去；妻子流着泪水端来饭菜，背转身默默抹泪。李健又想起了三爷，三爷为革命命都不要，却官不做、工作不要，甘愿回乡当农民，到死都孤身一人，自己这点委屈算得了什么?!

后来，老支书张华峰知道了此事，把那干部叫去狠狠地批评教训了一顿，并领着他给李健道了歉。但李健仔细琢磨，还是自己做事不周全。如果自己用行动、用成果感动了大家；如果自己用奉献、用贡献帮助了村里……而不是仅仅用想法和意见，那又会是怎样的结果呢？

还有一次，李健碰上两家吵架，出于公道，李健拉架调解中劝说了其中一家几句，结果，遭到那家人一顿打，伤残的腿疼了好多天，不得不住院治疗。后派出所介入，处理了打人的人，并让其给李健道歉，赔医疗费，李健坚决不要。那家人接受了教育，十分感动于李健的宽容大度。

住院期间，李健想了很多很多，主要是自己调解的方法操之过急，让那家人误认为偏向了另一家，结果很糟糕。

要做大事，要感恩回报大家，李健没有被这些挫折绊倒，而是一步一步做着事，磨炼着自己的性子，培植着自己的威信，取得大家的理解。

但要求入党的信念坚如磐石。

经历过生死与诸多不幸磨难的李健，在人生灰暗时刻仍然想着要入党，这让镇党委书记王诗东有些欣喜：

"李健要求入党，不仅是人站起来了，心灵上也真的站起来了。从李健伤残到脱贫，他每年都有很大的变化。一直奋进，一直自强，一直充满着正能量。”

在镇电管所两位前同事、老党员的带领培育下，经过党组织的严格考察考核，2015 年 6 月 25 日，在这个李健一生铭记难忘的日子里，他如愿以偿在鲜艳的党旗前宣誓：“我志愿加入中国共产党……对党忠诚，积极工作……”宣誓完了，一向坚强的他，热泪盈眶。

李健光荣地加入了中国共产党。变换了角色和身份，他像春天即将破土的壮苗，浑身充满了劲头。他暗下决心：要做个致富能力强、带富村民能力强的“双强”党员，进而成为一名优秀干部，带领更多的村民脱贫致富。

六、做群众奔小康的领头羊

我不是牧羊人，我只是一只领头羊。风雪艰险我在前头，跳崖探险我也在前头。

——草原谚语

在李健政治上成长的过程中，同村一起长大的老支书张华峰功不可没，他是引路人，也是助跑者，他给了李健入党和竞选村支书的勇气。张华峰从小和李健一起长大，彼此很熟悉也很了解。李健也很佩服他。张华峰是职专毕业，毕业后在外当了几年工人，因所在企业改制合并，就回村当了支书，岁数和李健相当，却已是好几年的老支书了，他对李健的影响是潜移默化的。

张华峰2014年就已考上镇公务员，到镇上工作后还一直兼任着付楼村的村支书。他曾多次找李健，对他说："李健，天灾都扛过来了，现在家庭生活也可以了，也算是不幸中的万幸。如今又入了党，眼光要看远一点，锻炼锻炼，打磨打磨，取得大家信任，再当个村干部，不但自己致富，更要带领大家致富。我这几年镇里村里来回跑，耽误事，两头都没干好。你看看现在村里的情况，两委班子软、散、乱，没个主心骨，群众不满意，意见也很大，镇里更不满意，这样下去，再没有个人当家，咱村非烂不可。现在有这么好的政策，你脑子灵，点子多，见识广，有毅力，不但站了起来，而且站出了样子，站出个榜样。现在，大家都很佩服你，希望你领着他们干。你帮大家做了不少事，威信也很高，过渡一下，我给镇里说说，换届时，把你作为竞选村支书的候选人推荐给大家，把担子交给你。"

张华峰多次推心置腹的谈话，感动着李健，鼓舞着李健。李健入党后，有了更高的追求：我要做领头人，我要竞选村支书。

想当支书，当一只领头羊，愿望是好的，可也不是想当就能当上的。要经过组织选拔，群众拥护，党员选举，才能实现。实现这个愿望，还需过好多沟坎。

"行动不便，生活不便，身体二等残疾，怎能为大家服务？自己才刚致富，是不是瞎猫碰上个死老鼠都难说，那一点点经验，还指不定中不中哩！别是一时冲动想当干部，热劲退了怎么办？遇着困难了怎么办？……"

一连串的猜测和议论如冷风穿心、冷水扑面。

首先出来反对他竞选支书的是他的妻子付家六和他最要好的朋友任得伟。

李健的妻子，是一个勤劳贤惠、朴实善良、普普通通的农家媳妇。她不让李健竞选支书，有她朴素的理由和道理。

她说："我不想让他当，一是怕他身体吃不消——他身体那样儿，不能断药，不能干重活，他也不能太劳累。当了支书事太多，我怕他身体扛不住。二是家里这一摊子，我身体也不行，一条腿一只胳膊不方便，做饭干活都麻烦，两个孩子在外上学，家里还有一个八十多岁的老人和智障残疾弟弟，都离不了人，主要还得他照顾。三是家里日子好起来了，收入一年比一年多。他办法多，人际关系广，挣钱的门路也很稳定，也不需要干支书多收那点工资。现在这个家过得很得劲，何必要操那么多的心。"

李健妻子的话说得实实在在，合情合理。毕竟李健是个重度的残疾人。

李健多年的铁哥们儿、当了近二十年村干部的任得伟，更是以自己的亲身经历，反对李健竞选支书。他对李健说："你入党我举双手支持你，可你当支书我坚决反对你。为啥？首先你身体受不了。村里的事，大到国家政策落实，小到一家吃喝拉撒、针头线脑，一村一两千人，一家一人一个事，你跑得过来？二是穷村工作难干，积累的问题一大堆，还都臭硬臭硬，倔得不行。三是你性子急，又不会拐弯，整不好就对立起来，气个半死。过去，你给人家调解过事，不仅受过嘲笑，还挨过打——那才是一两件事。你干了村支书，这种事多了，还不得指着鼻子说难听话，甚至骂你，你能受得了？你肯定急。"

这也是一个多年好友的肺腑之言。

但李健听从内心最真实的声音："太多理由不让我去竞选村支书，可付楼软弱涣散村的帽子戴了多年，我想把付楼变得更好！为了村民一起富，我要竞选村支书！”

两年多的努力，近千日的默默付出，出色的致富帮扶能力，李健赢得了民心、党心和组织的信任。

从生命低谷走出，反而能帮助别人，李健尝到了一种被尊敬的幸福。他说，帮助村民赚钱的那种快乐，和自己赚钱还真的不一样，这快乐里有一种特别的自豪和骄傲！

适逢付楼村两委换届，2018 年 4 月 21 日，李健以高票当选为村党支部书记。看着台下黑压压的人群，看着一双双真切信任的眼睛，李健被深深地感动，他的心仿佛有一股热流滚滚地翻腾着，他握紧拳头：一定要在付楼村好好干出个样子来，让付楼变“富楼”！

这就是为什么我们在采访中总是禁不住点头佩服，感叹唏嘘。面对脆弱、残疾的身体，面对看似荒诞、向死而生的生命，我们依然可以选择一步一个脚印，像西西弗斯一样，坚定地一遍又一遍推着巨石上山。

付楼村曾经是一个贫困村。2018 年以前，全村基本上没有一条像样的公路，一下大雨，满村的泥水，出门都难；全村用上自来水的农户很少，安全用水没保障；村里电路老化，供电跟不上，大热天浑身冒汗也不敢开空调，一开准跳闸。更别说开办家庭小作坊、小工厂了。至于村民活动室、文化广场、敬老院啥的，也都是个摆设。

俗话说，人穷心涣散，村穷是非多。接手后，李健才真正发现付楼村村干部之间、干群之间的矛盾是很突出的，安排工作难，干工作难，他深深感到自己肩上担子的沉重。

当好“领头羊”，必须能服众

上任后的李健，首先从改变村两委的工作作风做起，“四议两公开”，把有利益的事情放在桌面上、阳光下。自己和班子事事先带头，用老百姓看得见、摸得着的实际行动取得大家的信赖。党员干部要吃苦、吃亏在前，办事、处理事用群众公认的“公平、公正、公开”的方法开路。

有一个小故事，颇能说明李健在大家心目中的威信：李健当上支书头一年的夏天，天气炎热，在付楼村村部里，两个村民分站在门的两边，两个人都表情僵硬，还时不时地瞪对方一眼，他们一直在等村支书李健。两家人宅基地有纠纷，闹了多年矛盾，吵了无数次，架也打无数次。这天，因为雨后排水，两家又发生了争吵，想让李支书给主持公道。

“去县里协调香菇项目，回来晚了。”说话间，穿着浅色衬衣的李健汗流浃背地进屋了，黝黑的脸上汗水密集，右边的袖子空荡荡地甩着。

顾不上寒暄，他忙把两个村民叫进里屋。问明了情况，他苦口婆心，晓之以理、动之以情，不停地抬起手擦脸上冒出来的汗水，嘴唇干裂，几个小裂纹正悄悄地往外渗出些血丝。两个刚才还剑拔弩张、情绪激烈的人，在李健耐心的劝说下，脸色慢慢好转，并且露出了不好意思的笑容。

“中，李支书你为人厚道，又有本事，我们听你的，就按你说的办！以后再也不闹了，腾出时间用来动动脑筋多想想发家致富的事。要不，穷争穷吵，净让人看笑话！”两人几乎同时说道。

送走俩村民，已经晚上 8 点多了。夜色渐浓，月光皎洁，清辉洒满大地。有风吹过，似乎凉爽了许多。李健活动了一下僵硬的腰背，肚子却发出咕咕的叫声，原来还没有吃晚餐。

“公正、厚道人果然好办事儿。”一位前来办事的人打趣说，“看来，大家伙认你啊，什么麻缠事儿到了你这里，都不算事儿。”李健微笑着不语。

李健“厚道”的口碑是从他早年当电工时就传出的。当年，大家都穷，有时连电费都缴不上。每遇到乡亲们谁家有困难，一时钱不凑手的，他就先自己垫上，久而久之，欠钱的人有的忘了，有的实在有困难缴不上，积攒下来的白条子就有几沓子，估计有几万元。妻子埋怨他说：“你傻啊，人家都把你当猴耍呢。我们自己也缺钱，你就去挨个要回来吧。”李健淡淡地回应道：“都乡里乡亲的，肯定是有困难，几个电费，谁有钱了能不交？咱就别盯着这些了。”妻子生气，一连几天都不说话。李健只是默默地，在外忙完了，回家有什么活总抢着干，只要能干的，一刻也不闲着。渐渐地，妻子便不再提人家欠钱的事情了。

“这是个厚道娃。”乡亲们都这样说，好像在说自己家的亲人、孩子一样，发自心底，带着爱意和自豪。

有情怀才能干大事，有胸怀才能包容矛盾。

《河南日报》记者的采访手记说得好：群众富不富，关键看支部；支部强不强，关键看头羊。当好“领头羊”，必须能服众。只有办事公道，真抓实干，吹糠见米，不怕吃亏，才能赢得群众的信任。当好发展的“顶梁柱”，还要有敢于担当的“铁肩膀”、硬功夫，才能一呼百应，带领群众同心干，踢开“绊脚石”、打掉“拦路虎”，将群众带到致富奔小康的正路上。

“乡村全面振兴，我们需要更多李健这样的‘领头羊’。”领着我们一起采访的南阳市委组织部李恒德副部长深有体会地说。

见贤思齐，求贤若渴，技术领先

如何让村民的腰包鼓起来，让贫困户真正脱贫致富，是李健当上村支书后一直思考的问题。

一则报道深深吸引了李健的眼球。

> 郭进定，中共党员，从事香菇产业化发展28载，所创办的桐柏县进定香菇种植专业合作社拥有社员386人，种植香菇1500余万袋，带动250余户农民致富，被誉为桐柏山区“香菇大王”，先后获得“河南省劳动模范”“南阳市拔尖人才”“南阳市‘十佳’新型农民”等荣誉称号。

“就是他!”李健喊出，“这个郭进定，我一定要跟上他，贴上他，拜他为师!”

说起李健拜师“香菇大王”的事，这里面还有一个故事。

通过媒体宣传和县里介绍，李健盯上了“香菇大王”郭进定，他四处打探，托人求人帮忙，终于见到了郭进定。

“香菇大王”郭进定，名声大，事也忙，要拜师也不是容易的。他整天在香菇基地或种场、料场忙碌，李健请不过来，他就数次去往朱庄，跟在郭进定左右。郭进定嫌烦，下了逐客令。可李健就是不放手，说了无数的话，找了无数的人，死缠软磨要当郭进定的徒弟。郭进定说，你我岁数相当，况且你已是致富能手和先进模范，我们就交个朋友吧，有啥需要帮忙的我帮忙就是了，啥师傅徒弟的。李健不同意，坚决要拜师。后来干脆把铺盖卷也背过来不走了，扎着架子要拜师。精诚所至，金石为开。郭进定看李健是铁了心要拜师“取经”，帮助大家致富，就答应收下他这个徒弟。在几个热心同行、朋友、亲戚鼓捣下，以茶代酒热闹了一番，算是举行了拜师仪式。从此，郭进定不但成了付楼的技术顾问，而且成了李健的香菇种植师傅。

李健下定决心，要让群众不仅能在外打工，还能在家门口挣钱。他首先确定把“一菌一果”作为全村优势产业来培育。“菌”就是香菇。“果”就是以黄金香梨、优质桃和软籽石榴为主的小杂果。其次是带动发展。主要实施“三带”：一是党员带群众。在香菇产业上，他首先动员一部分党员试种，每户带头种 3 万袋。他把自己所掌握的香菇种植技术毫不保留地传授给他们，收获时帮助销售香菇。当年每户就赚了 10 万元以上。群众看到党员种香菇赚了钱，纷纷效仿，一个产业很快就被带动起来。二是基地带农户。通过招商引资和争取上级资金，建成了香菇种植基地。没有资金又不符合贷款条件的，由基地向贫困户赊销香菇棒，由贫困户进行管理。香菇收获后，扣除香菇棒的费用。仅此一项，每户增收 1 万~3 万元。三是产业带就业。产业势头强劲，蓬勃发展的同时，有力地带动了就业。同时，建成了扶贫就业车间、生物颗粒厂各一家，带动近百名群众就近就业。目前，全村已建成占地 1.2 万平方米的香菇种植基地，全村香菇种植达 100 余万袋，黄金梨、软籽石榴等小杂果 600 余亩，绿化苗木 1100 余亩，催生了农民专业合作社 4 家、家庭农场 2 家，90%以上的脱困户在家门口实现就业，实现了户均拥有 2 个以上稳定增收渠道。

强筋壮骨，致富还靠产业

付楼村过去没有一点集体产业，集体经济收入是零。村里所有开支靠上级的一点点财政拨付。一个村一年的经费，还不如一个家庭的收入高，这让村班子举步维艰，办事很难。李健认为，手中无米引不来小鸡，要增强村支部的凝聚力，就必须为群众办实事。要办实事就得有经济实力。要以村支部为依托，主动向上争资金，外出跑项目，全力提升集体经济实力。一是“借鸡下蛋”。借驻村第一书记项目发展资金入股县内大型企业分红。二是“筑巢引凤”，争取县扶贫就业基地建设项目。借政策资金总投资 116 万元，建成一个 576 平方米的扶贫就业基地，购置缝纫机 30 台，通过招商引资，引进服装加工企业一家，主要从事服装基础加工，按照县里规定，收取租金。三是建“聚宝盆”创收。争取到上级集体经济发展资金 760 万元，建设高标准香菇基地，建成香菇大棚 17 个，可种植香菇 30 万袋。同时，通过招商引资，引进香菇种植企业一家。村集体经济项目的实施推进，使村里一年可收入 10 万元，到 2021 年底，集体经济收入累计达到 30 万元。

村姑华彩，让村庄美起来

有了集体收入和积累，就要装扮村姑为新娘。

付楼村坐落在小平原中，依陵而居，择水而邻，黛瓦石墙的农舍和古朴的村落，如遗落在大地上的一块璞玉，不经雕琢，天然美丽。为了留住部分村落这份浑朴和天真，在村庄的建设和美化上，李健和村委也颇费了一番心思。

古旧的石磨、石碾、石臼，这些从村民家里收集的废弃不用之物，稍一构思，变成了村里两个文化休闲广场的主要元素。光滑的鹅卵石铺成弯曲小径，造型别致的树根，矗立成广场风景，巧思慧心，修旧如旧，让广场休闲的群众真真正正看得见记忆，摸得到乡愁。

几年时间，付楼先后新建了党群服务中心、村集体卫生所、公厕等设施；硬化了村组道路；整修塘堰 8 口；建成游园一座，安装了太阳能路灯；户户用上了自来水，组组通上了大喇叭；按照留住乡愁、修旧如旧的原则，改造房屋、庭院3万余平方米；改造户用厕所400余个。建成了综合文化服务中心、新时代文明实践站、村史馆、文化广场、文化书屋等文体设施。广泛开展群众文化活动，组建广场舞、戏曲乐队各一个。深入实施公民道德建设工程，坚持每年开展好媳妇、好儿女、好公婆等评选表彰活动。深化文明村镇创建，广泛开展星级文明户、文明家庭等群众性精神文明创建活动，成为市级文明村、省级传统村落。

七、蝶变的付楼　蝶变的人

> 命运可以斩断我的手臂，但是斩断不了我对美好生活的向往。
>
> ——李健

2021年10月17日，阳光明媚，一条好消息像长了翅膀一样在付楼村迅速传播开来：继去年夏天成功获评市文明村镇后，付楼村又被河南省住房和城乡建设厅授予“河南省传统村落”荣誉称号。

村民们开心地奔走相告，他们从此后可以挺起腰杆，再也不怕被人嘲笑，再也不怕作为付楼人，走在人前身子好像矮了半截。

李健清楚地记得，前些年村里的年轻小伙子娶媳妇都困难，到了婚娶的年龄，少有女子愿意嫁过来。一提说是付楼的，头摇得像拨浪鼓。村里的小伙付三贵长相端正，身高一米七八，个有个，样有样，初中毕业在南方打工多年，攒了些钱，和一位外乡的女孩相恋。这年春节，女孩提出到他家来看看，三贵满心欢喜地带着女友回乡了。那个回乡的旅程格外甜美，他们依偎在绿皮火车窗前，看着一路的山水到了家。可是，就在踏进村子的一刹那，女友看着村子里到处是破败的房舍，加之那天下雨，道路泥泞不堪，粪便和垃圾到处都是，空气中弥漫着刺鼻的气味，而中原农村的冬天，树木萧条，枝干叶落，整个村子都显得暮气沉沉。女友的眉头顿时皱了起来，原本活泼的她沉默起来。到家后，看着斑驳的土墙和旧瓦，看着三贵家人寒酸的衣着和堆满杂物的房间，看着三贵母亲花白的头发和佝偻的身子，端给她的荷包蛋茶里飘着零星的油花，他母亲还带着谦卑的笑容和怯怯的表情，女友退缩了。仅仅过了一晚，第二天一大早便借口离开，自此从三贵的身边消失了。为此，这个一度充满青春朝气的帅气小伙消沉了很久。他离开了家乡，很少再回来。

爱情在贫困面前一文不值，感情也终究败给了贫困。

而如今的付楼人走出去是自豪的。他们在人前，在集市上，在人多的地方，被人问起是哪个村的时候，总会将目光放开，声音洪亮地说：付楼的！

付楼，那可是个好地方！听到的人赞叹道，听说家家都富裕，村子像花园，房子像城市，路面宽阔平坦，走在上面，咯噔咯噔，可气派舒服哩。

村民们忘不了，李健带领大伙冒着严寒酷暑，奔波在田间，种植各种蔬菜，从播种到收获，除草、施肥、灌溉等一样都不少，李健从来不顾自己的残疾带来的种种不便和不适，和大伙一起，起早贪黑，那片土地上洒落了他多少的心血和汗水。他亲自联系客户，打电话，或者开车把客户从较远的地方带过来。看着乡亲们辛苦种植的蔬菜被一车车拉走，看着乡亲们乐呵呵地数着钞票，李健的心是醉的，他的笑容和每天的阳光一样，明媚起来，欢快起来。村子里的乡亲们一旦改善生活，总爱过来叫李健："健哥，今天中午柴鸡炖香菇，到我家吃饭吧，一起喝两杯！"村东的大旺兴冲冲地来请李健。那时的李健正琢磨着怎样打动客户，让客户实地参观香菇种植棚后，好多下些订单。听到大旺的话，他笑着摆了摆左手："不去了，家里你嫂子已经做好了猪肉炖粉条。"大旺仍坚持着说："走吧，健哥，喝两杯，是俺老娘的心意。俺娘说，你是咱全村的大恩人，帮村里干了那么多好事，有好吃的就该先请你过去吃。"李健说："你代我谢谢大婶，实在是有事。"大旺走时，李健望着大旺离开的身影，不由得感叹，多朴实的乡亲们啊！

乡亲们记着自己的点滴付出，他们心里明镜似的呢。李健刹那间感觉身上被注入了无穷的热情和力量。

李健带领乡亲们种植黄金梨，积极地找技术人员探索黄金梨如何更加多汁和甘甜，如何高产丰收。从梨树的开花到挂果，到金灿灿的果子沉甸甸地压满枝头，他片刻都不敢含糊，经常一有空就到梨树园走，独自注视着这片能给大伙带来甜美生活的梨子，憧憬着、想象着丰收的喜悦。

他构造的香菇棚更是壮观，那几层楼高的金属架上，培植出来的香菇也一茬一茬地收割着，菇头鲜嫩肥硕，散发着特有的菇香。

这些，都是乡亲们赖以致富的摇钱树。在李健坚持不懈的努力下，在李健的带领下，村子大变了模样，生活蒸蒸日上，付楼的人也大变了模样！

"付楼和付楼人的精彩蝶变，源于李健这个旗帜型村支书的决策和带领。他扑下身子、用尽脑力带领村两委班子，不断地创造着奇迹。"埠江镇党委书记刘启群说。

乡村振兴，关键在党、关键在人。在村乡村振兴联合党委、村两委班子带领下，一幅产业振兴、人才振兴、文化振兴、生态振兴、组织振兴的壮美画卷迅速展开。

"付楼是整体脱贫了，但真正大富起来的农户仍是少数，离绿色崛起、美丽富民的目标还远得很。"李健与市供销社派驻付楼村第一书记杨晓东商议，让大家的钱袋子永远鼓起来，还得靠产业——在充分利用好现有的服装制作精准扶贫车间基础上，做大做强香菇、黄金梨种植业，筹备引进上市企业做养殖种植基地。

科技就是第一生产力。十几幢现代化的香菇大棚，清一色的钢铁骨架，耐用实用，棚内通风顺畅，温湿可控。被李健"六请"请来的王万斌望着菇棚，自豪地说："同样的菌种和劳力投入，因为品质好，价格比一般农户的要高一倍。"付楼村乡村振兴联合党委书记，桐柏县委常委、组织部长赵国臣到现场看后立即表示，这棚可做示范推广。当场建议县里计划的一千三百万元种植专款投放在这里，筹备成立食用菌产业园，建设更大规模的现代化菇棚，租给农户，并提供菌种、技术服务，助农民增收。听到这里，李健笑得眼睛都眯成了一条缝。

因为干得出色，又有实战经验，2021 年，村"两委"班子换届，李健又全票当选村支书、村主任，并被推选为南阳市第七次党代会代表、河南省第十一次党代会代表。

李健在南阳市第七次党代会上听了市委书记朱是西报告中提出的"南阳现代化建设最大的短板和潜力在农村，农村大有可为"。在河南省第十一次党代会上听了省委书记楼阳生的报告："省委支持南阳市建设为河南省域副中心城市。"李健听了省、市党代会的报告后，就像鼓满了风的帆，浑身是劲。他与村"两委"班子成员一道认真研读省、市党代会报告，找出适合付楼发展的方向，他们紧扣南阳市"十四五"规划中"绿色崛起、美丽富民"这根主线，围绕"南阳建设为河南省域副中心城市"的战略，研究付楼今后怎么办、怎样干。望着身边年轻的"两委"成员，他精神振奋，踌躇满志。

"付楼村是革命老区，红色革命遗址多达120余处，这是宝贵的财富，要充分利用好这笔财富。在开启第二个一百年的新征程上，付楼不应缺席，再经过几年的乡村振兴工程，付楼一定会更美，成为乡村中的城市，城市中的乡村。"他兴奋地给大家加压鼓劲。

八、全域党建、联合党支部是个宝

> 全域党建、联合党支部是个宝，乡村振兴、农民致富离不了。
>
> ——李健

全域党建，是新时期为了适应高质量的党建要求、推动经济高质量发展的大背景下，围绕中心、重点及重大工作，打破原来的体制、区域、层级、行业和部门的边界和无形壁垒，创新党组织设置和活动方式，按照因需而建、因需而联，应建尽建、应联尽联的原则，整合资源要素、联结单位、共建共享、优化配置，最终达到全领域统筹、全覆盖推进、全方位引领、全社会参与的大党建格局。近年来，南阳在这方面做了积极而有益的探索。李健也尝到了甜头，他深有体会地说：“全域党建、联合党支部是个宝，乡村振兴、农民致富离不了。”

用好联合党支部，凝聚磅礴力量

初冬时节，天气渐寒。付楼村香菇生产基地和蔬菜产业基地却一派热火朝天的农忙景象，已成规模的蔬菜基地里，菜心、芥蓝、趴地菠菜等青翠碧绿，菜农们正有条不紊地采摘、整理、装箱、外运。

“不出家门就能打工挣钱，既能照顾家，又能创收，俺们的日子越过越有奔头了。”村民们说。

香菇大棚里的香菇，有新装料的，有正在生长的，也有可以采摘的，各个棚内都有一番天冷人不冷的新气象。

付楼按照镇里“户户有增收项目，人人有脱贫门路”的产业发展要求，把产业作为助推群众增收致富的重要抓手，下大力气抓好产业发展。成立不同产业的种植业联合党支部。联合党支部把项目、人才、技术、资金等优势资源聚集起来，统筹整合，为蔬菜和香菇产业的发展提供坚强的组织保障。

李健介绍，通过精准联建组织、强化联合党支部功能，不但在人才，而且在技术、资金、销售上都起到了巨大作用。

付楼村乡村振兴的大幕已经拉开。村党支部运用全域党建新模式，通过“支部+支部”“支部+合作社+基地”等“1+X”模式，在全县率先成立了付楼村乡村振兴联合党委，下设基础设施建设、特色产业推进、集体经济发展、村容村貌提升四个联合党支部，形成了“全域党建”大格局。在联合党委的统一领导下，乡村振兴有了推进力，也撬动了县财政、交通、水利、农业农村等十多个县直部门的联动，大大增强了城乡结合的活力，可谓筑巢引凤，百花满园。

九、“英雄效应”与英雄的远方

征途漫漫，唯有奋斗，没有等出来的精彩，只有干出来的辉煌。

——李健

从断臂残腿的贫困户到脱贫户、小康户，再到党员、党支部书记，到带领全村 230 户 841 人全部脱贫，到全村近 2000 人过上小康日子……坚韧不拔、自强不息让李健实现了诸多身份的转换和超越，有信仰有担当让他先后当选全国自强模范，全国劳动模范，省、市两级党代表，两次受到习近平总书记亲切接见。

2021 年 9 月 19 日，《河南日报》一版以醒目位置刊发长篇人物通讯《新“桐柏英雄”》；9 月 24 日，刊发赵志疆的署名文章《乡村振兴需要李健这样的领头雁》。

“桐柏自古出英雄，李健就是我们村的英雄。他不仅自己熬过了那么多的苦日子，还带着我们一起追求美好生活。”李健被乡亲们奉为“新桐柏英雄”。

英雄归来，英雄已经归来。

2021 年 9 月 25 日，南阳市委书记朱是西对南阳市优秀基层党员干部代表李健事迹作出批示：李健是全面小康进程里涌现的一位平民英雄，他受尽人生磨难，但始终不屈不挠，靠着个人努力和组织帮扶，不仅自己脱贫致富，而且成为村民主心骨、致富带头人！作为南阳广大农村党支部书记的一个代表，李健身上彰显出来的自强不息、坚韧不拔、顽强拼搏、执着进取的精神，正是南阳高质量跨越发展所需要的精神基因，广大党员干部应该学习并践行这种精神，为南阳出彩做出更大贡献！

南阳市委常委、组织部长李永同步做出批示：李健同志是基层党建的一个先进典型，也是南阳市实施“头雁计划”的丰硕成果。各级组织部门要持续开展村级带头人队伍优化提升行动，打造南阳先进群体，为乡村振兴提供坚实骨干支撑。

桐柏县委号召全县党员干部向李健学习。县委决定从 2021 年开始，在全县范围内持续开展“十面红旗”村（社区）党支部争创活动，着力培育打造一支以“新桐柏英雄”李健为代表，数量充足、素质优良、实干为先、业绩突出、群众公认的优秀村（社区）党支部书记群体，为实现桐柏高质量跨越发展提供坚强的组织保证。

一个学习李健争当乡村振兴“领头雁”的热潮在南阳乃至中原大地兴起。

十年的时间，在历史的长河中，可能是弹指一挥间，而对一个人，可能是一段铭心刻骨的历史。

李健，2012 年到 2014 年，在灾难中死里逃生；2014 年到 2016 年，自己家庭先脱贫；2016 年到 2020 年，带领全村脱贫；2021 年到现在，全村致富，走上乡村振兴的快速道路。

十年来，随着精准扶贫的步步推进，付楼村解决了房，解决了水，解决了温饱，解决了道路、医疗、教育、养老……有了大棚温室，有了香菇基地，有了致富车间，有了生态农业，有了集体收入，也有了股份分红，付楼村的日子，已是吃甘蔗上楼梯——节节甜、步步高。

现在，脱贫攻坚转向乡村振兴，国家提出要“无缝衔接”，李健的理解是富了就不能再穷，要稳定发展，一直走下去，向着更加美好的明天和更加美好的生活。

面向乡村振兴，付楼村又提出了响亮的口号：振兴路上，一家也不能少。

征途漫漫，唯有奋斗；没有等出来的精彩，只有干出来的辉煌。

李健作为一名年轻的党员、年轻的村支书，面对眼前的成绩和一堆荣誉，可以说是鲜花也是担子、责任，也可以说是鞭策、警醒。后来路云海苍苍，任重道远。如果陶醉其中，沾沾自喜，躺在局部的一方天地里，自得其乐，这些成绩和荣誉就可能是一把封喉的利剑；如果以此为起点，作为奋进的号角、旗帜，则会更加勇往直前！

但，李健很清醒，他说：望前方，光明一片；向前走，如履薄冰。

问起他今后三至五年的规划和打算，李健坚定地说：“现在我们正在谋划全村规划。我们想把每个自然村整体规划整合一下，在原有的基础上，盖成庭院式二层楼排房，把道路、水电设计好，保证道路宽敞，大家用水用电安全；同时设计好文化小广场，把健身器材、球场、小演出比赛舞台等布置在其中，周边竖上宣传栏，把村民公约啦，致富信息啦，普法教育啦，好人好事啦，先进模范啦，都布置上，随时更新，让村民在劳动之余、茶余饭后、休闲锻炼的同时，自然地接受教育。这样既节省了宅基地，又可把村里脏乱差的闲地、荒地腾出来，有效利用。村庄整齐就好看，道路整齐了就方便。以付楼村的现状，也不能一步就要住上高楼大厦，那对咱农村其实也不实惠不方便。村里再把养老院、大文化广场或联合村委幼儿园建起来，保证老人、孩子有人看，有人管。文化广场一部分露天，一部分在室内，保证不受天气影响，都能活动。”

在产业和村民收入规划上，李健说：“现在的香菇种植已初具规模，又不愁销路，下一步，准备再扩大规模，当成村里的支柱产业。以后重在技术培训提高，出好菇，卖好价钱；同时在土地上做文章，因为可耕地的国家红线政策，要保证土地在种植上做文章。我就想，咱能不能与大企业、大酒厂、上市公司联合，把全村的土地集中种植，比如，为大酒厂种植特色高粱等制酒粮食，为牧原这些大的养殖企业种植特色玉米等饲料品种，为上市公司提供特色蔬菜等，根据人家提供的技术标准和要求，咱提供劳动力种、收。让企业承包土地给农民租金，也可以以土地入股的形式给农民分红等，总之得想办法在产业上做文章，保证大家增收致富。”

我们再问今后三至五年的村民收入情况，李健笑笑，似不好准确回答，但他还是自信地说，从现在的人均收入 13500 元变成 50000 元左右，村集体收入突破百万元，总是可以吧。

我们相视笑笑，一起说：“加油！一定！”

十年来，这个出身贫苦的先进典型，这个脱贫攻坚中脱颖而出的劳动模范、身残志坚先进个人，用自己的行动和成绩树起了基层党组织、基层党员在老百姓心中的标杆，以率领乡亲们脱贫致富、改变落后面貌的慷慨果断，以付楼不富誓不罢休的坚强决心、铁血拼搏，以对一方乡亲服务的一腔热忱、创新精神，为脱贫攻坚、乡村振兴，为大家能过上美好生活，为基层党建、基层村庄（社区）治理体系和治理能力的现代化建设，提供了一个可触可摸可见可感的生动实例。从这个意义上说，李健所创造的精神价值已远远大于他所创造的财富价值。

李健灾难后的生与死，李健经营中的胜与败，李健荣誉中的喜与悲，李健台前幕后的故事，都说明他是个充满色彩、有故事的人。这个来自偏远乡村的基层村支书，当党和国家领导人的手与他相握的瞬间，他自小追求的“向善、助人、公正”的梦想绽放得如此璀璨夺目。

这些年，无论生活曾经给予他多少困厄与艰辛，肉体给他带来多少疼痛与伤悲，他的心性始终没有偏离正道信念，他以纯朴的本性承载起一个村落的兴盛，也用行动对自己生命的价值做出了诠释，用自己的智慧和劳动成果赢得了一个残疾农民至高无上的荣誉！

最美芳菲四月天。2022 年五一节前，我们又一次来到付楼村。放眼望去，千亩梨园花海似雪，多彩的桔梗花浪漫多姿，村头的荷花池小荷尖尖，白墙黛瓦的村史馆在明媚的春光中熠熠生辉，看一池春水中倒映着老人孩子们幸福的笑脸……再到彩旗飘扬的村文化广场，到几百年树龄的大榆树下，到起伏蜿蜒的村与村之间，产业园中，感受到了田园之美和乡村振兴带来的农村新变化。

我们没能联系上李健，却联系上了付楼的驻村第一书记杨晓东，他兴奋地告诉我们：今年付楼村为了向习近平总书记视察南阳一周年献礼，向党的“二十大”献礼，高速度上了几个新项目。村里投资 30 万元的蔬菜种植育苗基地正在建设，建成后，不出家门就能带动 50 余户脱贫户进行特色蔬菜种植……他还激动地告诉我们，4 月 13 日晚，“出彩河南人”2021 感动中原年度人物揭晓，我们付楼村的党支部书记李健获此殊荣。我们问他，什么时候能见上李健。他说，李健正在外地考察，想引进更好的人才和科技，更大的打算和蓝图正在他胸中酝酿，不久的将来，付楼村将以新时代新农村的新姿展开更新的画卷。到那时欢迎你们再次到来。

点亮生命的光

——“南阳市新冠肺炎救治专家组”组长赵江掠影

曾　臻

赵江

疾痛是人们生活中无法逃避的自然境遇。当大疫降临，医者勇毅前行，扶危救厄，用源自内心的良知、道德的力量点亮生命的光。

——题记

临危受命

2019年末，一种新型冠状病毒突然来袭，犹如打开了潘多拉魔盒，病毒的魔影骤然间笼罩大地。新冠病毒的传染性、潜伏性、致死率和治疗的不确定性，令人悚然，威胁着所有人的生命，素有“九省通衢”之称的武汉在病毒的攻击下沦陷。政府为阻断疫情，在2020年1月23日宣布武汉封城。封城、封村、封路，迅速封禁疫区。

南阳襟连汉水，毗邻湖北，成为疫情蔓延的关隘之地。险情考验着地方政府的公共治理能力，南阳的医疗防疫综合实力面临严峻挑战。

2020年1月18日，市委、市政府组织市卫健委、市疾控中心召开紧急会议，成立“南阳市新冠肺炎救治专家组”。全市各级医院进入紧急抗疫备战状态。

南阳市中心医院，这家承担着豫西南千百万百姓生命安危和疾病防治使命的大型综合性医院，面对疫情，责无旁贷。1月21日，医院召开动员大会，进行全面部署，成立疫情防控指挥部，设置发热门诊、隔离区，规划患者接诊流程……启动一系列抗疫措施。

南阳市中心医院呼吸与危重症医学科二病区主任赵江，这位参与过“非典”、禽流感、甲型H1N1流感救治的宿将，被任命为“南阳市新冠肺炎救治专家组”组长。专家组成员51人，全部来自市区三级甲等医院，涵盖10个专科。

1月22日中午，赵江刚参加完市卫健委组织的国家关于新冠病毒疫情防控救治电视电话会，突然接到南阳医专第一附属医院的电话——一例新冠肺炎疑似患者急需会诊。他心里陡然一沉，南阳出现疫情了！他推了一下架在鼻梁上的银边眼镜，迅速整理着思路，驱车疾速往一附院赶去。

腊月二十八，天上飘着雾丝小雨，大街上不见了迎春纳福喜气洋洋的人流。这是个令人无比沉郁的春节，远在北京的八旬老母亲正等待着他去团聚过年，可就在两天前他退掉了机票。放眼望去，满目萧索，偶有行人，也是紧捂口罩行色匆匆。这位呼吸科专家望着寂寥的长街，不由得心生感慨。

第一束光

赵江，1989年毕业于河南医科大学，这位在校就已入了党的高才生被分配到南阳市中心医院，从事呼吸内科临床工作已有30个年头了。

当初，赵江对医生这一职业并无兴趣，原因要归结于他的家庭。赵江自幼生活在部队大院里，父亲是部队里的一名工程师，母亲是基建工程兵某支队机关卫生所里的医生。他小时候，最担心夜里有人敲门，“咚咚咚”，接着就是急促的喊声：“衣医生，衣医生，有急诊病人了！”母亲呼一下就从床上起来了，穿上衣服就走，无论春夏秋冬。

母亲一去就是大半夜，黑黢黢的屋里常常只剩下他和妹妹，桌上的马蹄表“嘀嗒嘀嗒”响着，他畏惧地蜷缩起身子，听着钟表一秒一秒地行走，这声音好似伴着母亲远去的脚步，一直响到母亲披着一身夜色回到屋里，才进入他混沌的睡眠中。在家里，让他最感兴趣的莫过于趴在父亲旁边，看父亲坐在桌前摆弄收音机、电视机的线路板，头顶吊着一只暖黄的灯泡，灯泡上糊着自制的纸灯罩，父亲手持小型焊接器，“吱吱”地点着松香，点着焊锡，冒起的白烟散发出好闻的松香味，他总是陶醉地不时抽抽鼻子。那些红绿线路被父亲焊接连通后，收音机里有了歌声，电视屏上有了动画，令人神往。高考时，他决意报考工科，将来搞雷达电子信息工程。然而，当时高考是估分报志愿，他的估分并不高，不得不听从母亲意见，报考了医学院校。这位一天二十四小时似乎都在值班的母亲，既让他对医生职业产生抵触，又在潜移默化地向他传递着医德仁心的朴素理念。

1989 年，赵江走进了南阳市中心医院。首先要转科学习，他穿上白大褂去的第一个科室是血液病科，这让他越发沮丧。看着血液病人一个个治着治着就不行了，一上班面对的就是痛苦和死亡，他想逃离，想放弃这个职业。为此，他报考了哈工大设在南阳的一个机电一体化夜大班，利用业余时间孜孜矻矻学了三年。

他对医学的态度真正发生转变是在急诊科。

那是一个夏夜，他在急诊科值夜班，突然来了一个五十岁上下的男子，剧烈头疼。他马上给病人测血压，血压高达 200/180 毫米汞柱。刚测完血压，病人就抽搐起来，两眼上翻，口吐白沫。他赶快把病人放到诊断床上，用手电筒一照，瞳孔偏向一侧，大小不等。急性脑卒中，脑出血。很快，病人就不行了。病人没有家属，他和护士用平板车把死者推进了太平间。一个生命转眼消逝，那一夜他呆呆地坐在诊室里，陷入深深的无力感中。但他不能不对死亡病例进行反思：诊断明确，却没能留住生命，如果……如果……他把所有的如果都想了一遍，如果有呼吸机，立即给病人做气管插管，说不定还有一线生机。反思是一个良医成长的必经之路，这种反思不仅仅停留在医术上，更在于死亡带来的良心上的震颤。在南阳市中心医院，急救门诊与太平间的距离不过千米，却是一条无限柔软的人性之路，系着生死两端。

一天，赵江发现诊室墙角处扔着一个像打气筒样的老旧医疗器械，就问科主任那是什么。主任瞥了一眼说："这东西，废铁！老掉牙的呼吸机，没人会用。"赵江的思维一下子活跃了起来。他把这废物拖出来，拭去上面的陈年老灰，开始捣鼓，调整潮气量的部件像秤砣似的，经他三弄两弄，这个古老的呼吸机"复活"了，能用了。夏天，是有机磷中毒高发季节，一天下午，几个男的满头大汗抬进来一个在棉田打药中毒的妇女，病人心率缓慢，嘴里流淌着大量唾液。赵江在给病人使用解磷药的同时，马上开启了这台老式呼吸机，经过气管插管，四五天时间救下了这条性命。一束生命之光投射进这位年轻医生的心中，驱散了一直以来笼罩在他心头的郁闷，点燃了他对医学的热情，情绪随之昂扬起来。在完成转科学习后，赵江毫不犹豫地选定了呼吸内科。

1995 年，医院培养跨世纪人才，赵江被选派到北京 301 医院进修学习。在那里，他看到了世界上最先进的呼吸机，表盘面板上满是旋钮开关，红绿指示灯明暗闪烁。病人都是将军级高干，在病室里，他还见到了电影《地道战》里的"汤司令"，《白毛女》里的"喜儿"。有一天，他走进病房，一位首长打量着年轻俊朗的赵江问道："年轻人，你叫什么名字？想来部队医院吗？”赵江摇了摇头。他知道，在他工作的小城，有上千万平民百姓期待着医疗条件的改善，医院需要他带回新的技术和见识。作为一名医生，面对的只有疾痛中的病人，无论贵贱。后来，他方知道，问他话的是位上将。

赵江进修回来，立即建议医院配备呼吸机，有了先进的医疗设备，才能救治更多病人。医院花 9000 元买了台廉价呼吸机，用着用着“吱吱”地乱响起来。维修跟不上，他就自己动手，拆开一看，一个气管破了，剪掉接上就好了。

1997 年暮春的一个下午，来了一位危重哮喘病人，女性，七十多岁，肥胖，呼吸极度困难，意识不清，大汗淋漓，危及生命。赵江知道仅靠药物治疗为时已晚，他立即决定采用机械通气技术，经纤维支气管镜引导下气管插管来为病人进行治疗，然而，这种技术操作难度大，南阳各家医院从未开展过这种治疗。在 301 医院进修时，他看过老师的操作，在那里，所有的技能操作都只能用眼用心用脑去领会铭记，老师是不会让进修生去给首长和那些身份特殊的病人进行治疗的。赵江第一次给病人做这种治疗，内心十分忐忑，凭着自己的领悟与谨慎，他顺利地完成了这一高难度插管技术操作，患者经治疗后，病情渐渐平稳下来。这台呼吸机由于质量不高，正运行中“砰”一声停了。正值深夜，没人能修，赵江就自己打开机器，排除了故障，及时修好机器，也为治疗赢得了时间，挽救了病人的生命。在南阳，首例用呼吸机治疗危重哮喘患者取得成功。

省里一位呼吸科专家说，南阳的赵医生，不仅会使呼吸机，还会修呼吸机。后来，襄阳医院里的呼吸机坏了也派人来请赵江去修。他去了，打开机器一看，怎么得了！犯了致命的错误，竟然把出气一端接到了打气一端，进气是要经过湿化的，进出口连错，干燥气体连续进入肺部，会造成肺组织纤维化。呼吸机用好了救命，用不好要命，有道是“庸医杀人不用刀”，医生治病必须一丝不苟。赵江将自己的工科知识连同他清晰的逻辑思维融会到诊疗领域，挽救了一个又一个生命，每一个生命都是一束光，这光照亮了他的医学之路。34 岁那年，赵江晋升为副主任医师。

2000 年，赵江作为河南省青年志愿者扶贫接力计划的一名志愿者，走进了尚属穷乡僻壤的淅川县毛堂乡。这里交通不便，乡卫生院医疗设备简陋，山民小病忍，大病躺。看着这里人们的生活健康状况，赵江心情沉重，半年时间，他看病巡诊踏访了毛堂乡所有的村子。面对这种缺医少药的境况，他认为，授人以鱼不如授人以渔，便办起了医务人员培训讲座。他把自己多年看急诊的经验编写成讲义，为求得学术严谨，对讲义反复推敲，常常熬至凌晨。白天，若有病人就诊，他就结合患者病情给医务人员讲诊断经验、治疗方法以及抢救措施。这些基层医务人员有了难得的学习机会，围在赵江身边，一边听一边拿本记。在这片贫瘠荒凉的山村里，他竭尽全力释放着生命热量。

2002 年，“非典”发生，赵江直接参与了对患者的会诊、救治整个过程，历时 6 个月，丰富了自己的临床经验。在医学道路上，赵江不停地拓展着视野，提升着自己的学术水平。他主持并完成了多项科研成果，在省级以上医学刊物上发表论文 20 余篇。2008 年，赵江晋升为主任医师。医术精进，护佑生命，成为他作为一名医生的高尚追求。

山在流泪

医学，关乎生命，因而神圣。

2008 年 5 月 12 日，一个黑色的日子，汶川发生大地震，赵江加入了河南省第二批抗震救灾医疗队。

5 月 16 日夜半，他突然接到医院通知：明天 7 点半集合，赴汶川救灾。当时父亲正重病在床，母亲也年老体弱。父亲说："去吧！当年我参加唐山大地震的救援，那情景很惨，没有工具，救人都是用锨挖。"母亲开始帮他收拾行囊。他从两位老人沉静的目光里坚定了前行的信念。

天色苍青，赵江背起行囊出了家门。南阳市中心医院派出四名医生和一名护士。外科医生任武、心血管内科医生李刚、传染科医生朱增喜、护士张静，他们和赵江一样，都是能够独当一面的医界精英。7 点半，大家相继赶到了卫生局集合点。南阳救援队，由市第一、第二、第四、第九人民医院，医专一附院、市骨科医院和市中心医院派出的三十多人组成。大家分别坐进五辆装满救灾医疗物资的救护车里，赶赴郑州，与信阳医疗队会合，组成河南省第二批抗震救灾医疗队。以省卫生厅副厅长周学山为队长、省中医药管理局局长张重刚为副队长，在这个 5 月天里，十几辆救护车从郑州出发，疾速地向着汶川灾区挺进。

出河南，经山西，过秦岭，一路走去，所有加油站对救援车辆免费加油，秦岭站的工作人员给医疗队员们送上免费盒饭，沿途百姓主动提供热水，让队员们倍感温暖，更增强了心中的使命感。救援队承载着所有民众的祈愿，披星戴月，日夜兼程，每辆车上两位司机轮番驾驶。由于震中映秀镇道路塌陷，从成都走 318 国道，绕道雅安，翻越海拔 4300 米终年积雪的夹金山，队员们一路吃方便面，路途不经停靠点，没有热水，只好用矿泉水凉泡方便面。群山连绵，江水奔涌，车辆傍水而行。泸定桥、大渡河、丹巴，这里曾经是烽火连天的战场。赵江望着窗外，给同事们讲说着一路行来脚下的地理位置。他激动地说："我们走的就是当年的红军路。"他知道行路难，也知道救灾的艰险，父亲不止一次讲过唐山大地震的惨状，那时整个城市都飘着消毒水味儿。时隔三十多年，如今，他像当年年富力强的父亲一样和同事们一起向着地震灾区行进。战争和天灾不知吞噬掉了多少人的生命，医者必须直面灾难的悲惨。赵江和他的同事们既有道义担当的勇毅，也有面临险境的忧惧和不安。烟雨苍茫中，救援车队不舍分秒地行进着，有的车水箱竟沸腾了。他们不到，第一批救援队就不能撤出，因为灾区百姓医疗救治不能出现空当。在马尔康，细雨中，他们与第一批救援队相逢在这条通往理县的路上。同行相逢，队员们像久别的亲人一样，奔向前相互握手拥抱，撤出来的队员流下了眼泪。郑大二附院的一位护士长，向走过来的人说："离我远点，我身上有股味儿，还有跳蚤。"赵江听了不由得打了个寒噤。人们相互问候着，嘱咐着："知道你们来，怕晚了路不好走，我们才趁早撤了出来。""前面不断有塌方、山体滑坡、坠石。""戴好头盔！千万注意安全。""天气湿热，注意卫生。"告诫着，祝福着，时至下午 3 点多，两支医疗队在雨中换防惜别。

从理县到汶川已接近震中灾区，他们坐在车里，头上戴着 120 白头盔，不断地听到飞石落下来，叮叮哐哐砸在车顶上。大家相互提醒着：“都把头盔戴好啊!”赵江说：“要有大石头下来，还啥盔不盔哩!”正说着，就见路边有一辆被砸扁了的桑塔纳轿车，令人触目惊心，一米多高的小轿车竟被砸扁到只有二十厘米高的样子。有人说，扁成这个样，怎么上面没见石头呀？确实令人费解。赵江说：“只有一种解释，飞石落在上面，像弹球一样‘砰’一下弹了出去，而且不止一块石头，是不断有飞石落上弹下，砸来砸去，才把它砸成了这个样子。”路傍着湍急流淌的杂谷脑河逶迤绵延，河床里滚落着很多五六立方米的巨石。这时，“砰”的一声，有一块石头飞落在一辆行进中的救护车上，挡风玻璃被砸出一片冰裂纹。放眼窗外，坍塌的房屋，倾圮的秃墙，惨不忍睹的废墟，雨水中摇摆的七彩经幡，人类物质的建构和精神的翔飞皆毁灭在地壳轻轻的一抖之中。生命在这里显得十分脆弱。队员们不再说话，都在默默地祈祷着平安到达。不断遇到塌方路段。为确保救援车队的顺利抵达，当地政府派出推土机在前面清障。

四个白昼三个长夜，队员们一直坐着，与医疗物资拥挤一处一路颠簸。5 月 20 日夜晚 10 点多钟，河南第二批医疗救援队终于到达了灾民点——汶川姜维城。

姜维城位于半山腰开阔地上，传说蜀国名将姜维曾在这里屯兵驻防。

四野黢黑，夏虫嘶鸣，没有电，他们打开手电筒，走进了第一批医疗队留下的绿油顶帐篷里。由于连日阴雨，地面上全是泥巴糊。车马劳顿，大家一个个身体像散了架似的，腰酸背疼，腿都肿了，他们渴望平躺。但只有另一个小帐篷里支着两张小床，就让两位女护士住了。男士们每人借了一条被子，先把雨衣铺在稀泥地上，然后铺上大衣，盖上被子就躺下了，总算能伸展伸展筋骨了。夜半，只听“轰——隆隆隆……”沉沉的闷响从地下自远而近滚来，涌动着鲸吞一切的力量，接着身子下面像被锤子敲打一样，“嗵嗵嗵”波击心脏。有人本能地爬起来就往外跑，赵江坐起来说：“跑啥跑，塌了不过是顶帐篷。”他第一次感受到了地下汹涌的震波，全然不是一般所见的墙倒屋塌、灯泡晃动，而是劈山断水的血腥饕餮，只有身陷其中才知道什么叫惊心动魄。

天亮了，大家起来相互一看，一个个变成了泥猴子——他们是在泥巴糊里睡了一夜。

大家走出帐篷，放眼一看，都倒吸一口凉气，四周的灾民安置篷鳞次栉比，三万多灾民，众星拱月般将卫生医疗点围在正中。这种境况非常危险，大灾之后必有大疫，一旦疫情暴发，他们将陷入灭顶之灾，全军覆没。到那时，还何谈施救灾民。大家略加商议，就行动起来，在帐篷周围挖上排水沟，进行消杀；用手术刀给帐篷开了个窗户，张上纱布，胶布固定；用装满液体瓶的箱子摆成一个大通铺。

地震造成的惨烈伤亡已被前期救援队抢救处置，重伤员被转送到了外地医院。第二批医疗队面临的是灾后疫情和灾民堪忧的心理状况。医疗队帐篷前，每天都有成百上千的就诊病人，感冒、拉肚子、皮肤病、轻伤包扎……政府救治力度很大，医疗药品全部免费。

有一名男子天天到医疗点来拿药，一会儿说肚子疼了，一会儿说头疼了。赵江给他诊来诊去没看出什么大毛病，便意识到这人是在囤药，就问他：“昨天才给你开过药，今天为啥还来要？”那人一脸忧郁地望着他说：“我怕你们走。”“我们不会走，等到政府给你们都安排妥当，我们再走。”在这满目疮痍的灾难之地，每一个医疗队员都是灾民们面前的一道烛光。医护人员胳膊上的红袖标和夜晚从医疗队帐篷里透出的光亮，给这困厄之境中的几万百姓带来了莫大慰藉。前来就诊的病人，说着说着就会痛哭起来。几乎每个家庭都有亲人在地震中丧生，所有人的心都浸淫在灾难的苦痛里。

前来就诊的还有部队的士兵。洛阳“铁军”一千多官兵的救援队伍在这里进行救援工作，他们清理废墟，搭建过冬安置房，运石灰消毒厕所，帮助恢复供水供电，非常辛苦。天气湿热，黑蚊肆虐，不少战士感染了虫咬性皮炎。医疗队给“铁军”救援队送去了治疗皮肤病的无极膏，部队官兵为了表示感谢，给医疗队送来了一台小型军用柴油发电机。这对于只靠蜡烛和手电筒照明的灾民点来说，无异于久雨见霓虹。赵江一看到发电机立刻兴奋起来，这位有着机电学、医学知识的双料才俊又有了用武之地。他蹲在发电机前，像一个娴熟的机械师那样摆弄起来，不一会儿，发电机就“嗡嗡”启动了。

夜色降临，医疗点的帐篷里，一只40瓦的白炽灯泡亮了起来，在这浑黑的山野里，它是最亮的一盏灯，散发出沉静的光。

为了节约柴油，发电机只在每天晚上8点到12点、上午8点到9点发电。大家的手机能够充电使用了。配电盘上只有三个插孔，有人就找来插排连上，来给手机充电的人越来越多，插排一个接一个串起来。赵江看着一地插排、手机，像摆龙蛇阵一样连了一大片，心里生出了多天来少有的愉悦。手机通了，一脉脉人间温情也就连通了，心路随之活泛起来，人们郁积在心头的苦痛就会慢慢化解。

赵江性情豁达，空闲时，他还会和队员们一起把失去亲人的孩子组织到一块儿，做心理疏导，带他们玩玩游戏。

一天，赵江正在值班，一个男子用右手攥着鲜血淋漓的左手朝医疗点跑来，后面跟着他的妻子。“医生，快！手！手！”女人惊恐地喊着。赵江急忙起身接诊，只见男子左手大拇指至手腕处被砍出一道三四厘米长的刀口，血呼呼直冒，刀口深至一厘米多。作为呼吸科医生的他很少做外伤缝合。“你手指动一动。”他说，“还好，没有伤到肌腱。”他立即对伤口进行止血，让护士张静帮忙，开始清创消毒，仔细缝合、包扎。男子是在劈柴时，一不小心将斧子劈到了自己手上。随后，赵江及时去给男子换药，伤口恢复得很好。这对夫妇为了表示感谢，拎着一大条子腊肉送到了医疗点上。大家一看见腊肉，个个味蕾绽放。当地羌族人善制腊肉，用松柏树枝熏出来的腊肉自然味道绝佳。民间常以“冬腊风腌，蓄以御冬”，腊肉不仅是寒冷的冬季里山民们脂肪、蛋白质的补给，更是御灾和旅途应备之物。困境之中，他们拿出来送给医疗队，队员们都十分感动。在这里，队员们每天只能吃卷心菜、土豆，没有肉食，加之三千多米的海拔，煮出的面条也失了味道。

灾难中人心格外柔软，一个人的伤痛就是所有人的伤痛，一只灯泡的光亮就是所有人眼中的光亮。人与人相互搀扶着、温暖着，艰难困厄中就有了无限生机和力量。赵江，这位呼吸科大夫，不仅能缝合外伤，给骨折病人打石膏，还成了侍弄发电机的机师。

余震不断，一小时就有数次。每天上午，10 点左右都会起风，没有雨的天气里，三四级的风就能刮出一场沙尘暴，震后松动的浮尘被风扬起，遮天蔽日，碗里的饭常常碜牙。最缺的是水。当地政府每天用洒水车送来两车水，人们都用大木桶去接，接回来的水只够保障吃饭，连洗脸都没水，身上长虱子也就在所难免。中午时分，帐篷里刻度 42℃的温度计爆表。赵江拎一张硬纸板，找一片树荫，往乱石上一铺，躺下来，已是莫大的享受了。

数千顶帐篷里三万多人等待着政府慢慢疏散。队员们除了 24 小时轮流值班，还要爬到山上去，上面三三两两地住着人家，需要他们去巡诊送药。赵江他们爬到山上，却见一道长达数百米的地裂豁口恐怖地横在眼前，石头不断地往下滚落，余震不断，谁能料到下一秒会发生什么？

医护人员也是血肉之躯，并非铁打铜铸之人，在惊恐与苦难的煎熬中，他们承受着不能承受之重。上级原本规定每批救援队的工作为期一周，然而，过了一个星期又一个星期，再看不见第三批救援队的到来，大家都十分郁闷。有个医生一天到晚追在带队的周厅长后面，走哪儿跟哪儿，寸步不离。队员们问他为啥这样，他说：“我得看着他，他要跑。”大家这才意识到，这位医生出现心理问题了。本来就不善言辞的李刚更是一天到晚一语不发，近乎失语。队长不得不让赵江照护着李刚。

赵江站在山腰，抬眼上望，是一重又一重高山，向下望是滚滚的江水。这是岷江，入长江，通汉水，连接着家的那端。父亲的病情怎样了？手机信号差，电话打不出去，发条信息，两三天才能看到。山体上，原本葱绿的植被陷落了，滑坡、泥石流，豁开一道道焦黄的伤口，大山在流泪。一种悲天悯人的大哀痛顿时洞穿他的心灵，他要用心去爱一切受难的人，爱这受伤的大山，爱每一片不倒的绿荫。面对苍茫雄浑的大自然，人是多么的渺小，赵江默然流下了眼泪。

医者，是拔掉伤者身上箭矢的人。河南抗震救灾医疗队在汶川救灾三十三天，直到灾民帐篷相继撤去。三十三天，他们肩负国家和人民的重托，秉持着良知的心灯，不遗余力地扶危救厄，给深陷灾难中的百姓带去了温煦的光。

同舟共济

地震、瘟疫，从来都不会向“人”这个自命不凡的物种妥协。1918 年，西班牙禽流感变异病毒席卷全球，当时第一次世界大战刚刚结束，地球人口仅 18 亿，而因感染 H1N1 造成的死亡人数多达 9000 万。在中国，疫情催生了第一个政府公共卫生机构——中央防疫处。1957 年 2 月，贵州暴发流感，蔓延东南亚各国，被称为亚洲流感，中国政府基于苏联模式建立了传染病防控部门。从 2002 年开始，各级防疫站陆续独立，改称“疾病预防控制中心”。公共卫生防疫机制在不断提升完善。

然而，病毒的传播与现代交通呈竞速之势。在 2019 年年末暴发的新型冠状肺炎病毒传染之迅猛，让担任了“南阳新冠肺炎医疗救治专家组”组长的赵江感到了肩头负荷的重量，这将是一场与病毒较量的恶仗。

2020 年 1 月 22 日下午，微雨蒙蒙中，赵江驱车来到南阳医专一附院，匆匆走进了呼吸科。

这位领衔南阳呼吸学科的专家素来以对病症准确无误的诊断为业界所称道。因此同行们向他投来了亟待解惑的焦灼目光。面对南阳首例疑似新冠病毒感染病例，赵江从患者的 CT 片子上看到了一团一团像蒲公英种子绽开似的影像，一朵朵霉菌斑，这种未曾见识过的感染病征，思维跳脱而缜密的他对于诊断更是慎之又慎。他很清楚，误诊一个，就会像推倒多米诺骨牌一样带来连锁反应。作为中华医学会南阳市呼吸学会主任委员的他，早在武汉疫情初露端倪之时，就给予其高度关注。元旦期间，他从全国呼吸科专家委员的微信群里看到了一个资料，已对患者的影像图片有所认识。之后，他又对国家出台的第一版新冠肺炎诊治方案进行了认真研读。疫情初期，没有核酸测试，只有通过流行病学、影像学和临床症状来进行全面分析。赵江结合当年自己治疗“非典”时的经验，经过冷静的逻辑分析，将这位从厦门回来的发热病人确诊为新型冠状病毒肺炎，立即对其进行隔离治疗，并对密接者进行隔离观察。

南阳首例新冠肺炎的出现，使赵江看到了疫情的汹汹来势。在他看来，面对猝不及防的大疫情，最大的威胁是对医疗资源的挤兑，医疗资源短缺是造成救治危急和疫情恶化的重要原因。作为南阳呼吸科专家的他，对市区及各县医院的救治水平了如指掌。于是，他向市疫情防控指挥部提出了集中资源、分层救治的方案。在南阳市疫情防控指挥部和专家组共同论证下，方案得到进一步完善，统筹安排实施。全市迅速构建了 20 家定点医院为重点、16 家后备医院为辅助、6700 名医护人员参与的医疗救治网络，确立重症集中救治定点医院。确诊疑似重症病人一律转入市级定点医院，轻症普通病例集中在县级医院。构建起省、市、县三级定点医院远程医学会诊系统，开展远程查房、远程会诊、远程指导工作。集中南阳呼吸科专家，最大限度发挥专家队伍的技术优势，开通市级专家组会诊专线，实行 24 小时多学科会诊，开展疑似病例筛查。

南阳首例新冠肺炎病例出现后，紧接着淅川县、邓州市、新野县、油田工区、社旗县、桐柏县、南召县和市第一、第二人民医院相继出现确诊病例。

南阳市中心医院仅用两天时间就将一座普通病房楼改建成了清洁区、潜在污染区、污染区，三区划分明确，符合新冠肺炎患者收住标准的隔离病区。时任副院长王建刚负责医院疫情防控、传染信息上报及病患救治全面工作，推动一系列工作有序进行。各县重症患者的转运在王建刚的亲自督导下有条不紊地展开。他废寝忘食，每天早起晚睡，用他自己的话说，“累得双腿像灌铅一样，拉不动”。在这座楼上，集中着各县转来的急、危、重病人，也集中着南阳市中心医院救治新冠肺炎的专家精英，主任党强、朱增喜、霍丽亚、郑喜胜带领他们的团队直接负责两个病区病人的临床医疗。一病区护士长徐瑞峰，是一位有着二十多年传染科护理经验的优秀护士长；二病区护士长卢瑞杰对护理危重病人有着丰富的经验。他们坚守疫区，与患者零距离接触。重症医学、影像放射、检验、血液透析，中医科、妇产科、小儿科，组成五大救治专家组，形成了强大的专家治疗团队。南阳市中心医院以其综合医疗实力打造出了一艘抗击新冠疫情的航空母舰，在领导班子的稳操舵盘中向着险风恶浪挺进。时任院长张保朝说：“在没有特效药、特效治疗方案的情况下，必须坚持辩证思维，根据不同患者情况调整、细化方案，这就是没有特效药的特效药。”他还说，“遏制病情，要中西医结合，分段施治。”“病人三分靠治，七分靠护理。”

疫情骤起，防护物资匮乏，隔离区的护士最为辛苦，一个口罩、一身防护服都需要珍惜。面屏是用 CT 胶片自制，订书机订成的；护目镜戴上几秒钟就看不清了，只好借用汽车上的防雾剂。走进疫区的护士都是经过培训、技术娴熟的优秀护士，她们穿着厚重不透气的防护服，扎针要戴双层橡胶手套，手被紧紧绷着，捏针的手指失去灵活性，全凭着对血管解剖位置的了解和经验给病人扎针输液。护士窦晓雅大年三十晚上走进病区，为了节省 N95 口罩和防护服，连续 12 小时没喝水、没吃饭，一天班下来鼻梁被口罩箍出了水泡，出现压疮。

疫情在蔓延。1 月 24 日，大年三十上午，赵江和专家组副组长党强一起，刚在市卫健委参加完疫情研讨会，西线的镇平就来了电话，发现 3 个疑似病例，要求市里去专家指导。党强是南阳市中心医院呼吸内科一病区主任，有着丰富的临床诊疗经验。他立即与疾控中心杨奇春主任、南石医院王东三人赶赴镇平县医院。他们完成会诊已是下午 2 点钟了，刚端起饭碗，就接到西峡县打来的求援电话，有 8 位病人急需会诊。党强他们三人又马不停蹄地赶往西峡县医院，完成会诊，回到南阳市区已是除夕夜的 9 点多钟了。城市失去了昔日的欢乐，寂静而凝重。

省疫情指挥部对各地市疫情的感染人数、死亡人数进行动态掌控并排序。南阳病例数在上升，上级指示，不能死人。赵江面对严峻态势寝食难安，他每天上午 8 点准时赶到市卫健委疫情防控指挥部，对市县各家医院的重症患者进行远程线上会诊，并对前一天各县上报的疑似病例进行诊断。每天上百例发热疑似病例，他都要逐一缜密推究，冷静分析，明确诊断，签字担责。针对每一病例的治疗方案他都要反复推敲，汲取“非典”治疗中的经验教训，调整剂量审慎用药。10 点以后，他须赶往南阳医专一附院指导危重症的救治。下午他回到市中心医院，在自己的办公室里，通过视频对本院重症监护室的患者进行救治指导。全市最危重的病人都集中在南阳市中心医院。到了晚上，他还要查资料溯病源，思考新冠病毒病原学特点及临床特点，研究国家卫健委发布的《新型冠状病毒感染的肺炎诊疗方案》，探求更好的治疗方案，一直到凌晨 4 点，方能躺下休息。

1月28日，西峡县医院接诊的一位从武汉回来的女大学生出现发烧，胸部CT没有肺炎表现。他慎重诊断并通过病人的流调史，确认患者是发病早期，症状没有完全表现出来，坚持上报并隔离。一天后，患者经过核酸检测为阳性，CT片出现新冠肺炎影像，病人得到了及时治疗。良医治病，“攻之于腠理，此皆争之于小者也”，善于发现疾病萌发的细微症候，及时明确诊断，防微杜渐，在大疫之下尤其重要，避免了漏报漏治引起的疫情扩散风险。

这天上午，赵江匆匆走进市卫健委防疫指挥部，坐下来进行网络线上会诊。他打开网页，那个曾引起他怀疑的紧挨湖北却异常平静的零感染县，突然报上来两例危重患者。当他看到上传的肺部CT片子，倒吸一口凉气；再看病人的流调记录——两人皆自武汉回来，已入院三天。他胸中呼地蹿起一股怒火，抓起电话打过去：“病人都住院三天了，你们为什么瞒报？如果一开始就上报，还有救治的希望！现在病情这样，病人扛不过今天下午！”赵江压抑着激愤，声调急促而低沉。果不其然，这两位患者相继死亡，南阳新冠肺炎感染死亡率飙升至全省第一。这位每天兢兢业业从早晨忙到第二天凌晨的呼吸科专家，一下子就弯下了腰，一种无助的负罪感朝他倾压下来。他像一位被围堵在悬崖边的孤将，怆然四顾，无所依仗，心中充满绝望的忧愤。这位每天要诊断上百疑似病例、无一例误诊的良医，无论他的医术如何的精湛，却无法撕下飘在风中的谎言幌子，无法医治谎言带来的灾难。“讳疾忌医”这一妇孺皆知的典故从另一面提炼出了医学的本质，求真是“医”与“疾”的根本，只有诊断清楚，方可对症下药。谎言带来的死亡气息挥之不去，面对南阳新冠肺炎的死亡数字，一种强烈的孤独感攫住了他的心，大家的眼睛都在看着他，可他赵江看谁？高处不胜寒的酷冷抽打着他的神经，赵江做好了被免职的心理准备。他突然渴望回到病房，走到病人床前，亲自为他们诊治，那样，他会是多么的得心应手。

中午时分，母亲打来了电话：“大江，忙不忙？你跟我视频一下。”母亲想儿子了。赵江瞄一眼手机屏上闪出的母亲，立即移开了：“妈，我正忙着呢，过会儿，我给你打过去。”“没事，孩子，你忙吧！”赵江握着手机，大滴的泪珠从他眼眶里滚落下来。他不能让母亲看到自己如此憔悴的样子，他熬出了黑眼圈，发丝里忽然间就生出了许多白发，他感到自己一下子就变老了。他摘下眼镜，走过去打开水龙头洗了把脸，揉了揉熬得发酸的双眼，重新戴上眼镜，又在电脑前坐了下来。他像母亲当年一样一天 24 小时都在值班，不同的是，母亲面对的只是几个患者，而他面临的却是汹汹疫情。一切责任他都要扛起来，更何况，自己作为一名党员，要有更多的担当。如果实在干不好被追责，这个组长干不成，科主任他也不当了，就当个不误人命的好医生吧！

1 月 30 日，确诊病人陡增 20 例。又一位患者死亡。这位病人一住进病房就不停地对护士说：“我活不成了，我会死的，我完了……”病人心理上先崩溃了。后来，就越治越重，结果不行了。病人自身的意志力和信念在疾病医治过程中起着很大的潜在作用，目前我们的医疗条件还无法顾及对应的心理疏导。河南 18 个地市，南阳的死亡率高居第一。必须遏制住死亡，与死神赛跑，一定得把危重病人集中到中心医院来。赵江手握两部手机，使得发烫，到哪儿都需插上交流电。按照国家卫健委出台的第一版新冠肺炎防治指南，运送病人须使用负压救护车。当时南阳仅有两辆，一辆在传染病院，一辆在中心医院，遗憾的是，两辆车都因长期不用失修而无法运行了。怎么办？赵江说：“派专用救护车，医护人员穿上防护服，加强车内消毒。”有人说：“病毒从车里跑出来咋办？”赵江说：“病毒没有长翅膀，也不会下跳棋，传播是需要一定距离的，离开宿主，它也活不了。学医的不说外行话！”就这样，坚持把急、危、重病人集中到了专业队伍力量强的中心医院和医专一附院。三天后，国家第三版防治指南出台，赵江仔细研读，字里行间不再提病人转院必须用负压救护车了。

确诊病人仍在上升，2 月 3 日新增 15 例，2 月 8 日新增 10 例，由于试剂有限，只有疑似病人才能得到测试。面对每天 100 多例发烧病人，有人提出疑似与非疑似，就先按疑似，等核酸测试结果出来再说。赵江说：“不能等，一个疑似病人就要占用一个单独病室，这样会造成对医疗资源的严重挤兑，得了其他病的人还治不治了？”赵江认为，在大疫之下盲目增加疑似病人造成医疗资源浪费，是莫大的犯罪，这种怠惰推责行为不仅会使患者错失治疗良机，也是对全市百姓不负责。医道良知不容他有这种惰性心理。

唐河县报告 1 例疑似病例，临床症状十分接近新冠肺炎，几个医生都认为可以确诊，赵江经过认真分析，力排众议，判断这位病人是因其他原因引起的多脏器衰竭。为保证万无一失，他又组织专家组进行会诊。最终诊断为先天性心脏病、马凡氏综合征、主动脉夹层撕裂后引起的多脏器衰竭，避免了盲目上报造成的损失，为患者赢得了正确治疗的时间。对于疑难杂症的诊断，差之毫厘，则谬之千里。

在从广州飞回南阳的航班上，有一位患者按照新冠肺炎诊断标准被定为疑似病例上报，赵江根据患者的病情和流调史给予否定，收治患者于心内科进行治疗，避免了同机乘客被隔离、航班不能按时飞回和医疗资源的浪费。

那段时间，赵江手里的两部手机铃声不断，他还专门在重症监护室另放上一部手机。除了准确的诊断，对于重症患者的救治也是他工作的重心。为了随时掌握危重病人的病情，他要让监护室里的医生、护士做他的眼和手，每小时就要向他汇报一次患者的体征，脉搏、呼吸、血压、体温。

“主任，这个病人心慌、气短，心率一分钟160次!”

“立即做心电图!”

“主任，心电图从微信上传过去了。”

“好，看到了。”赵江看着手机上传过来的心电图吩咐道：“病人是快速心房纤颤。毛花苷C 0.4毫克，加5%葡萄糖50毫升，静脉给药。”

…………

“主任，这个病人血氧饱和数值不容乐观，持续下降!”

“知道了，立即进行无创呼吸机无创治疗。”

…………

赵江声音沉稳平缓，医嘱简捷果断，毫不优柔寡断，透着不容置疑的权威性，让守护在危重病人跟前的医生护士心里有了依靠。

赵江之所以能如此成竹在胸地调整治疗方案，有赖于他不间断的学术追求和临床上的明辨善思。他对国家推出的每一版新冠肺炎治疗指南都要仔细研读，而后取舍有度。比如，“非典”时激素使用过量引发后遗症的警示；比如，无创机械通气，高流量氧疗，有创机械通气的时间节点，他所把握的时间节点就早于国家治疗方案上的时间，不失时机才能救生命于垂危。用他自己的话说，就是从临床到理论，从理论到临床的实践过程。在新冠肺炎的治疗中，他结合自己积累的临床经验，优化治疗方案。这些方案在他脑子里琢磨了多少遍，无人知晓，只有深夜的灯影陪伴他度过了一个又一个不眠之夜。病人、病情、治疗方案，乃至每一个病人的流行病学调查，他都了然于胸。还有各专科专家团队间的协调治疗，都需要他布局设阵。

2 月 2 日，全市首例重症新冠肺炎患者在南阳市中心医院痊愈出院。赵江看着这位走出隔离区的康复者，脸上浮起了一抹欣慰的笑，感慨道："真是喜悦与忧虑同在!"旁边的朱增喜主任接腔道："革命尚未成功，同志仍需努力。"

走出隔离区的那个康复男子，回转身去，朝着隔离区里面的医生护士深深地鞠了一躬。

隔离区分为三区两通道，清洁区、潜在污染区、污染区，三区内外两重天地。在隔离区里，医生护士和病人共同打造着挪亚方舟，他们是同舟共济的兄弟姊妹。医护人员与病人零距离接触，新冠肺炎患者由于呼吸不畅，往往有病人拒绝戴口罩，造成两位护士被感染。病室里飘浮着病毒的魅影，也闪烁着人性的光辉。有一对从武汉回来的年轻夫妇，确诊后住进同一病室，每当护士去给他们倒水、送药、测体温，两人就马上戴好口罩，并说："姑娘，别进来，就把药放在门口小凳上吧。"护士听到这话，眼睛就潮湿了。在这种非常境况里，这种相互体恤和理解源自内心的良知。护士是这里最辛苦的人，特别当出现了疑似患儿，需要护士一对一进行护理，她们怕患儿哭闹，就把婴儿抱在怀里。有的小姑娘还没结婚，把患儿抱在怀里一抱就是一夜，隔着门窗玻璃看去，就像一对相依为命的母子。

南阳的抗疫情况呈现胶着之势，医生护士为救护病人生命在与病毒和死神进行着凶险的搏杀。

2 月 11 日下午，重症监护室里的一位患者突然出现呼吸衰竭，呼吸机已不能维持病人的平稳呼吸。医生立即向赵江报告：“赵主任，病人有生命危险，怎么办?”赵江注视着电脑屏幕，在观察病情后，果断说道：“使用叶克膜!”“叶克膜”是 ECMO（体外膜肺氧合）的俗称，主要用于对重症心肺功能衰竭患者提供持续的体外呼吸与循环，以维持生命。赵江的治疗方案具有大胆的突破性，这是南阳首例将 ECMO 应用于垂危新冠病毒肺炎患者的抢救，需要多科团队协作。时间就是生命，刻不容缓，赵江立即上报院领导，在院领导支持下迅速协调呼吸、重症、感染等学科专家，组成医护救治团队。手术团队很快进入隔离区 ICU（重症监护室）。他们穿着防护服，戴着护目镜，平时各项得心应手的操作都显得笨拙而迟缓。在赵江的远程指导下，他们临危不乱，一步一步有条不紊地对患者进行穿刺颈内静脉置管、股静脉插管，进而完成膜肺运转。当暗红色的血液经膜肺氧合后瞬间变得鲜红，病人的生命得到了延续。

赵江不时地通过电话了解这位病人的各项生命体征。夜半 12 点，ICU 医生突然打来电话：“赵主任，病人上肢深部血管出血，出现血肿，危及生命。”“嗯，明白!”赵江立即召集相关科室专家，在医院视频会诊中心进行紧急会诊，指导救治。他坐在那里，注视着视频上患者肿胀的上肢，紧张地思考着。他说，病人已肝素化，如果切开血肿，血液不凝，将不堪设想，只有在多普勒彩超下，根据血流图像，在保证血液正常循环下适度加压止血。按照他的方案，ICU 专家组精心配合进行施救……而后，采用股静脉半切开置管连接管道……赵江眼睛盯着屏幕，大脑神经紧绷在施术医生的手尖上，心脏的血液随着患者的血流涌动……时间在病人的生命线上一秒一秒地跳跃着，专家组以精湛的技术，小心谨慎地操作着。他们的隔离服里已浸满汗水，ECMO 顺利运行了，又一个濒临死亡的生命被他们从死神那里夺了回来。

病人的生命体征稳定了。赵江回过神来，才发现自己浑身竟大汗淋漓，像从水里捞出来的一样。他晃了晃脑袋，拭去额头上的凉汗，扶了扶眼镜，站起身向窗外望去，淡青色的天幕上，晨曦微露，一声清脆的鸟鸣划过病区，又一个繁忙的白昼开始了。

澄心肃虑，神而明之，细查善辨方能起死回生。南阳首例将 ECMO 用于新型冠状肺炎病毒垂危患者的救治获得成功。赵江在为挽救病人的生命透支着自己的心智和体力。

2 月 29 日，最后两位新冠肺炎患者在市中心医院痊愈出院。南阳本地新冠肺炎成功清零。截至 3 月 9 日，赵江及专家组累计会诊 1220 人次，其中远程会诊 971 人次，确诊新型冠状病毒肺炎患者 156 例，本地成功救治出院 143 例，上转省级医院 10 例也全部出院。

南阳市中心医院在对新冠肺炎的救治工作中，做到了五个第一：一、ECMO 技术和连续血液滤过技术第一次在南阳市联合应用于新冠肺炎危重症患者的救治；二、全市第一例确诊治愈患者于 2020 年 2 月 2 日在该院出院；三、全市第一例确诊重症治愈患者于 2020 年 2 月 4 日在该院出院；四、98 岁的全国最高龄患者在中医药的介入下于 2 月 14 日在该院治愈；五、南阳第一例利用新冠肺炎康复者血浆治愈患者出自该院。

在每一个第一中，都有赵江宵衣旰食、朝乾夕惕投入的心力，这位“南阳新冠肺炎救治专家组”组长对新型冠状肺炎病毒的诊断以零漏诊、零误诊，准确率达到 100%，向全市人民交上了一份合格的答卷。

2020 年 9 月，赵江荣获全国抗击新冠肺炎疫情先进个人和全国优秀共产党员称号。他走进人民大会堂，受到党和国家领导人的接见。2021 年 4 月，他荣获全国五一劳动奖章。

无数医务工作者发扬人道主义精神，在疫情肆虐中，他们与患者共处于病毒与疾痛之中，用生命之光点亮生命，用良知道德的力量守护生命。

微生物是地球上出现最早的生命，病毒与人类始终会纠缠不休。“在人们对付危机和无常时，他们本身和外部世界也会被重新塑造。”（阿瑟·克莱曼）这场人类流行病史上的大灾难，必然引发我们更深层次的思考。大疫之下，正是有了许多像赵江这样的专家，他们肩负使命，孜孜以求，运用学术智慧带领医疗团队，不顾个人安危抗击病毒，维护着百姓安稳的日常生活和社会活动。医道以真、善之美德呈现于社会，带给我们岁月的安详。

英雄归去来

殷德杰

解建业

“归去来兮！田园将芜胡不归？”回家去呀！田地都荒芜了，为什么不回去啊？

我们今天说的是一位英雄的“归去来”，他一颗初心，两肩使命，满怀激情地走出了军营。

2021 年 10 月的一天，九十九岁的解建业坐在电视机前。他一头白发，白皙的方盘大脸上晕着几处老年斑，年轻时的魁伟英俊，会不时幻化到你的面前。

“伯，你是不是想看电视？”儿媳赵国侠问他。

“有好看的没有？”

“有！我给你找找。”

赵国侠打开电视，给他找到了电影《长津湖》。

本来耳聪目明的解建业，两个月前患脑梗住了一次医院，出院后视力就模糊了，耳朵也聋了。在他眼里，画面朦朦胧胧的，但他仍能看出那是在打仗；声音嗡嗡嘤嘤的，但他仍能听出那是炮弹在爆炸。

“好看不好看，伯？”

“是战斗片？”

“是。”

“在哪儿打的？”

“在朝鲜！”

解建业浑身抖了起来。他扶着椅子扶手站了一下，接着又坐下了，问儿媳：“在朝鲜哪儿？”

赵国侠说：“在长津湖！”

“不是清川江？”

“不是。”

解建业不再问什么了，他静静地看，静静地听——不，他此时其实也没看，也没听，他是在静静地想，静静地回忆，泪水慢慢溢满了他的眼眶……

解建业所在的39军是1950年10月19日首批入朝部队，跨过鸭绿江的第六天，10月25日，就在云山与美军狭路相逢，发生激战，史称云山战役。这次战役击溃美军王牌骑兵第一师，全歼一师五团第三营，歼敌2046名，缴获美军飞机4架、汽车116辆、火炮190门，击毁坦克28辆。这是抗美援朝第一仗，打出了中国人民的威风和尊严。10月25日，被定为抗美援朝纪念日。

不过，给解建业留下刻骨印象的，是一个月后的清川江战役。

清川江战役于1950年11月25日打响，长津湖战役于1950年11月27日打响，两个战役同时于12月24日结束。此次战役，解建业所在的39军担任正面主攻任务，39军117师349团2营四连副连长解建业带领的是主攻部队的突击排。深夜两点，他们出发了。寒风似刀，一刀一刀地割着脸庞。天空中仅有的一点亮光也被乌云遮蔽了，整个夜就像一团墨汁。这是对志愿军最好的掩护。美国人最怕夜战，天一黑，他们就龟缩起来了；而志愿军最擅长夜战，每当夜幕降临，就是他们出奇制胜的时候。

解建业带领的是一个加强排，70名战士。黑暗中，他看不清他们的脸，但每一张脸庞他都是熟悉的，年轻、英俊，个个都像小老虎。那年他二十八岁，战士们都喊他解哥。他摸了摸每一个战士的脸，检查一下他们身上的装具和缠在左臂上的白毛巾，然后低声、威严、决绝地喝了一声：“同志们，出发！”

70个模模糊糊的白点，无声地向山头上飘去。山头上，是美军王牌部队第二步兵师，他们抱着伽兰德步枪和汤普森冲锋枪，无声地守在战壕里。但战壕在哪儿？地堡在哪儿？它们都被黑暗掩藏得严严实实，随时都可能夺去志愿军的生命。未知意味着恐惧。七十年后，记者问解建业，你害怕吗？解建业说："咋不害怕！不过我不是怕死，那时候枪往身上一背，我就从没想过死，就光想任务，怕任务完不成。"

其实，这时他们已经摸到敌人的阵地上了。他们没有发现敌人，敌人也没有发现他们。这么黑的夜，这么冷的天，美国人断定中国人不会来找他们的麻烦，美国大兵们大都抱着枪睡着了。解建业正走着，突然脚下一软，他打个趔趄就跌倒了。同时，他脚下尖叫了一声，忽地蹿起一个人来，一下子扑到了他身上。他知道是遇上敌人了，但已来不及出枪、拔匕首，只好也伸出两臂，紧紧地抱着敌人。两个人就在地上厮打起来。那个美国佬个子实在太大了，解建业有点招架不住。就在这时，一个战友听见动静向这边摸过来。就在美国佬注意力稍一分散的瞬间，解建业拔出了匕首，插进了他的胸膛。

敌人发现了他们，哇啦哇啦大叫，枪声大作。但他们看不见人，胡乱开枪，反而暴露了自己的位置，让在暗处的志愿军逐个给点射了。天明的时候，12个山头阵地全部被志愿军占领。

天明了，站在山头上，他们看见了朝东北方向流淌的清川江，朝西望，看见了蔚蓝色的鸭绿江入海口；入海口的西岸，莽莽苍苍的，就是自己的祖国。

解建业指挥战士们赶快加固工事，把敌人遗弃的勃朗宁机枪掉过头，把成堆的子弹搬过来。他知道，敌人的反扑马上就要开始了。

但敌人的反扑比他想象的还要快，刚下完命令，炮弹就呼啸着落了下来。大炮刚停，十几架飞机就遮天蔽日地飞了过来，他们绕着山头盘旋着，先投弹，然后俯冲扫射。飞机刚刚离去，几十辆坦克就从山脚下爬了上来，隆隆的巨响震得山头乱颤，坦克车的后面，是黑压压地端着汤普森冲锋枪和火焰喷射器的美国兵。

攻防战就这样打响了。武器装备如此悬殊，按照上帝的法则，守方必败无疑。但守方有一样联合国军无法拥有的武器，那就是坚强的意志和勇敢的精神。他们把上帝的法则改写了。他们胜利了。解建业带着他的加强排，在阵地上坚守了两天两夜。大部队冲上来了。然后冲下山去，冲过清川江，冲进平壤城。这一仗，击溃南朝鲜第七、第八师，全歼联合国军土耳其旅，消灭美国王牌第二步兵师4000多人，俘虏美军3000多人，迫使美军南撤300公里。消息传到美国白宫，国务卿艾奇逊长叹一声，说："这是美国历史上最长的一次撤退！"

战斗结束了。部队庆功，会餐。往日吃饭，一个排几十人聚在一起，有说有笑，闹哄哄的。可是今天，解建业端着碗望了一下，他的面前只有17个人。70个人啊，上去时，他曾经摸摸他们的脸，黑暗里，他能看到他们每一个人都给他笑了一笑，是亲切的笑，轻松的笑，信任的笑，坚定的笑，解建业看出来了，这一笑是战友们送给他们副连长的最后一份决心书。现在，从山头上下来，70个弟兄，就剩这17人了。解建业放下碗，剧烈地抽泣起来，泪水如瀑，泻满了他的面颊。见连长一哭，17个弟兄也都大哭起来。

那一顿饭他们没有吃成。后来的五六天，他们都茶饭不思，只想着牺牲在山头的战友，只想着怎样为战友报仇。

七十年后，我们在解建业的农家小院里，看到了一枚黑亮的乌金勋章，老人抚摸着，抚摸着，泪水又从枯井般的眼睛里流了出来。勋章的证书上写着：

因参与反抗美帝侵略者的正义的朝鲜解放战争并树立战功，

于195　年　月　日

以朝鲜人民民主主义共和国最高人民会议常任委员会的名义对

解建叶（业）授予

此勋章

朝鲜人民民主主义共和国最高人民会议常任委员会

书记长康良煜（康良煜中文签章）

195　年　月　日

证书上没有填写具体日期，大概是为了保密吧，因为战争还没有结束。

1953年7月，战争结束了。两年前，一批优秀的中华儿女跨过鸭绿江时，挺直了胸膛，绷紧了面孔；两年零八个月后，他们又跨过鸭绿江，回来了，他们仍然挺直了胸膛，但脸庞上挂着的是胜利的笑容。

解建业转业了。1956年12月他被分配到辽宁锦州南山监狱附属工厂任副厂长。那年他三十四岁，身强力壮，冲锋陷阵惯了的他，总觉得现在的工作松松垮垮的，使不上劲。闲暇时间，他常到附近田间去转转。他看到了连年战争留下的荒芜而肥沃的农田，看到了在农田里耕作的老弱病残的农夫。他不由得下到田里，帮他们锄地，帮他们插秧。农民们说："老解，你是一把好手啊！"解建业说："插秧、薅草，我五六岁时都会干了。"

1958年，党中央号召广大干部下乡支援农业建设，解建业第一个报名。领导说，老解呀，你是八级伤残呀，上级还准备让你到荣残院休养呢，下乡支援农业没有你的事。

但解建业坚持要回乡。他知道家乡的土地像东北一样荒芜，一样需要强壮的劳动力去耕种，去支援国家建设。他说，现在不打仗了，农业就是前线。党号召到前线去，我就去，到那里我干着才有劲。

但是新婚不久的妻子不同意。妻子是上海人，从小吃大米长大，到东北后仍然吃大米。她说："我吃不惯你们河南的面条和红薯。我不回！"解建业哄她："回去了我给你买米吃。"妻子仍不同意："我是在花花绿绿的城市里长大的，睁开眼就是高楼大厦，迈开步就是水泥石板，从小脚上就没沾过泥。跟你一起回农村，我过不惯！"

两人就这样僵持住了。战友们笑他："老解，投降吧！"一句话把解建业激恼了，投降？面对敌人一个团我打他个稀里哗啦，一个小女人就想叫我投降？于是他向妻子下最后通牒了："你回不回？不回我就一个人回了！"女人也回答得很干脆："你要一个人回，那我们就离婚吧！"

解建业愣了一下。他知道他与妻子之间的两条战线已经形成：一条是响应党的号召，奔赴农业第一线；一条是向妻子"投降"，听妻子的话，留在城市，与妻子一起营造自己的小窝窝。他望着妻子，妻子也望着他。妻子的目光里闪烁着使出撒手锏后的得意与自信，但解建业却脖子一梗，坚决地摆过头去，说："中！走，咱办离婚手续去吧！"

于是，解建业带着简单的行李，带着嵌在脑袋里的一枚弹片，带着腰部碗口大的一块伤疤，带着被炮弹炸断过的三根肋骨，带着他弯成钩状的三根指头，带着一个神秘的布包，回到了家乡河南南阳。70年后，那个布包才被打开，里边包着8枚军功章和几本荣誉证书。

当然是先到南阳县民政局去报到，转交组织关系。民政局领导看完组织关系后赶紧站了起来，紧紧握住他的手，说：“解建业同志，欢迎欢迎！”要知道，连级干部转业到地方，那可是科级干部啊，是与县民政局长一个级别的领导啊。

“你就留到民政局吧。局里给你两间房子，住下来，成个家。你都三十多岁了，再不结婚就晚了。我给县委书记汇报一下。你考虑考虑，想去哪个岗位?”

解建业没有考虑，他说：“我是响应党的号召，回来支援农业建设的。我要到农村去，回家，回方营。”

民政局领导拉住了他的手，真诚地说：“建业，以你的级别和参加革命年限，留在民政局你每月可以拿85元工资。可是如果回到农村当农民，你一年只能拿到24元伤残补助啊。建业，你考虑考虑吧。”

解建业仍然不考虑。他说：“我从辽宁到南阳，考虑几千里了。俩字：回家！支援农业。”

领导有点儿惊讶而感动地望着他，轻声说：“建业，你可别后悔啊！”

解建业说：“党叫干啥我干啥，我从来没有后悔过！”

就这样，解建业回家了，回到了他阔别二十年的王村乡大方营村，那是他新的战场。

解建业回来了。他是十七岁那年当兵的。他的老家不是方营，是在30里外的北山里。在他五六个月大的时候，父亲一头担着他哥哥，一头担着他，逃荒来到方营投奔他姑奶奶。1939年春天，他十七岁，弟兄5个，他排行老二，一家人衣不蔽体，食不果腹。那时国民党实行募兵制，三丁抽一，五丁抽二。村上一家有钱人不想让儿子当兵，解家为了一家人的生计，就把二儿子解建业以5块大洋的价格卖给了那家富人，顶替其儿子当了兵。这在当时叫卖壮丁。于是，上午还在放牛的解建业，下午就换上军装，成了一名战士。在部队里有吃有穿，他很高兴；更重要的是，他恨日本人，日本的飞机在南阳城里和王村街上炸死了很多人，他是要穿上军装扛起枪打小日本去啦！

解建业个高体壮，长官拍拍他的肩膀，然后塞给他一挺捷克机枪。三天后，他抱着机枪就上了战场。

1939年5月1日，由冈村宁次亲自指挥，日军华中派遣军三个师团、两个旅团以及飞机坦克、炮兵共12万人，杀气腾腾向南阳、信阳、襄阳三阳相交处的唐河、新野、枣阳、随县开来。那里驻守着国民党第五战区，日本人想围歼这支中国军队，解除中国军队对平汉线的威胁，打开西窥四川的大门。战斗一直打了20多天，日军损失13000人，狼狈退回武汉。此役史称随枣会战，亦叫新唐会战。

解建业，这个天生的战神，第一次参加战斗竟不知道惧怕，抱着机枪猛扫，枪管打热了他就又换一挺。战斗结束后，长官统计战果，问："解建业，你打死几个敌人？"解建业说："我没数。"长官说："20个，少不少？"解建业回答："有点儿少。"

这个十七岁的新兵蛋子，被长官任命为机枪班的班长。

1939年，是国共合作时期。随枣会战结束后，部队驻扎在信阳四望山。共产党的新四军也驻在四望山，解建业所在的国民党 13 军 89 师的驻地与新四军隔着一条河。国民党这边，整天死气沉沉；河那边的新四军经常敲锣打鼓，唱歌，扭秧歌，还搭台子唱大戏。解建业领着弟兄们偷偷过河去看戏，新四军给他们让座、倒茶，还让他们吃饭，亲热得很。新四军还举行篮球比赛，长官与士兵一起打，笑声、掌声、啦啦队的鼓动声响彻云霄。解建业站在新四军人群里，和他们一起欢笑，一起高喊，有一种强烈的归属感，好像他就是他们中的一员；每当晚霞从西边的桐柏山照过来、他们不得不回营地的时候，心中总泛起浓浓的失落感，双脚不忍踏过那条清凌凌的小河。新四军里有许多南阳人，解建业一听见南阳腔心里就热乎乎的，好像遇到了亲人。他听说新四军里一个大官儿就是南阳人，心里骄傲得不得了，回到连队就海吹显摆，被长官照屁股上狠狠踢了一脚。

后来，长官就不让过河了，河边设了岗哨。

现在，解建业回来了。二十年了，村上人都不认识他了。他们不知道解建业是谁。小时候，父亲给他起名叫解学温；父亲听鼓儿词听多了，对大明朝朱元璋的军师刘伯温很崇拜，希望儿子向刘伯温学习，长大干大事业。但村上很少人知道这个大号，都喊他解二娃儿。在他们依稀的记忆里，二十年前，解二娃儿让国民党抓壮丁抓走了。他当国民党的兵去了，那可不是个啥光彩的事儿。所以，乡亲们早把他忘了，不认得他了。现在他回来了，没什么稀奇的，也没什么稀罕的。人们看见他，在眼角的余光里，总飘着一丝儿轻轻的不屑。

解建业不理会这些，也没感觉到这些。他的战斗目标很明确：打农业翻身仗，增产丰收，多打粮食，支援国家建设。

乡亲们很快认识了这个讷于言而敏于行的转业老兵。那年秋天，方营村成立生产大队时，解建业被选为大队党支部书记。

方营村一马平川，土地不错，但就是靠天吃饭，缺水，天一旱，就只能眼看着庄稼焦干到地里。在战场上有着战术眼光的解建业，与邻村协商，共同修一条水渠，把30里外的彭李坑水库的水引过来。

工程开始了。3米宽，15公里长。那时工具落后，全部是铁耙子刨，铁铲子挖，竹撮箕担，荆条笆篓抬。解建业每天天不明就起床，敲钟，催工。他用两支撮箕担土，每天的第一担土都是他的，有时候他都担了十来挑了，人们才陆续到齐。

那时实行工分制，男劳力一天10分，女劳力一天8分。

而解建业一天只要9分。

所有人都过意不去，说："支书啊，你一天比我们多干俩钟头啊!"

解建业说："我是支书啊，支书就得早起晚归，多干俩钟头啊。"

人们又说："别的地方的支书一天都多记两分，连牛把儿一天也多记两分，你咋非要给自己少记一分啊!"

解建业说："我是个残废呀，担不了那么多东西。"

可是人们都知道，他的撮箕总是比别人上得满；别人跑两趟，他总要跑三趟。

之后，人们听见钟响，就立即起了床；笆篓小的换了个大笆篓，撮箕不装满的，逼着铲土的人多加两锨。

三年，干渠修好了，自流灌溉，大方营变成了旱涝保收、稻麦两作的鱼米之乡。

可是解建业辞职了，到第九生产小队当队长去了。

原来第九生产队是全县有名的落后队，派性、家族矛盾、邻里纠纷交织在一起，经常骂仗、打架，财务混乱，群众无心劳动，比着偷懒，生产一塌糊涂，年年公、余粮缴不齐，群众“免购点”吃不够数。解建业说，这是个“顽固堡垒”，得组织个“突击班”攻坚。

在战场上领惯了突击班的解建业，这次又自告奋勇，当突击班的班长去了。

很快，第九生产队面貌改观了，公、余粮率先完成，社员“免购点”也增加了几十斤，人们把浑身的劲儿使到了生产上，其他矛盾就像照在村子里的乌云，太阳一出就慢慢地消散了，几乎天天不断的吵骂声，变成了一天到晚都能听到的欢笑。

可是，解建业又辞职了。1969 年，回乡的知识青年逐渐多起来。解建业说：“打仗需要总结经验。地里多打粮食，不但需要苦干，还需要科学技术。我不识字，干这活不中，叫年轻人来干吧。”

人们都笑他：别人当官是越当越大，解老二是越当越小，终于当成个光肚老百姓了。

解建业是回乡的第二年再婚的，生有三男二女。父母还在，只是又老又病。解建业结婚晚，孩子小，七八口人，就他一人挣工分，而且还是每天 9 分。那时口粮指标叫“免购点”，也就是国家免予征购的那部分。“免购点”由社员用工分购买，工分不够，就要用现金购买。工分多了，可以多分粮食，叫“余粮户”；工分少了少分粮食，叫“缺粮户”。解建业家每年都是缺粮户。他的大女儿回忆说，她十来岁时，就在架子车上绑条绳，父亲驾着车把，把分下来的麦子、稻谷拉到镇平县去换红薯干，一斤换二斤，不然粮食不够吃。一个大队支书的日子，竟然是全村最困难的，至今说来都没人相信。2022 年春节，当采访到这段历史时，记者问解建业：“解老，你当时后悔过吗?”他挥舞着有残疾的手臂，声如洪钟地说：“从来不后悔！比比我那些当年牺牲的战友，我有儿有女，现在活了百十岁了，还有什么不知足的？党叫干革命，我就拼命往前冲，从来没熊过！党叫支援农村建设，我就回来当农民，跟党走，我永远都不后悔!”

铁骨铮铮的汉子!

铁骨铮铮的誓言!

铁骨铮铮的英雄!

但是，在过去数十年的岁月里，没人知道他的历史，没人知道他是个英雄。英雄不提当年勇，眼下不勇不英雄。他从来不讲他的过去。人们只知道他当过国民党兵，现在回乡当了农民，摇耧撒种，扬场放耙，是一个种地的好把式。老支书高玉祥说：“这人嘴紧得很，平常就不爱呱嗒闲话，当兵时候的事更是一字不提。”

2019年6月28日上午，从新修的进村公路上，开进来十几辆小轿车和大巴车。大方营一千多口人，从没见过这么大的阵仗，都不知道发生了什么事，纷纷从家里跑出来看个究竟。汽车从英潦公路上开进村，停在了解建业的家门口。车上下来五六十人，其中有二十来名军人。他们排好队，迈着军人的步伐，高擎着一面已经陈旧了的紫红色锦旗，走进了解建业家居住的小巷。

锦旗上有六个黑色的繁体大字：打开天津大门。

一道闪电从大方营的上空划过。

一段尘封的历史被一面锦旗揭开。

一个顶天立地的英雄从硝烟雷霆中走来……

机枪的嗒嗒声，炮弹的爆炸声，飞机俯冲的刺耳声……好像整个世界都沸腾了。一道青砖高墙轰的一声堵满了画面。画面后拉，现出了豁豁牙牙的城垛和城门楼。城门楼下，是一群解放军战士。一名号兵不顾弹片横飞，挺胸昂首吹响了冲锋号。一群战士抬着云梯靠到了城墙上，然后奋勇争先地往上爬，不断有战士从云梯上中弹掉下来。剩下的几个战士眼看就要爬上去了，云梯却被城头上的国民党兵用长棍子捅倒了，梯子上的解放军战士全部遇难。解放军的连长吼叫着，命令将云梯重新竖起，将衣服一甩，抢先爬了上去。一个战士拉着他，哭喊："连长！你不能上，危险！"连长踹了他一脚，怒喝道："你上去就不危险了吗？放手！"连长爬上去了，子弹擦着他的头皮飞。他向敌人的碉堡里投了一颗手榴弹，敌人的机枪立即哑了。他扒着墙头，翻身上墙。没有炸死的敌人从碉堡里逃出来，被他一枪一个消灭了。后面的战士从十来个云梯上迅速爬了上来。他们冲下城墙，冲到了城门下，打开了城门。三个号兵同时吹响了冲锋号，埋伏在城壕里的大部队一跃而起，冲进了城门，喊杀声盖过了敌人的机枪声……

以上是电影《解放天津》的画面，是平津战役天津攻防战中的一个镜头。

而解建业所在的机枪连，正是此役攻城的先头部队。

天津的城防工事长达 84 里，护城河宽 5 米、深 3 米。墙高一丈四尺，墙内每隔 30 米有一座碉堡，城墙外大型碉堡 380 多个，守军 13 万，被国民党炫耀为铁打的天津，司令陈长捷向蒋介石夸下海口："守半年没有问题！"

然而，他只守了两天半就连城带人一起做了俘虏。

首先攻入城门的，是一支突击队。突击队队员是从全团挑选出来的战斗经验最丰富、作战最勇敢的战士。解建业是这支突击队的队长，在雷霆般的炮弹爆炸声里，在暴雨般倾斜而下的弹片里，在擦着头皮飞过的子弹声里，他指挥着突击队员，架起了几十架云梯，第一个爬了上去……

20 多名武警战士，举着锦旗，迈着整齐的方步，在 50 多米深的小巷里，庄严地走着。他们是武警某部的战士，从辽宁盘锦专程赶来，陪同他们的，是武警河南总队与南阳武警支队的人员。嚓嚓的脚步声在窄窄的小巷里发出苍天叹息般的回响。

他们走到一个红色大门前，走进一个整洁的、种着各种花木的小院里。已经九十七岁、白发苍苍的解建业，颤颤巍巍地从一张塑料藤椅上站起来。战士们立正，一齐向他敬礼。老人立刻热泪盈眶，也颤抖着抬起右手，举在眉梢，久久不愿放下……

战士们看到了他举在眉梢的右手，食指、中指、无名指蜷曲着，呈钩状。站在前边的武警某部政治部主任王长宇，握住了那只手，问："老连长，你知道今年是哪一年吗?"解建业回答："是 2019 年。"王长宇说："1949 年到 2019 年，七十年啊！天津解放七十年了啊！你还认识这面锦旗吗?"

解建业仔细地看了看，点点头："认识。是解放天津时候，军长给发的。"

"你还知道军长叫什么名字吗?"

"知道，叫刘震。"

王长宇说："老连长，我们的部队转成武警建制了，上级让我们专程来看望您。这面锦旗是我们部队军史馆的镇馆之宝，特许带来让您看看，看后我们还要带走……”

解建业的眼泪就唰地流出来了。

王长宇拉着解建业的手，心疼地抚摸着：“您这手，是那时负的伤吗?”

解建业说：“不是。我打了十几年仗，一直是机枪手。这手是朝鲜战争时，扣机枪扣的时间太长，天又太冷，冻的，就再也伸不直了。”

“解放天津的时候，您没受伤?”

“没有。”

解建业的儿媳妇向大家使使眼色：“受伤了，他不愿说。”就弯下腰将公公的衣服掀开。

一声惊叹，像一阵风刮过了小院。解建业的腰窝里，有一个碗口大的伤疤塌陷着，当年缝合伤口的针眼，历历可见。

解建业辩解说：“这不是打天津时受的伤。”

“那这是什么时候受的伤?”好几个声音问。

解建业迟钝了一下。他不得不“坦白”了。于是，又一段尘封的历史，像电影画面一样一幕一幕展开了……

1945 年 8 月，日本投降，中国人民抗战胜利了。解建业所在的国民党 13 军奉蒋介石之命，开赴东北，与八路军抢夺日军交出的军事物资和工厂。

他们当时驻守在通辽。1945 年 12 月 29 日夜里，长官命令解建业带着全班去巡逻。天很冷，踩着冰碴子咔嚓咔嚓地响，无法保密。没有月光，但白皑皑的雪把清冷的夜照亮了。他们知道，前边不远就是八路军的阵地，而他们身后，则是国民党军队的数十门大炮和重机枪，只等一声令下，双方就万弹互发地打起来了。长官派他们巡逻，是怕共军夜里偷袭。

正走着，面前平展展的雪地里，突然蹿起一群八路军，枪口对着他们，其中一人低声喝道："不许动!"

解建业听出来了，那是一个河南腔。刹时的恐惧，变成了心中一热。他想起了在河南信阳驻军时，到新四军驻地去看戏，去看打篮球，新四军让他们喝茶、吃饭……他不理解，为什么亲亲的一家人，共同的敌人一投降，自己就打起来了？他赶紧喊道："别开枪别开枪！你看我们背着枪就没动。你们是新四军吧?"

他们确实是新四军，是 1945 年 9 月，由黄克诚率领的新四军第三师开进了东北。

对方也听出了解建业的口音，说："兄弟是南阳人啊！到我们这边来吧?"

解建业说："你们要我们不要?"

"要！都是一家人，咋不要？快过来吧!"

解建业带着一班人就"过"来了。太富戏剧性，好像有点儿儿戏，但在那时好像也不是个案。

参加革命队伍的解建业很快就脱胎换骨了，明白了在"那边"时是在为长官们打仗，到了"这边"是在为天下的穷人打仗，为自己打仗，为一个伟大的梦想打仗。

之后，新四军第三师被整编为东北民主联军第二纵队，解建业在独立旅 16 团任机枪连班长。

第二年 4 月，解建业参加了加入解放军之后的第一场战役：四平保卫战。那天，团长和营长一起到前线察看地形去了，敌人不知怎么得到了情报，突然向团部扑来。战士们措手不及，牺牲了好几个。有人喊着赶快撤退，解建业不撤，抱着机枪一个劲儿扫，敌人丢下十几具尸体退走了。团长表彰了他，就在那次战斗后，他光荣地加入了中国共产党。

“是这次负伤的吧？”记者问他。

解建业说不是。他是第二年负伤的。

1947 年 5 月，东北民主联军第二纵队在东北发起旱季攻势。在怀德战役中，敌人的炮火太猛烈，炸起的沙土、弹皮让人睁不开眼睛。八个新兵蛋子惊慌失措，撅着屁股扎成了一堆。这怎么行？一颗炮弹落下来得全炸死！解建业一见赶紧跑过去，又推又踹，把他们分开了。就在这时，一个战士哭喊起来，原来一颗炮弹落到了他的面前，在地上乱转，即刻就要爆炸，把他吓迷了。解建业扑过去，猛地扑倒了战士。炸弹爆炸了，炸起的沙土掩埋了他。同志们将他扒出来的时候，他已经昏迷了，鲜血从他的头上和腰部汩汩地流出。他肋骨被炸断三根，头部的弹片至今还嵌在脑袋里。

解建业在医院住了四个月。伤好后，旅长亲自敬他三杯酒，又把自己舍不得穿的一件绸子衬衫奖给他。

王长宇紧紧地握着解建业的手，眼睛却望向他的满头白发。“头上的弹片取不出来吗？”他问老人的儿媳赵国侠。

“取不出来，怕伤着脑子。”赵国侠回答，扳过老人的头，把头顶上的一丛白发分开，指着说：“就在这儿。平常他不让别人给他理发，碰着疼，都是让我理。这一绺儿头发总是叫我给他留长一点儿，盖着伤处，不然风吹着疼。”赵国侠亲昵地抚摸着公公的一头白发，笑道：“你看他这一头白发，别人的头发抿着，他的头发又粗又硬，直竖竖地往上长，像扎了一头银针，我们都说这是一头老犟毛。”

大家都笑起来。英雄白发硬如戟，象征着老人强健的身体，象征着老人顽强的精神，也象征着老人一辈子的坚守啊。

解建业喝了旅长敬给他的三杯酒后，官升一级，由班长提升为机枪连的排长。

接着就是扛着机枪南下，参加平津战役，参加宜沙战役，参加衡宝战役，参加湘西战役，参加广西战役……一直追击国民党军到中越边境镇南关。在衡宝战役的武冈战斗中，他再次立功，被提升为副连长。立功证书上写着：

命令（公历一九五零年八月一日·于武汉）

二七师三四九团二四四连连副解建业功绩摘要：

职别：连副

姓名：解建业

立功事迹：立大功一次

功绩摘要：武冈战斗立大功，指挥明确，带一个班，俘获敌人二百人，枪一百（字不清）支，冲锋枪二十三挺。南下行军带头以身作则，爱护战士，关心纪律。

司令员　林　彪

政治委员　罗荣桓

“你到底立过多少功啊？”记者问他。

解建业说不知道。儿媳赵国侠进屋拿出了那个神秘的布包，打开，是一包军功章和立功证书。军功章是 8 枚。赵国侠说，还有 12 枚，他说上朝鲜前，他怕回不来了，就交给了一位战友保管；可是那位战友后来再也没信儿了，可能也去了朝鲜，牺牲了。

那么，解建业最少获得过20枚军功章。

20枚啊！

每一枚都是一场惨烈的战斗，每一枚都是一个惊心动魄的故事，每一枚都是一次出生入死。

但是，解建业却把这些故事深深地埋在心里，把这些军功章深藏在衣柜箱底。七十三岁的杨金富老人说："他从没说过他在部队上的事。大家只知道他当过兵，受过伤，其他一无所知。有的人还以为他当过国民党的兵，不光彩，不好意思说，所以大家也不好意思问。在我们眼中，他跟我们这些庄稼汉没啥区别，平时在村里闲聊，也都是说说咋种菜，咋种庄稼，咋教育孩子。"

方营村党支部书记高玉祥说："解老待人温厚慈祥，一辈子没跟人使过厉害、抬过杠。但他原则性极强。百十岁了，村支部每月10号的党员活动日他都让儿媳搀着按时参加，雷打不动。有一次支部研究发展一批新党员，大家都举手表示同意，解老却站起来大声说：我不同意！×××、×××俩人光为自己着想，不关心群众，这样的人咋能入党？大家纷纷赞同。结果那两个人就被否决了。事后人们都说，现在就需要解建业这样的党员啊！"

解建业的事迹被宣传开了。先是《南阳日报》《河南日报》，接着是河南卫视、中央电视台。

中央电视台《军事节目》的标题是：《老兵解建业：本色不改，初心永恒》。

《河南日报》的标题是：《勇士百战归，深藏功与名》。

中央广电总台《国际在线》的标题是：《南阳市退伍军人解建业“解甲归田”，造福一方》。

…………

市委书记看望他来了。市长看望他来了。区委书记看望他来了。乡长看望他来了。武警部队首长看望他来了。军区首长看望他来了……默默无闻的大方营村，霎时成了网红村，大方营的人们又惊喜又骄傲：他们的村子里，他们的身边，原来挺立着这么一个大英雄啊！

2019年6月27日，中共南阳市委发文：“解建业老人的先进事迹令人感动敬仰！我们为拥有这样居功不自傲、永葆革命本色的老英雄而骄傲！……希望全市党员干部向解建业同志学习。有关单位注意帮助解决解老生活中的实际困难……”

解建业却及时地告诫儿女们：“咱只要好好干，日子一定能过好。可不能给组织添麻烦，向组织乱伸手！”又说：“在外边打工要脚踏实地，不要用我的名誉谋取利益！”

2020年“八一”建军节，卧龙区退役军人事务局副局长郭超去看望解建业。他依然坐在那把1993年花了45元钱买的塑料藤椅上，双目炯炯，白发如戟，只是双腿打战，站不起来了。郭超握着他的手说：“解老，原谅我们平常对你关心不周啊！有什么不满意的地方，需要我们帮助的地方，您一定要告诉我们。”解建业大声回答说：“习主席领导得好，全村都是两层小洋楼，水泥路修到各家门口，我现在心里满意得很。我打了几十年仗，为的就是这！”

是的，解建业打了几十年仗——打了八十年。前二十年他在武装斗争前线战斗，后六十年他在农业前线战斗。前二十年他得了二十枚军功章，后六十年，他也得了一枚军功章，很大很大的一枚军功章

——是3000亩年年丰收的土地，是400座窗明几净的农家小楼，是一个社会主义新农村方营，还有一条30里长绕村而过的水渠，那是飘在军功章上的金色的缎带。

他扫一眼站在身边的孩子们，扫一眼种满花草的小院，然后把目光落在退役军人事务局局长郭超的脸上，一字一顿地说："我活百十岁了，有儿有女，我幸福得很，我不需要国家帮助。只要有活干、有饭吃，小车不倒只管推，不给国家添麻烦！"

"只要有活干、有饭吃，小车不倒只管推，不给国家添麻烦！"这是郭超第四次听解建业说这句话了。

2021年6月，解建业突发脑梗，住了一个多月医院，花了近两万块医疗费。出院时，按新农合规定，报销了6000多元，还有一万多元需要个人支出。家里的钱快花光了，孙女又刚考上大学，需要一笔入学费。媳妇赵国侠说："伯，市委书记、市长、区长还有退役军人事务局郭局长都说叫你有困难了一定给他们说。要不，咱给上级说说……"

解建业赶紧又摇头又摆手。他不让说，他说这几年的残废军人抚恤金我还攥着呢，有七八千块哩，不够再凑凑……

"不给国家添麻烦。"这是一个为国家拼过20次命的老党员、老战士的话啊！更重要的是，他做到了，数十年如一日地做到了！

牧原英姿

——当代猪倌秦英林

徐海林

秦英林

牧原人不会小富即安。创造财富，奉献社会，报效祖国，是牧原人的价值准则。我们感恩，感恩处在伟大的时代，是时代给予了我们建功立业的机会；我们感恩，感恩伟大的党，是党和政府给我们创造了一个良好的发展环境。

牧原人深深地明白，自己所创下的财富，既是汗水与智慧的结晶，更是聚合了社会八方资源的成果，是人民赐予的圣物，虽然掌管在牧原名下，但只是经经手而已，不敢视为己有。只有回报社会，才是财富的终极归宿；只有推进社会进步，才是财富的终极价值。

——秦英林

——从一个小山村的个体户，到养猪业务布局全国 20 多个省（市、区）的养猪大王。

——从 22 头猪养起，30 年执着创新，引领企业实现养猪规模“全球第一”。

——带动 15 个省 62 个县的 14 万贫困户 39 万人脱贫“摘帽”，成为全国带动人数最多的企业。

——立足主业，全面融入国家发展战略，走出一条“头部带动型”县域经济高质量发展之路。

这就是秦英林，这就是他创立的牧原集团。

秦英林和牧原集团，犹如“芝麻开门”的神奇故事，藏着太多的谜！

他身板笔直，是一个地道的“理工男”，富有哲学思维。在那个年代，进入国企单位就相当于端上了铁饭碗，工资优厚。但他辞职做了一名养猪个体户，成为一名当代猪倌。他立志让人们吃上放心猪肉，让养猪行业受人尊重。他把社会担当、政治责任、人民福祉、家国前途都担在肩上。

少年养猪梦

“月亮走，我也走，我给月亮赶牲口，一赶赶到马山口，驮着铁锅下河口（今湖北省老河口市），吃牛肉，喝烧酒，一路乐悠悠!”南阳是商圣范蠡故里，马山口历史上就是中原旱码头，这一民间歌谣就是对这里商业繁荣景象的真实写照。

1965 年 4 月 18 日，秦英林出生在河南省南阳市内乡县北部的马山镇河西村。

一方水土养育一方人。秦英林的父母从小就生活在这里，承包池塘种莲菜，用驴车往湖北贩运土特产，再从湖北拉回便宜木材做成手推车，然后拉到湖北卖。但日子还是过得紧紧巴巴。

1982 年，正在读高中的秦英林，为了摆脱家庭贫困，动员父亲多养几头猪来脱贫致富。因为母亲养猪有经验，发过猪的财，也得过猪的“济”，所以父母采纳了秦英林的意见。

很快，父亲用三九寒天冒雪挖莲菜积攒下的 800 元钱，建了一个猪场，20 头猪崽进圈了。秦英林和父母都祈盼这 20 头猪能改变他们贫穷的命运。

几个月后，放寒假了，秦英林满是期待，高高兴兴地回家了，但他没有看到猪。

母亲告诉他，一场瘟疫，20 头猪到最后死得只剩下 1 头了，而那 1 头也卖了，经济损失 2000 多元。

2000 多元啊，在 20 世纪 80 年代初期对一个农村家庭而言，那可是一个不小的数字啊。

这件事深深地刺痛着秦英林的心。回到学校，他越想越觉得对不起父母和这个家，他把被子一卷，书一整理，就回家了。

母亲问他："英林，咋了？"

秦英林回答："妈，我想回来养猪，我爹太辛苦了。"

他母亲生气了，说："你养什么猪，挣什么钱啊？我和你爹之所以这么辛苦，就是因为读书不多；我们这么辛苦地干，还不是为了让你们好好上学，考上大学，毕业后到城里工作，端上国家饭碗!？再说，咱家这 20 头猪为啥只剩下 1 头，还不是猪得了病咱不会治？你学都没上完，知识没学够，你能养好猪？"

在母亲的劝说下，他又背起行李，回到了学校。

自此，年少的秦英林在内心萌发出一个强烈的念头：将来一定要考上教养猪的大学，学好技术，帮父亲养猪致富，帮助家乡的乡亲们养猪致富！强烈的信念，促使着秦英林发奋学习，开始处处留意养猪知识，连报纸上的一条小广告也不放过。

在学校表现优异的秦英林，临高三毕业时被学校推荐去河南大学。那个年代推荐一名学生要经过各个方面的考察，非常不容易。刚接到这个通知时，秦英林也着实兴奋了一把。但当他冷静下来，他就一遍遍地问自己：我到底要做什么？我的理想是做一个好的猪倌，到河南大学能实现我的理想吗？

抉择是痛苦的，但秦英林很确信自己内心的答案，他跑到老师的办公室，怯怯地对班主任说："我不上河南大学，我要上农业大学，把保送名额留给别人吧。"一向对他期望很高的老师望着他，想着许多同学争都争不到的保送机会被秦英林轻易地放弃，不免觉得很惋惜。

秦英林在高考志愿书上填写了 4 所农业院校。凭着优异的成绩，他如愿被河南农业大学录取。通知下来那天，秦英林拿着录取通知书的手几乎要发抖了，望着村庄背后的马山，看看村前的默河，他似乎感到有一天还会回到这个地方，用学到的知识让父辈的悲剧永远消失。

就这样，秦英林开始了自己的人生征途……

在大学期间，他发奋学习，提前完成规定的课程，然后把自己一天到晚关在学校图书室里，学习与生猪养殖有关的专业知识，在国家级刊物上发表了《关于粗纤维饲料在养猪中的运用》和《饲料酵母可代替鱼粉养猪》等论文。

每年放暑假，他不乘公交车回家，而是骑着自行车，一边沿路寻找养殖户搞调查研究、为人家提供养殖服务，一边回家。开学前，再提前几天骑上自行车，边服务、边实习、边返校。

大学毕业后，秦英林和他的恋人钱瑛双双被分配到南阳市的两家国营单位上班，并在这里结婚成了家。

在这里，秦英林积累着工作经验，为自己后来创业做企业，算账、管理、降成本打下了坚实基础。但他不安于在这里过四平八稳的日子，他每天都在想着自己的养猪梦。

1991 年，秦英林一位同学所在单位办的一个养猪场邀请他去进行技术指导，他喜出望外，欣然同意。经过一年的努力，这个猪场当年投产当年见效，各项饲养指标均达到或超过了美国 NRC（美国国家科学院）1988 年第 9 版所颁布的专业标准。这次技术指导服务使自己所学的理论知识得到了肯定，虽然服务是无偿的，但是秦英林心里十分高兴，因为养猪原本就是他所追求的事业，这次服务更让他看到了希望。

1992 年，邓小平南行讲话的春风吹拂着整个大地，秦英林选择辞去公职，回到了老家马山。紧接着，妻子钱瑛也追随他的梦想回来了。

就这样，他把弟弟结婚用的 12000 元钱借过来，又从哥哥那里借来 8000 元，在村里租了十来亩地，用玉米秆搭了个棚当作办公室，摆开了梦想的主战场。

拉电线、打机井、建水塔、盖猪舍，只要是自己能干的绝不雇人干，好省些费用。

历尽千辛万苦，猪场建成了。

1993 年 6 月 22 日，22 头猪崽进场，秦英林脸上洋溢着笑容。后来，为了纪念这个特殊的日子，秦英林把这一天定为“养猪节”。

“开始就是个‘个体户’，后来知道要交税，才学着做财务、建账。”当时跟着秦英林一起创业学做财务的徐玉梅，谈起当年，犹如眼前，“我是会计，从记流水账做起，当时感觉最难的就是钱——贷款难，所以最初只建了半排猪舍。”徐玉梅越说越激动。

1998 年，亚洲金融危机来临，银行断贷了，刚有起色的养猪场，人断粮、猪断食。最难时，伙房厨师到面粉厂去赊面，到轧面铺里去赊面条，到菜摊上去赊萝卜白菜……

春节到了，时任内乡县灌涨镇党委书记的王锋和县领导一起到这里来看望秦英林边建边投产的企业，没想到，他们看到的是猪场外，是一个个要工钱、要料钱的，急得在骂；猪场内，是一头头猪，饿得嗷嗷直叫。

20 年后，王锋回忆说："我当时真感觉老秦会崩溃，但没想到他竟然走过来了，成功了！"王锋望着牧原总部的金字塔建筑，玻璃幕墙折射的阳光有点耀眼。

猪倌走进中南海

每年的 3 月，是全国两会召开时间。2009 年 2 月 12 日两会召开前夕，温家宝总理邀请 13 名全国各行业基层代表做客中南海，征求对 2009 年《政府工作报告》的意见。秦英林是其中之一。

北京中南海，温家宝总理温和地笑着，同会议室里的十几个人一一打着招呼。他说，你们应该是中南海的主人，来到这里就像到家一样，夸政府感谢政府的话就不要再说了，都要说实话。

"总理好，我是河南的，叫秦英林……"

秦英林首先讲了养猪行业融资难、融资贵的问题。总理认真地听，并不时地在本子上记录着。

当秦英林说到猪肉价格的问题"上周 13 元 2，这周 11 元 8"，总理就开始沉思，表现出浅浅的忧虑。他一句"总理的情绪不能跟着猪肉价格走"让大家都笑了，总理也笑了。

然后，他对中国发展养猪产业提出了"四点建议和意见"，并提出要招录大批大学生和他一起养猪。

温总理轻声重复："让大学生去养猪……"

秦英林继续说道："二十年前，我也是个大学生，更懂得一个大学生的价值。当年我放弃铁饭碗，不比今天的大学生心里挣扎得更厉害？如果大学生成为新型农民，那么我们国家的粮食安全更有保障，食品安全更有保障。”

温总理深深地点点头，在笔记本上记下了他的话。

那一天，秦英林讲得专业，讲得深入，讲得有新意。温家宝总理先后 18 次打断他发言，与他做现场交流，勉励他多养猪、养好猪，为人民吃上放心猪肉做贡献。会议结束，合影留念时，总理握着他的手说：“你是一位了不起的学士猪倌。”

古时商圣范蠡曾“三聚三散”为百姓，如今秦英林不但靠科技创新创建了全球最大猪企，还践行了当代企业家的责任和担当。30 年来，他先后荣获了“中国十大杰出青年农民”“全国五四青年奖章”“河南省优秀共产党员”“全国脱贫攻坚奖奉献奖”“全国劳动模范”“全国抗击新冠肺炎疫情民营经济先进个人”等一系列荣誉。

从 22 头猪到世界第一的跨越

秦英林第一次走出国门是 1998 年，他代表中国 10 亿农民，到法国参加全球养殖及种植业发展交流会。

国家农业部和团中央之所以把这一宝贵的名额给了秦英林，是因为 1997 年，秦英林获得了第二届“中国十大杰出青年农民”的荣誉。

这次去法国、巴西参观学习，打开了秦英林的国际视野，冲击着秦英林的养猪理念。不说别的，单说猪舍，人家的设计理念、建造风格，就是自己从来没有想过也没有见过的。

这时候秦英林的牧原，只有几排猪舍，只有24名员工。除了秦英林、钱瑛是专业出身，只有杨瑞华一名中专生，其他都是当地农民。出国之前，他还沾沾自喜，因为1997年是他创业后迎来的第一个丰收年，也是他返乡创业5周年，他正打算着要开一个隆重的5周年庆祝会呢。可现在，他的心头却是沉重的。回国的飞机上，他习惯性地掏出随身携带的纸张和笔，他想画、想写一些东西，但他一直没有画，也一直没有写。他在深深地沉思着，思考着他的养猪场，思考着整个国家的养猪事业，思考着养猪事业对国计民生的影响……当飞机进入祖国的天空时，他才望一望机窗外：天空那么蓝，那么深邃，那么广阔无垠，有几片白云，像轻纱在蓝天上擦拭……他突然有了笑容，一个决策，伴着一颗雄心、一腔激情，使他振奋起来。他要改良猪舍的设计，提升生猪育种和营养水平，建更大规模的养殖场，赶超国际先进水平。

身居穷山沟，心有家国梦。一个农民的孩子，就这样开始规划着怎样把自己的企业做大做强，怎样带动整个行业提升水平，为国家和社会做贡献。

实际上，在此之前，秦英林在参加“全国十大杰出青年农民”表彰会时，聆听了时任国务院副总理姜春云的讲话，就有了一些新的思考。姜春云讲，中国未来的农业要靠受过大学教育的年轻人到一线去，带领新型农民改变面朝黄土背朝天的现状。秦英林更加明白为什么他一个大学生被选为十大杰出农民。他发现十个获奖的人里面有四个都是大学生。

秦英林听了之后很踏实。他想：“未来的中国农民应该是有文化、有知识的人。我一定要用自己学到的文化和知识，为带出新型农民发挥更大的作用。”

回到家，5 周年庆典还是“隆重”召开了。说是隆重，其实也就是买了两张红纸，写了一个“隆重庆祝牧原成立 5 周年”的会标挂在办公室里，秦英林坐在会标下做报告。参加庆典的只有 24 人，但秦英林讲得激情满怀，大家听得热血沸腾。

秦英林讲了他参观外国猪企的感受，讲了他回国路上的思考。最后，他正式提出牧原要“走出去”的发展战略。

“我们这儿地少，没有大片的土地；即使有，地价也高，我们也没钱买。我们必须要走出去，找更多的地，建更大的场，养更多的猪！”

“五年时间，我们只是走过了万里长征的第一步，而且是很小的一步。今后要抓机遇，迈大步。外国人能做到的，我们也一定能做到，而且一定会比他们做得更好！”

会后，秦英林就带着人，一边到乡镇找地，一边做项目。

内乡县东边的灌涨镇水田村，是一个典型的冈坡丘陵村，荒地多，地价便宜。这里距 312 国道很近，离县城也就十几里地。秦英林就决定在这里建设牧原二场，并把总部也建在这里。牧原人称在水田村的建设为“二次创业”。

“二场最初计划 4 万头规模，后来秦总说一定要建设 8 万头规模。而当时的万头养猪场在中国已经够大了！大家一听说秦总要建设 8 万头的养猪场，一个个都很震惊！”杨瑞华说。

秦英林一下子和村里签订了 260 亩土地的租赁使用合同。但 8 万头规模在当时需要 2500 万元投资，不少人为此捏了一把汗。秦英林在内乡农行办公室，拿着笔和纸勾画他未来的养猪愿景，用日益先进、日益时尚、未来电脑操作养猪的美好景象打动了银行领导，他们愿意支持牧原的发展。

令人没有想到的是，二场建设过程中受到了亚洲金融危机的影响，贷款不能如期到账，资金断链，工程停了工，猪没饲料喂，借钱借不来，贷款贷不来。秦英林的牧原经受了生死考验，他和他的创业团队咬紧牙关，坚定信念，克服万难，在煎熬中永远向前，最终艰难地存活了下来。

到了2009年，秦英林已经在内乡县建了16个牧原分场。秦英林的梦想又开始“裂变”了：他要在内乡县北边的余关乡（2016年3月，由余关乡改为余关镇）、黄楝村建设更大的养猪场，这个场的计划规模是年出栏生猪30万头！

所有人被惊呆了！

“30万头！当时在全世界都没有听说过！人们都说秦总是疯了。”杨瑞华说。

秦英林当然没疯。他像一个哲学家一样，眺望远方，深邃地沉思着，缜密地沉思着。他充满了激情，充满了自信，也充满了力量。

他把第17分场建成了，占地1700亩，投资3亿多元，年出栏生猪近30万头。这就是现在的内乡县牧原第17分场。当时国内外媒体采访后惊叹不已，说这是世界第一场。但秦英林谦虚地说：“叫‘亚洲第一场’吧！”

紧接着，秦英林又接连打破了“亚洲第一场”的世界纪录。到2021年，他创下的新的世界纪录，就是年出栏210万头的内乡牧原肉食产业综合体投产。

有人说，秦英林这样疯狂地扩张，就是为了赚更多的钱；有人说，秦英林想赚更多钱的背后藏着一个强国梦。

实际上，早在2010年，不少人看秦英林养猪赚了许多钱，就给他出谋献策，让他进军其他领域。甚至有的地方政府，把土地、批文、政策等都给他办好了，想促使他投资房地产，赚更多的钱，把企业做得更大。但秦英林说："多养猪、养好猪是我的唯一目标。其他，再能赚钱，我也不做！"

走出去，大踏步地走出去！心无旁骛，执着笃定。1998年，牧原从马山走到了灌涨；2002年，开始走向内乡全县；2010年，走出了内乡，走进邓州，走进卧龙……

2011年，牧原走出南阳，走出河南，走进湖北，走进山东……

2014年，牧原上市，给了企业发展壮大的强劲动能。

2016年，农业部发布了《全国生猪生产发展规划（2016—2020年）》，加快生猪产业转型升级和绿色发展，引导生猪产业向重点发展区和潜力增长区发展，东北四省要发挥资源优势，建设一批高标准种养结合养殖基地。牧原积极响应号召，开启东北养猪业务布局，二十几位年龄在二十多岁到三十出头的牧原虎将，背起行囊，冒着刺骨寒风，向零下40摄氏度的黑、吉、辽、内蒙古挺进，他们一个个都像出征的将军，一身豪情，所向披靡……

2019年，国务院办公厅发布《关于稳定生猪生产促进转型升级的意见》，要求各省稳定生猪生产、保障市场供给。牧原积极贯彻落实党和国家政策号召，顺势而为，将养猪业务向南方布局，形成"扎根中原，布局东北，拓展南方"的发展格局。

2021年，牧原已在全国25个省市区建立下属公司300多家。

2020年，销售生猪1811万头，成为全国年出栏规模最大的生猪生产企业。

2021 年，销售生猪 4026 万头，成为全球年出栏规模最大的生猪生产企业。

这就是牧原的步伐。30 年专注养猪，实现了从 22 头猪到世界第一的跨越。

不把本的创新

30 年的执着专注，“只为养好猪”“见好就学，见奇就信，见强就比，见高就攀”……正是靠着这种守正创新的精神，秦英林破解了行业一系列难题，让种猪、营养、猪舍、环保等一列技术，走在了国际前列，让养猪成本越来越低，出栏规模高速增长。

多年来，牧原累计申请国家专利和软件著作权 2000 余项，企业的研发队伍中除了畜牧、营养、生物、猪舍等养殖领域的专业人员，还拥有涵盖了机械、电气、光学、IT 等其他领域的跨界工程师，坚持通过跨界颠覆引领智能养猪。

走进秦英林创业的岁月，总能感受到他与众不同的创新力量。

1995 年春天的一个夜里，值班人向秦英林反映，有 3 头小猪突然死亡了。大学毕业后，第一次遇到这种情况，秦英林来不及多想，就和学兽医的妻子一起在猪舍内解剖，查阅资料，但找不出病因，非常着急。

秦英林意识到了问题的严重性——凌晨 3 点多钟，小猪已经死亡了 7 头。秦英林果断地采取措施，隔离猪舍、全面消毒，不让任何人进出生产区，控制疫情扩散，同时连夜向各大院校和一些养猪科研机构求助。

电话打到南阳农业学校、郑州畜牧专科学校、河南农业大学、河南农科院……可三天过去了，仍然没有结果。而平常健健康康、活蹦乱跳的小猪，已经死去25头。

妻子怀着7个月的身孕，带着大家的希望，背负着大家的重托，带着病猪，踏上了北去的列车。他们希望从省会专家那里讨到一个确切的解决办法。然而，当妻子再次站在秦英林和职工面前时，那无言的表情，使秦英林几乎要绝望了。此刻，死亡的小猪已经有70多头了。

父辈当年的悲剧难道就要在自己身上重演吗？秦英林不停地在查找相关资料，四处联系专家。

紧急关头，河南农大打来电话，说有一个老师刚从国外学习回来，判断可能是伪狂犬病，要求秦英林用兔子在当地做动物实验，并让再送一头病猪去郑州检验。

最终确诊了，就是伪狂犬病。秦英林又惊又忧。惊的是伪狂犬病，这种病会带来极大损失；忧的是国外对这种病研究较多，国内报道少，无特效药。当时国内只有东北的哈尔滨一家企业在研制疫苗。而哈尔滨又这么远，即使奢侈一点坐飞机快一些，但来回也得好几天啊！猪在一头一头地死亡，灭顶之灾随时都会降临，一分一秒都耽误不得。

关键时刻，秦英林凭着青年人特有的大胆，向河南省畜牧局发出求助。

一接到秦英林的求助，省畜牧局就第一时间对接哈尔滨相关机构，空运疫苗。第二天疫苗就送到了他手里。有了疫苗，小猪不再死亡，母猪很快恢复健康，秦英林逃过了父亲当年养猪遭遇的灭顶之灾。

但时间不长，半年后，流行性腹泻又侵袭了秦英林的猪场。

这次疫病，又死掉了好几百头仔猪。

两次疫病的重创，损失惨重，但并没有使秦英林的养猪梦想破灭。他在反思，他在沉思——他认识到只有刻苦学习，掌握专业知识，才能攻克疫病防治难题。

秦英林翻阅大量的书籍，寻找引起伪狂犬病的原因。书海茫茫，他没有找到。但他从国外的一本杂志上看到了一个名词“早期隔离断奶”。里面说，“早期隔离断奶”能净化病毒，保证仔猪健康。但具体什么时间断奶、断奶后的营养怎么保障、怎么隔离、为什么能净化病毒、净化什么样的病毒等，人家就不说了。

秦英林心头一动，他盯住了那个短句：早期隔离断奶能净化病毒，伪狂犬病不就是病毒引起的吗？

秦英林决定攻克这一技术。

他通过朋友从香港买来 5 公斤氨基酸，就带着杨瑞华等一起搞实验。

为了掌握更多的实验数据，秦英林常常是不分白天和夜晚，常常是一钻进猪舍就是几小时。

夏天的蚊虫叮得他脸上、身上红红的。秦英林却静静地守在猪舍里，专注地观察、实验、记录。

仔猪断奶早，不吃食。秦英林就像抱着自己的孩子一样，抱着猪娃，不厌其烦，一头一头地“哄”着、喂着，尽管磨人性子，也很辛苦，但秦英林和大家就这样在坚持，失败了，就从头再来。而每每看到仔猪健康成长时，秦英林总是一脸的笑容。

就这样，他们熬过了不计其数的白天和夜晚，也走过了一个又一个春夏秋冬。通过三四年的摸索和创新实践，终于摸索出了“早期隔离断奶”技术，不仅幼猪病死率大大降低，生猪出栏日龄也大大提前了。

然而，当秦英林做了一些准备资料，给大学老师报告自己的探索成果时，老师连说：“不可能，不可能，绝对不可能！这是世界难题，科学家都没攻克哩。”还嘱咐他说，“英林，养猪可来不得一点马虎啊！”

他知道，老师之所以说不可能，那是因为这项技术太重要也太难了，在中国多少年都没人攻克过，你秦英林大学毕业没几年，钻在山沟里喂猪，这么快就攻克了?!

尽管老师不相信，但秦英林还是很激动、很郑重地给老师说：“老师，我们真成功了，我已经在中国，把这个不可能变成现实了，我还要把生猪领域更多的不可能变成现实，早日实现养猪强国之愿!”

创业初期的法国、巴西之行，让秦英林完全变成了一个工程师。他一天到晚，一有时间，就在捣鼓改造猪舍，其目的也是为了提升猪舍水平，降低饲养成本。

法国猪舍的全漏缝地板被秦英林看中了，回国后，经过他的不懈努力与改造，牧原成为国内第一个用上全漏缝地板的公司。

为了给猪建造一个适宜成长的好环境，也为了更好地节省成本，秦英林一开始就利用上中学时学到的赵州桥建造原理，提出砖拱结构的方案。实践中，他发现猪舍建设提升空间很大，便摸索着，自己画了草图，大拱套小拱，让人做。

“大拱套小拱，不但强度高，而且使建设成本降低了90%。”

一开始，牧原的猪舍还有“代”的概念，从第9代起渐趋成熟，大概到“第11代”猪舍后，牧原的猪舍已更新到没有“代”的概念了。“我们几乎是每建设一批猪舍，都有创新、改进和提升。”秦英林说，“我们有专业团队设计猪舍，设计猪舍一点儿也不比设计现代化工厂厂房简单。”

2005 年，秦英林发现牧原内乡二场实际产生的粪污量远大于生猪粪污排放理论值。“这不行，这里面肯定有问题！”秦英林就搬个凳子坐到猪舍内看猪吃食喝水，发现经多次改进的料槽和饮水器流量太大。流量大，浪费多，猪也就吃得多喝得多，吃得多喝得多排泄量当然就大。找出了毛病，他就组织创新研发，改进饮水器，通过近 20 年的不断创新，加快了自动化供料和饮水进程，避免了饲料和水的浪费，也从源头上实现节水，减轻了环保压力，同时降低了饲喂成本。

牧原走的是自繁自养的发展模式，饲料全部是自己加工。而饲料厂建设，秦英林一开始考虑的就是全自动化。

“在产业链上，有市场化的标准来评判。有人说现在往前走得快了，是走进了‘无人区’。就是你每前进一步都是一个台阶，都是一次突破，同时也都是一次利润的增长。……要用开放的眼光来看，要用创新的理念来谋划，主动拥抱变化，主动变革，敢于走进‘无人区’，这是我们牧原应该持有的态度。”

2018 年，非洲猪瘟蔓延到国内，并迅速对中国的养猪业带来毁灭性打击。

“危中有机，化危为机，难中求胜！”秦英林说，“这是一场硬仗，我们必须打赢！”

面对疫情带来的生死考验，秦英林迅速组建研发攻关团队，向非洲猪瘟发起了挑战。

几天几夜的头脑风暴，也没有找到一个合理防控的突破点。大家都很焦虑、迷茫、无力。

处处留心皆学问。随后的一次外出机会，成为秦英林的难忘之行。

这天，他乘坐的飞机在天空翱翔，他手里拿着书，边看边思考非洲猪瘟防控问题。

飞机在强劲的气流撞击中颠簸着，他没有感到不舒服。突然，他不知怎么，就想到了密闭的机舱里的空气为什么能保持这么好，是因为每个人的头顶都有独立新风系统啊！他用手旋转着头顶的新风开关。这时，他突然想到很多疾病都是通过空气传播给猪群的。

于是，当飞机刚刚落定，他就给团队负责人打电话，让大家围绕空气，围绕新风治理来研究防控疾病。

就这样，秦英林和大家，沿着这一思路，通过空气过滤、独立通风、除臭灭菌等先进技术的实践应用，研发出了“新型智能猪舍”，不但可防非洲猪瘟，而且显著改善了猪舍的环境指标，实现防病、防臭。

“新型智能猪舍”的研发应用，让秦英林开启了生猪养殖行业创新的集大成之路，实现了最具竞争潜能的转型升级。这就是占地 2800 亩、养殖产能 210 万头的内乡县牧原肉食产业综合体，将土地利用效率提高 5 倍以上。

综合体建在一片冈坡地上，6 层楼房，21 栋，花树掩映，碧水潋滟。游客初望，还以为那是一处高档欧式居民区，或者是一个疗养中心。但他们哪里知道，大楼里住的不是人，是猪。

猪舍内的空气过滤等级在 16 级，安装有四层空气过滤装置和新风系统，空气质量为优。同时，过滤进入猪舍的空气风道也采用单循环无交叉设计，实现生长猪群单圈、母猪单头精准通风，互不干扰，避免交叉感染。

在饲喂与健康方面，牧原智能猪舍中的猪只也无时无刻不在享受着机器人管家的细心照顾。猪只的饮食由智能饲喂系统负责——它由饲喂机器人和洁净水源系统组成，精准饲喂，满足猪群营养需求；猪舍中的智能兽医由轨道巡检机器人担任——它可以监测收集猪只的温度、体态、声音等数据，经过智能算法比对后综合评估猪只的健康状况。

除了饮食和巡检，还有具备自主导航功能的智能板下清粪机器人、自动清洗机器人等联合协作，打扫猪舍卫生，确保猪只的生活环境干净卫生。

这里所有的智能系统均依托牧原自研的大数据平台，平台依据猪群的生理数据进行分析并做出决策，调度各类机器人终端完成喂养、巡检、清扫等操作，推动生产效率不断提高。同时，减少人猪接触，降低生物安全风险，保障食品安全。

这一项目创新应用了智能化饲喂和云服务平台等信息智能化系统，整合了物联网、区块链、人工智能、5G 等数字技术，使牧原智能化装备覆盖了生猪饲料、养殖、屠宰、无害化等全流程业务，达到了世界上以数字化驱动生猪养殖全产业链现代化的最先进水平。

2018 年春，秦英林在回顾这些年生猪养殖产业升级的历史时说，养猪这个行业还有很多个台阶要爬，换句话说还有很多机会，还有很多利润空间；从传统的人工饲养，到机械化、自动化、智能化，有很多的路要走。

2020 年，秦英林智能化养猪的梦想就开始在自己的企业里实现了，建立在工业化、自动化基础之上的智能化应用与实践，已在牧原大规模推广。

“过去我们是有好的饲养员，现在要逐步改成机器人。谁来管理机器人？就是工程师，所以说，未来，我们要有跨界工程师来操控机器人。未来的猪倌儿就是智能机器人，对，机器人猪倌儿。”如今，秦英林当年的畅想已成为现实。

“推动创新，不是一时兴趣，而是关乎企业生死的大事。”秦英林说，“企业的科技创新是被逼出来的，一开始，小的创新，为的是节省成本、提高利润。一步步走到今天，方方面面的创新，都是为了给企业发展开辟广阔的空间。”

秦英林引领牧原的成长史，就是一部科技创新史。回顾这些年的创新，秦英林还有许多“得意之作”：

种猪育种——种猪堪称“猪的芯片”，秦英林带领团队，早在二十年前就开始了种猪育种的“种子计划”，执行独立的育种方案，建立了独特的育种体系，现已摆脱了对进口种猪的依赖，繁育的商品猪可以直接做种猪使用，种猪和商品猪的肉质一样好。这一作为，对行业发展的贡献非常巨大。有关专家称：“牧原的种猪育种技术，已经赶上发达国家水平。”

疫病防控——牧原已建立了较为完整的健康管理体系，锻造出世界一流的兽医技术，持续推进疫病防控的技术攻关，努力让猪群不生病、少生病，保障猪群健康。

饲料营养——早在创业初期，秦英林就开始了低蛋白日粮实验，2000 年在企业推广。通过剔除饲料中多余的非必需氨基酸，在不影响生猪生长性能和产品质量的前提下，添加适宜种类和数量的工业发酵氨基酸，降低豆粕使用量。此外，在养殖端通过变频混合技术，可根据猪群生长性能动态调整营养供给，实现一日一配方、精准供给营养。在牧原豆粕使用量占比 9. 8%，约为行业的一半。这一颠覆性创新，在国际豆粕大幅涨价中更显其成本优势。

养猪节水——持续创新，改进饮水器，并在管理上创新，使上市一头猪的用水量，远远低于养猪行业用水标准，既降低了运营成本，又减轻了环保压力。

猪舍供暖——牧原通过热交换技术以及合理使用猪舍保温材料，减少猪舍热量散失，实现所有猪舍无须供热，在东北地区零下 40 摄氏度的极端环境下，猪舍内部温度仍可达到 22～25 摄氏度。无供暖猪舍的应用从源头上减少了冬季供暖天然气和煤炭的消耗，实现了节能减排。2021 年节约燃煤 27. 67 万吨，相当于减排温室气体 71. 94 万吨。

因为专注创新，他引领着企业由规模化、标准化、机械化，向数字化和智能化迈进。

因为专注创新，牧原多年来一直保持着成本优势，是行业生产成本较低的企业。

“养猪行业，只有实现成本领先，你才有竞争力。”在每年的全国两会上，媒体采访秦英林，他谈得最多的话题就是企业创新。

“牧原大力发展智能化饲喂系统和云服务平台等信息智能化系统，加快物联网、区块链、人工智能、5G 等现代信息技术应用，以信息化带动农业现代化。牧原智能装备覆盖生猪饲料、智慧养殖、屠宰、无害化等全流程业务。”2021 年 11 月，国家农业农村部官网发布了这一消息。

这是国家权威部门第一次公开报道国内生猪养殖行业实现智能化生产和管理的消息。

价值观的力量

牧原的高速发展，与企业文化分不开，与大学生团队分不开。

杨瑞华原本只是南阳农校的一名中专生，是秦英林招聘的第一位“大学生”。

1996年，杨瑞华到秦英林的企业实习，尽管创业之初很艰苦，但杨瑞华在这里除了养猪，得到更多的是秦英林怎样用良心养猪、怎样利用自己的专业和爱好创造社会价值的影响。

在实习期间，杨瑞华就抱定了要跟随秦英林养猪创业的心愿。1997年毕业后，她放弃直接选入畜牧局工作的机会，成为一名牧原人。

跟随秦英林，杨瑞华学到了许多在学校没有的东西。1998年，她就为牧原建起了至今还不落后而仍在使用的实验室；同年，她和秦英林一起到国内同行猪场引进种猪，回来后又亲自选育种猪。

她既养猪，又搞实验，于2000年承担了秦英林下达的“早期隔离断奶技术”实验，获得成功，获得了国家专利，在提升仔猪成活率、降低养猪成本等方面发挥出突出作用，做出重大贡献；紧接着，又引进并提升“分胎次饲养”技术，使之在牧原生根、开花、结果。

2005年9月，杨瑞华带领团队到加拿大，空运回国际上先进的470头原种猪，改良了牧原种猪结构，也为日后将这些种猪推向全国打下了坚实基础。

“我学的是畜牧专业，到企业第一年，学养猪。最初做育种，还是很吃力的，但不懂的，就请教秦总。秦总给我们讲课，经常讲到夜里一点。选育是一个漫长细致的工作，需要以年为单位出数据。那时在猪圈，我一头一头核对数据和性能，只有完成任务，躺到床上时，才感觉有点累，累并快乐着。”

杨瑞华成为养猪行业受人称赞的兽医专家，2006 年升任牧原兽医总监，2013 年升任牧原副总经理。

胡旭，大学毕业后来到牧原做育种，一做就是二十年，为企业做好种业“芯片”立下了功劳。

一次和秦总一起在天津选种后，坐火车到北京。那是胡旭第一次到北京，秦总带他吃大餐。“去的是全聚德，比较高档，当时只点了半只鸭，就那么几片，都 300 多元，我有点心疼。秦总问我还吃啥，我说，要盘白菜，没想到服务员说 80 元，说是进口的白菜，我简直无法相信，公司当时一头猪才赚 50 元啊！秦总说，以后我们一头猪会赚到 500 元、800 元，吃吧。当时就觉得，秦总的眼界不一般，非常高，他告诉我的是，要先相信，后看见。”胡旭讲着故事，眼睛里放着光芒。

先相信，后看见。牧原把育种技术做到了全国第一。

秦英林从 2009 年开始批量招录大学生。此时的企业可以说是已迈上了发展的快车道。如何让优秀的大学生在牧原的平台上实现人生价值，成为牧原做大做强、走向国际化的坚实力量？秦英林坚持用价值观选人、育人、用人。

平时与秦英林对话，你会不时地听到他爱说的“善根”“根性”“品性”“表相”“实相”……这与他喜欢从中国古代人文经典里汲取智慧营养有关。

近年来，跟随秦英林的大学生越来越多。没经历，他可以给你经历；没经验，他可以给你机会锻炼。

牧原企业文化与社会主义核心价值观一脉相承，涵盖有担当文化、感恩文化、利他文化、师徒文化、家人文化、极致文化、分享文化等。秦英林在坚持给员工上党课、举办党员活动日、重温入党誓词、志愿者活动和大型培训等活动的同时，也着重使企业文化传承弘扬规范化、制度化、具体化，以收到潜移默化、润物细无声的效果，从而培养出更多可以担当重任而具有纯正品性的员工。

牧原团队纯正的品性，不是建立在企业利益至上的品性，而是包容在“创造价值，服务社会；内方外正，推进社会进步”的企业核心文化之内的根本品性，是成就牧原人养猪梦想的智慧所在。

近年来，远离牧原总部的省区负责人和子公司负责人大都是由二十多岁、三十出头的年轻人担任，他们每人每年要完成的项目投资额达数十亿元乃至上百亿。他们说，在与社会接触的过程中，碰壁的事情过去有，以后还可能有，但我们不改初心，我们就是要用自己的力量，去展现企业存在的价值。

“一个企业存在的价值是什么？这是我常常思考的问题。”秦英林在接受相关媒体记者采访时说。牧原集团作为一个在全国养殖界享有较高声誉的行业龙头，随着企业的不断壮大发展，逐渐积淀和形成了独特的企业文化。“牧原基本法”“猪的哲学”可谓涵盖了企业的发展观、价值观和财富观，也为企业的持续健康发展提供了强大的精神动力。

“我们做企业的，都应该思考，企业在社会上存在的价值到底是什么？是为了赚钱，还是为了回报社会？为什么我们的国家、民众都在支持企业发展壮大？后来渐渐地想明白了，企业的发展壮大与社会需求脱不了关系。政府、民众支持企业发展，让企业发展壮大，是希望企业最后能够回馈社会、能够带动更多群众富裕起来。所以，社会需求的存在，才是企业能够持久生存下去的理由。这也是我们一直努力的方向。由此，我们的企业才有了‘三个不争’和‘三个有利于’，即‘不与政府争条件、不与农民争利益、不与员工争薪酬’‘有利于地方经济发展、有利于农民社区生活、有利于牧原可持续发展’。”

“一个企业要有价值，首先要把员工养好，企业不能与员工争薪酬。企业应该把心思全部放在创新上，放在积极开拓市场上，放在高质量发展上。其次，也不能和农民争利益，企业有本事就多创造价值，让大伙都赚钱、都享受到红利。当然，也不能与所处的社会环境去争。如此，一个企业才能受到社会的尊敬。”秦英林说。

深深根植于南阳热土的牧原集团，在走向河南、走向全国乃至世界的征程中，始终带着仁厚的印记。

走进牧原总部，大厅正面的《祖国颂》巨幅油画，每时每刻都在提醒着牧原儿女“没有祖国，就没有我们，祖国永远在我们心中”。左侧书写的是“牧原基本法”，其中写道：“外部价值高于内部价值，长远利益高于当前利益；人的价值高于物的价值，共同价值高于个体价值；社会价值高于利润价值，用户价值高于生产价值。”

牧原大厦大厅右侧呈现在我们眼前的是一杆大秤，这杆大秤形象地展示出“个人创造价值-自己占有=奉献社会”的“价值公式”。

近年来，国家对环保的重视上升到前所未有的高度。作为全国人大代表，秦英林把关注点也更多地放在了畜牧行业生态上。他说：“自律和自信，是对自己负责，对公司负责，也是对社会负责。”他希望，能够通过行业自律等方式，构建起畜牧行业可持续发展的生态。“无论什么产品，在满足老百姓需求的同时，对资源消耗最少，对环境负面影响最小，才符合美好生活的需求。”

每年，秦英林都要拿出时间，对新员工和公司中层以上的干部进行“三个模块”的讲解和培训，其中的一个模块就是“成功心法”。

“你要先定下自己的目标，然后拿一支笔画出五年后你的模样，比如高管的样子、有车子、有房子，比如你在未来三年，要当多少个留守孩子的“临时家长”，给孩子哪方面的爱……一切，你可以尽情想象，然后，你就照着这一目标去奋力前行。”

牧原内部有个“愿景板”，你想成为什么样的人，你这个部门未来五年想达到什么样的目标，都写出来、画出来，然后，你就朝着这个方向、目标走，督促自己，提醒自己，去努力，去冲刺。

秦英林说，我靠的正是这种方法。可以说，这是一个梦想地图。过去我一笔一笔画出来的目标，今天都如愿以偿了。

……

秦英林“敢用少年大将军”。目前，公司 25 个省区负责人和 300 多家子公司负责人、研发一线的大学生们，几乎是清一色的“80 后”“90 后”，并有多名已进入公司高管行列，成为可以托付牧原事业的新生力量。

丰厚的企业文化和良好的育人用人环境，吸引着越来越多的大学生走进牧原。目前，公司在职的大学生有 4 万余人，其中，硕士以上学历 1200 多人。这些大学生大多都在研发和管理岗位。

大学生是先进生产力的代表，秦英林就是这样，培养、引领着大学生们，用创新精神描绘着养猪强国的梦想。

尽管时代不一样，环境不一样，但牧原的大学生，能够担当重任的，都具有秦英林身上当年创业的可贵精神。

他们是牧原的希望和未来。

担起 1%　成就 100%

“二次创业”中，秦英林尽管千方百计筹集资金，但仍然是杯水车薪，远远满足不了发展的需求。一方面他需要继续贷款上项目，另一方面他要还银行贷款。而受亚洲金融危机的影响，在相当长一段时间内，贷款又是相当的难。

2006 年，银行股改上市对不良资产剥离打包处置。这意味着牧原 2450 万贷款，国家政策允许，只需要走一个流程就可以不用还了。

消息传来，人们都说秦总“走运”，关键时刻老天爷也来帮忙，令人头疼的贷款可以“一风吹了”。

秦英林坚定地说：“还！国家有国家的政策，我有我的主张，银行打包处置，企业不用还，中央政府就得还。中央政府的钱从哪里来？都是纳税人的钱。如果再这样做下去，会乱了风气，使一些人心生幻想，从贷款的第一天起就想着什么时候可以不还这笔贷款，银行还敢贷款吗？我们还敢存款吗？”

一位银行老领导忍不住劝秦英林道：“这么多年我没有教你做过坏事，但这次是享受国家政策，不是做坏事。”公司副总眼里噙着眼泪说：“秦总，你还是仔细考虑一下，这不是一个小数目，我们养猪十几年没有挣这么多钱。”秦英林两秒钟给出了答案：“坚信，我们总会有一年，一年挣它 2000 万。”就这样，在公司资金十分紧张的情况下，秦英林找银行办理了还款手续，签订了还款计划，到2007年底陆续还清了贷款。

秦英林还贷款的故事不胫而走，赢得了金融部门的广泛信任。在秦英林发展需要资金时，各家银行都纷纷伸出橄榄枝，一开始是500万元、1000万元，接着是3000万元、5000万元、8000万元，到后来是1亿元、3亿元……只要秦英林的企业需要，银行就大胆地给他贷。

当秦英林把所有能抵押的都抵押上了而仍需要贷款时，农业银行河南省分行还创新贷款支持民营企业的方式方法，破天荒地允许牧原将活猪做担保抵押。还有的时候，秦英林需要资金还没来得及向银行提出贷款申请，银行就主动把贷款送上门来了，他们认为，秦英林和牧原本身就是“信用和担保”。就连世界银行也看好牧原，主动上门合作，投资1000万美元参股牧原。

自2015年以来，金融机构支持牧原更是大手笔，无论是10亿元、20亿元，还是30亿元、50亿元，他们都信得过——他们信赖的是秦英林的诚信品质，看好的是秦英林用品质支撑起来的养猪事业。

“养猪要先养良心。”秦英林说。

早些年，养猪行业中，饲料中添加瘦肉精是行业潜规则。因为使用瘦肉精可以增加瘦肉率，肉质颜色鲜嫩，可使猪的体形好看，并增加卖相和提高售价，但人们长期食用，对健康不利。

所以，秦英林坚决不用瘦肉精。

这样，牧原的猪就不好卖，同样的猪，价格比别人低很多。一年下来，牧原少赚几百万元。

亚洲金融危机后的周期性猪价大跌，秦英林的猪因没有使用瘦肉精而根本卖不掉，造成大量积压。眼看着自己喂养的大批该出栏的猪卖不出去，亏损量在一天天加大，秦英林和企业的上上下下都很焦急，生产经理埋怨销售经理，而销售经理却委屈地掉下了泪……终于有一天，当瘦肉精销售商又来到牧原推销瘦肉精时，销售经理找到秦英林，哀求地说：“秦总，我们还是试一试吧，不然，这样亏下去不得了啊!”

秦英林看了他一眼，没理他。

销售商也找到秦英林谈合作，诚恳地说：“秦总，你只管放心，我免费给你提供瘦肉精。猪，我负责收购；我赚点小钱，你赚点大钱，何乐而不为啊?”

秦英林没有答应。

场长和饲养员们看着圈里的猪卖不出去，就想避开董事长试一试。秦英林明令禁止：“谁用，开除谁!”他说：“就是死了也不能用，我们养的不是猪，是肉，是食品，是生命，是给孩子吃的，是给爹妈吃的，我们要用生命来维护我们的品质。”

牧原人自觉抵制住了瘦肉精的诱惑，这当然不是事情的结果，而是事情的开始。秦英林组织科研人员加大技术攻关，改良育种，研究新的全套饲料营养配方，使商品猪的卖相和肉质大幅提升，超过了瘦肉精喂养的猪。

倘如你要问牧原猪现在市场中的位置如何？有一个数据会令你惊叹：2022 年春节期间在北京举行的 24 届冬奥会前夕，北京市确定点对点生猪供应商 221 家，而牧原旗下子公司就占了 198 家，接近 90%，足见牧原猪肉安全、绿色、营养的“实力”。

更多的时候，良心与担当是一对“双胞胎”。

2009 年夏收期间，秦英林企业所在地遭遇阴雨，麦子无法收割，麦穗都发了芽。等麦子都打下来时，麦粒都带了一个小尾巴。农民们望着麦堆，仰天长叹。

出了芽的麦子吃不成，国家不收，私营面粉厂也不要。辛苦了大半年换来的，就是一堆废物，扔都没处扔啊！

这时刻，秦英林出现在内乡县政府常务会议上："请领导们放心，老百姓的芽麦我收了！"

"真的吗，英林？"县长站起来问。

秦英林说："真的，我今天就是来向县里汇报请示，如果县里同意，我马上就把收麦的广告发出去。"

县长握住了他的手，副县长握住了他的手，农业局长、粮食局长握住了他的手，说道："英林，你帮了政府大忙啊！"

秦英林说："政府帮了企业多少忙啊！人要有良心，企业也要有良心，现在是我们报答党和政府的时候。再说，农民是养猪业的上游生产者，牧原发展离不开农民的支持，农民有难，牧原不能坐视不顾。"

县长说："英林，猪不是吃玉米的吗？吃小麦行不行？"

秦英林说："都是粮食，我想可以吧？"

但秦英林这次想错了：这芽麦，猪不吃。

为了收购出芽小麦，秦英林向银行贷了 2 亿多收购款，租赁了场地，组织了人员，购置了设备。他敞开量收。他没有压价，而是按高于当年国家规定的正常收购价收购，就连湖北省老河口和钟祥市的农民闻讯也把芽麦拉到内乡来卖。

然而，当他把收购来的芽麦做成饲料喂猪时，猪只吃了两天就不吃了。"这可咋整啊？收这么多芽麦，如果猪不吃，就凭收购芽麦这么多贷款，就足以让企业倒闭啊！"

牧原之上，一时愁云密布，怨言四起。

秦英林不相信猪不吃芽麦做的饲料。他蹲在猪舍里观察，不吃不喝，蹲了一天一夜。

猪真的不吃。看着饲料，猪只是用嘴拱拱，就扭头卧一边去了。

“当初英林给县长立保证，把胸脯拍得砰砰响，可这会儿，他是真有点坐不住了！”妻子钱瑛回忆说。

但秦英林没为这次决策而后悔。在公司高层会议上，他充满悲壮地说：“收购芽麦，是我们企业应该担当的责任，如果企业因收购芽麦而倒闭了，请大家在我的坟头立上牌子，写上‘因收芽麦而死’！”

秦英林住在猪舍观察、研究、思考。看着猪们饿得只叫唤就是不吃，他急得用手掰开猪嘴，往猪嘴里填饲料。就是这一举动，让他就像哥伦布发现了新大陆，他笑了——原来，饲料到猪嘴里后，唾液一湿润，形成糊状，这就是麦芽糊，黏性很大，粘得猪嘴张不开。这可能就是猪不吃的原因——它张不开嘴啊！“这事太简单了！”

秦英林立即安排相关部门改进生产工艺，把芽麦做成的饲料制成颗粒状，烘干，往饲料槽里一撒，猪就“吧唧吧唧”吃起来。

“人在做，天在看”，更多的时候，上苍也不会让有担当的人吃亏啊！就在秦英林收购芽麦的第二年，猪饲料价格大涨，牧原因上年囤积了大量的芽麦，而使自己的生猪养殖成本大幅下降。

在每年的企业文化培训中，秦英林也常常拿收购芽麦这件事来教育和鼓励企业员工，他说：“勇于担当，难免会有风险，但你总不能为避免风险而不去担当……有些事，就是死了，也要去做；而有些事，就是死了，也不能去做！”

秦英林就是这样，用良心、诚信、道德的力量，让养猪梦想越飞越高、越飞越远。

秦英林就是这样，用无私无畏的责任担当，构筑起人生价值的心灵高地，让养猪成为受人尊重的事业。

节省 2.3 亿亩耕地的建言

2018 年，秦英林当选十三届全国人大代表。他铭记重托，勇于担当，五年来，向全国人民代表大会提出建议 49 项，有推进行业高质量发展的，有助力乡村教育的，有围绕脱贫攻坚的……

2021 年 3 月，胸前别着党徽，脖子里挂着“全国人民代表大会代表”胸牌的秦英林走在天安门广场上，走进人民大会堂。他的步子格外沉稳坚定，踏地有声。

他的手提袋里装着给全国人大的沉甸甸的建议案，其中一份建议案的名字叫《关于大力推广低蛋白日粮应用的建议》，建议全国人大向全国推广他的“低蛋白日粮技术”。

他在建议里算了一笔账，让人佩服又震惊：如果全国养猪业都实行他的“低蛋白日粮技术”，也就是说一头猪少消耗豆粕 24.5 公斤，折合大豆 31.4 公斤，国家每年可最低减少进口大豆 2000 万吨，中国可以节约 1.5 亿亩种植大豆的土地。同时，一头猪还可减少 1.5 公斤氮元素摄入，全国可实现氮减排 98 万吨。

农业农村部相关负责人在接受采访时表示，据专家测算，如果政策得力、措施到位，养殖业还可实现豆粕减量 2300 万吨以上，折合减少大豆需求近 3000 万吨，相当于 2.3 亿亩耕地的大豆产出。

喂猪离不开豆粕。豆粕可以使猪提高免疫力，提高采食量，提升生长速度。猪场都把豆粕当作养猪的主饲料，并逐渐加大饲料中的豆粕配比，认为配比越高，猪就长得越快，有的饲料中配比高达20%。而秦英林通过长期观察和研究，高蛋白对猪的生长并无好处，过剩的豆粕蛋白都白白地排泄掉了。2020年全国养猪行业饲料中豆粕添加量为17.7%，而牧原的猪饲料配比中豆粕用量仅为9.8%，约为行业的二分之一。

二分之一意味着什么？由于豆粕热销，豆粕价格逐年上扬，由从前的1000多块钱一吨，到2022年春节，上涨到4500元一吨。少喂二分之一豆粕，意味着牧原的每头猪饲养成本比其他猪企低150元左右。

秦英林带领牧原团队从1992年开始进行低蛋白日粮初试，2000年推广应用，通过剔除饲料中多余的非必需氨基酸，在不影响动物生长性能和产品品质的前提下，添加适宜种类和数量的工业发酵氨基酸，降低豆粕使用量。

历经二十余年的不懈努力才有今天的技术成果，长期的研发实验，其中的不易，只有秦英林带领的牧原人知道。

2021年5月，秦英林在第七届全球猪业论坛做报告，将牧原低蛋白日粮相关数据公开共享。行业震惊！他分享的数据显示，牧原用低蛋白日粮养出了170日龄140公斤的超级成绩。一片哗然！

秦英林这一技术向全国公开，让行业共享技术成果。

这不仅是降低了成本，更重要的是，在当前世界格局的竞争中，能够用创新改变国际竞争的格局，突破限制。

小小一颗大豆，背后更是民族自立自强、国家实力的体现。

2021年中国大豆总需求量1.13亿吨，国内大豆产量1640万吨，全年进口大豆9651.8万吨，对外依存度高达85%。全球市场中，中国是最大的大豆进口国，2021年从巴西进口大豆5815.1万吨，占进口总量的60.2%；从美国进口大豆3231.2万吨，占进口总量的33.5%。

2021年8月，国家农业农村部对十三届全国人大代表秦英林第7740号建议《大力推广低蛋白日粮应用》进行答复：农业农村部高度重视低蛋白日粮研发与推广应用。近年来，随着工业饲料产量持续增加，豆粕饲用量逐年提高。据农业农村部监测，我国猪饲料产品平均蛋白水平为15.7%，豆粕在饲料中占比约为17.7%。2020年，全国养殖业消耗豆粕约7000万吨。加快推广低蛋白日粮，可提高原料利用效率，降低豆粕用量，减少大豆进口依赖，降低养殖成本，减少氮排放，一举多得。

2022年3月，时隔一年，他又向全国人大提交了厚厚的一沓建议案，其中一项是《关于推动生猪产业高质量发展的建议》，他期望推进行业进步，早日实现行业高质量发展，推进中国从养猪大国迈向养猪强国，让中国成为农业强国。秦英林说：“未来，中国科学技术能干成更大的事，给中国人争光。”

国庆花车的荣耀

内乡县是国家秦巴片区特别贫困县，号称“宛西经济洼地”，脱贫攻坚任务重、压力大、困难多。

企业该怎样融入地方脱贫攻坚大战略，让父老乡亲们如期脱贫摘帽？

“我们都是从农村出来的，深知贫困的折磨、父母的辛苦，只要我们尽其所能，就一定能带动大批贫困家庭过上正常人的日子!”秦英林在企业脱贫攻坚动员大会上这样说。

牧原一方面加大对内乡的项目投资，另一方面在积极寻找新的路径。

“牧原是个有责任的企业，党委、政府该怎样切入，实现脱贫攻坚和企业共赢?”时任内乡县县长杨曙光懂经济、善创意，他的眼光和秦英林的大格局聚焦在了一起。

内乡县委、县政府一方面为企业发展创造良好的环境，另一方面也在寻找政企融合推动脱贫攻坚的新路径。

秦英林和高管团队经常与杨曙光在一起碰撞，为的是能探索出多方共赢的扶贫模式来。他们拿出来一个又一个方案。

黄楝村是一个全国贫困村，过去，村里没有一条像样的路，天一下雨，人们想出出不去，想进进不来；地不少，但都是荒坡野沟，长石头不长庄稼。

牧原在这里建设内乡 17 分场后，优先安排村里的闲散劳力到企业就业，村民出门打工的少了，大都选择就地就业。牧原帮村里发展薄壳核桃生产基地，既美化了生态，又给农民增加了收入。如今，全村所有的荒山野沟都披上了绿装。牧原又帮助村子整体搬迁，家家户户住上了小楼房。如今的黄楝村，已成为一个生态旅游景点了，站在村后的高冈上，一眼望不到边的是那满眼的绿色，还有那在绿色中若隐若现、宛如繁星点点的猪舍；悠悠的岱军河水绕村而过，日夜欢唱；座座别墅般的民房掩映在核桃树丛里；柏油马路纵横交错，县里的公交车一会儿一趟；广场、游园里健身的老人脸上笑成了花，蹦蹦跶跶的孩子们像翩飞的花蝴蝶……昔日著名的贫困村，现已变成了一座现代化的小集镇。

秦英林经常给员工们畅享自己的梦想："我们在建场的同时，就要考虑带动养殖场周边村庄，建成生态秀美的新农村，让牧原周边的群众都享受到和城里人一样的公共服务。"

从2016年开始，牧原集团在河南内乡、内蒙古奈曼和吉林农安等地建设农牧装备孵化园产业园，已吸引入驻项目，可实现年产值上百亿元，涵养了贫困区域发展活力并拉动直接就业岗位11000多个；2011年参与发起设立河南省扶贫开发协会并认捐6000万元，全部完成后又认捐5000万元，同时发起设立河南省扶贫基金会；2015年出资1500万元设立"内乡县牧原教育基金"，国家扶贫政策实施的第一年，牧原集团就认捐了10亿元用于内乡县教育扶贫，至今，共资助贫困地区大学生4.2万多名，中小学生50万人次，奖励基层教师2.5万人次。

心中有大爱，梦想有力量，工作有办法。牧原与内乡县政府创新创造出"五方共赢"扶贫模式，又叫"5+"资产收益扶贫模式：牧原集团+金融机构+党委政府+合作社+贫困户。具体做法是：由政府和牧原联合增信，引导全县贫困户成立"聚爱合作社"；由合作社为每个贫困户向金融机构申请扶贫贷款；合作社用扶贫贷款建设养猪场；牧原租用养猪场，并替贫困户还本付息。也就是说，贫困户实际上一分钱没花，就可以每年收入数千元租赁费；有劳力的，还可得到一份工作。

"5+"扶贫模式，不但让内乡赢得了脱贫攻坚的胜利，实现了高质量的脱贫"摘帽"，而且随着牧原在当地加大投资力度，延链、补链、强链、固链，在内乡初步形成了"八园一街"的生猪全产业链发展格局，带动内乡县域经济实现了高质量发展，使其彻底走出"宛西经济洼地”，步入南阳第一方阵，成为“十三五”时期南阳市（县区）经济发展的“领跑者”。

“5+”扶贫模式在内乡取得经验后，秦英林又决策利用牧原子公司遍布全国各地的优势，将“5+”扶贫模式复制推广到全国15省（区）62个贫困县，直接帮扶14万个贫困户39万多人口脱贫“摘帽”。

秦英林曾面对记者们的采访说：“说不上情怀，也谈不上奉献，就是干了自己该干、想干的事……”

董景彦是内乡县湍东镇董堂村贫困户，腿部动过手术落下后遗症，不能干重活；母亲年迈，妻子残疾，女儿幼小，生活艰难，他曾对生活失去信心。党的十八大打响了脱贫攻坚战，他获得了牧原专为不完全劳力而设置的公益性岗位，成为牧原内乡20分场的一名勤杂工，每月可获得工资性收入3500元，并参加了“5+”养猪扶贫和光伏扶贫，每年可获得稳定收入6200元。两年后，董景彦一家就实现了脱贫“摘帽”。像董景彦一样享受到“5+”扶贫模式支持的，在秦英林原始创业地内乡县，有1.6万多个贫困户。

2017年10月17日，中央电视台正在现场直播2017年“全国脱贫攻坚奖”授奖大会。屏幕上出现“让财富回归本源，把责任担在双肩”14个红色大字。紧接着，一个身材高大，黑西服、白衬衫、系领带的人，从红色大字后面走出来。秦英林获得了“全国脱贫攻坚奉献奖”，当年全国总共有10名该奖项的获得者。

中央电视台主持人朗读颁奖词：

他们，是“成功人士”，贫穷已远离他们；他们，又是一群胸怀苍生、传递爱心、不忘贫困的人。带领贫困户发展，或救助贫困乡亲，防止因病致贫，因病返贫；或兴资助学，斩断贫困代际传递……他们，是脱贫攻坚的义勇军。上善若水，大爱无疆！

在新中国成立 70 周年庆典上，秦英林作为全国脱贫攻坚奖获得者，与 13 名代表乘坐“脱贫攻坚”方阵彩车，通过天安门接受党和人民的检阅。这是党和人民对秦英林和他的企业决战决胜脱贫攻坚的最大褒奖。

2021 年 2 月 25 日上午，全国脱贫攻坚总结表彰大会在北京人民大会堂隆重举行，牧原集团荣获“全国脱贫攻坚先进集体”。

心中有责任，肩上有担当，眼中有温情，胸中有大爱。此时此刻，他感受到了为人民奉献的无限荣光。

眺望牧原

牧原的名字将越来越久远，牧原精神将镌刻在历史长河中，像伟岸的胡杨，改变一批人，影响一代人，浸润无数人。

秦英林于 2008 年 8 月 14 日亲手创作《胡杨赞》。在牧原每年的大型文化培训会上，总有一节课特别重要，那就是激情畅享胡杨精神。他和员工们一起朗诵《胡杨赞》：

干枯的沙漠上，
有一个生命，
默默地忍耐着干旱，

顽强地抗击着风沙。

冬去春又来，

你是一棵伟岸的胡杨！

用顽强的意志，

谱写着对生命的热爱和歌唱；

用平和的心态，

享受雨露阳光。

你为大地添彩，

不屈的信念与日月同辉，

绘就生命的华章！

生，一千年不死！

死，一千年不倒！

倒，一千年不朽！

这就是不朽的胡杨！

聆听催人奋进的胡杨乐章，感受顽强拼搏的精神，鞭策青年不负韶华、不负时代。

秦英林，心中有责任，肩上有担当，眼中有温情，胸中有大爱！他的精神支撑着牧原越来越兴旺、越宏伟的事业。

2022 年，是秦英林创立牧原的三十周年，是牧原而立之年。

2022 年，是党的“二十大”召开之年，是实施“十四五”规划的关键之年。

秦英林创建的牧原正迈着坚实的步伐向未来走去……

大医之路

——国医大师唐祖宣

杜思高　周若愚

唐祖宣

引　子

“你是想当大大夫还是想当小大夫？”

“啥是大大夫，啥是小大夫？”

“大大夫有扎实的中医理论基础，医术有名，能造福百姓；小大夫就是背背《汤头歌》，懂点药性，混碗饭吃。”

“我要当大大夫！”

低矮的瓦房屋里，对坐着一老一少。油灯如豆，映照在两人脸上。老者长须雪白，面色沧桑，浑身透着阅尽尘世后的慈悲；少年清瘦，双目炯炯有神，面对老者的垂问，他仰起脸注视着，语气坚定，斩钉截铁，声音穿透夜色，飘向远方。

这是20世纪50年代末，17岁的唐祖宣与恩师之间的一段对话；也是一个初学中医的少年，对未来许下的誓言。

卖茶少年的两分钱与《本草纲目》

一个身影走着
脚步与大地摩擦
擦出火花
点燃梦想的引线
爆出璀璨的烟花

1955 年夏天的一个清晨，河南省邓县（今邓州市）十字街新华书店里，十三岁的唐祖宣一动不动地站在柜台前。朝阳穿过书店的大门，照在他不合身却干净的衣衫上，暖暖的。他站在那儿已经很久了，眼睛一直盯着柜台里的一本《本草纲目》。

柜台里，一个女售货员正在忙碌着。唐祖宣等她停下来，鼓起勇气说："能不能把那本《本草纲目》让我看一下?"售货员上下打量着他，冷冷地说："这本书 10 块钱，你买不起，看啥看?"说完扭过头，忙别的去了。

听见这话，看见这样蔑视的眼神，少年皱了一下眉头，就转身离开了书店。

唐祖宣家实在太困难了。父亲在他出生前两个月，就因身患疟疾被神汉贻误病情离开人世。三十二岁守寡的母亲，带着他和两个年幼的姐姐艰难度日。为了维持生计，为了把小祖宣养育成人，母亲白天在饭馆炒菜做饭，晚上熬夜纺棉花。不久，母亲患上了气管炎，经常咳得上气不接下气，每逢天阴下雨或一早一晚天气稍凉，她空洞的咳嗽声就回响在两间租住的小屋里。有一晚，她大咳不止，忽然一团又一团的血水从口里喷出。"妈，妈，你咋啦?"唐祖宣惶恐地用手拍着妈妈的后背……他一夜未眠，父亲让"孬医"给耽误了，母亲可不能再出事了。

"我要学医，当个好大夫，治好我妈的病!"这个想法就在那时，在那个风雨飘摇的夜晚，在唐祖宣心里生根发芽，也像一盏灯，把少年迷茫的心空照亮。

病痛缠身的母亲已无力供祖宣继续读书，他小学毕业便辍学了，帮母亲挑起了生活的重担。小祖宣聪明而有灵性。他的辍学，让看着他长大的邻居雷子明老人非常惋惜——唐祖宣管这位老人叫雷爷，当雷爷得知他的心愿后，告诉他说："历史上有个李时珍，他可是个大医学家，写了《本草纲目》。你想学医，就先看看《本草纲目》吧。"

可没想到《本草纲目》竟然要10元钱!

在20世纪50年代，10元钱是个什么概念呢？1956年行政十四级县长工资才141元；当年的茅台酒出厂价为1.28元，零售价为2.84元。这本《本草纲目》就相当于3.5瓶茅台酒。

这对唐家来讲，确实是个天文数字。小祖宣犯难了。颇有生活智慧的雷爷给他想了一个办法：卖大碗茶！他给祖宣说："卖大碗茶，一张小桌、两把凳子、几个茶碗、一个茶瓶就能开业。虽然利薄，干一个夏天，准能把书钱挣回来!"

说干就干。第二天，母亲早早起床烧了两壶开水，在十字街一个显眼的地方选了个摊位，将小桌摆放在那里，茶水倒在茶碗里，生意就算开张了。

"卖茶了，二分钱一杯!"稚嫩的声音，从少年的嘴里传出。赤日炎炎，小祖宣汗流浃背，口干舌燥，他多想喝一碗面前的清茶啊。但是，一碗茶水便是二分钱，为了攒够书钱，他忍受着口渴的煎熬，不忍心喝上一口。

为了买《本草纲目》，唐祖宣决定再下把劲。晚上，他和小伙伴们到古城墙缝里逮蝎子。蝎子有毒，却是祛风活血的好药材。逮蝎子得有技巧。开始时，小祖宣跟在别人后面，往往是别人捉得多，他捉得少。经过观察，细心的他发现，蝎子喜欢躲在阴湿暖和的地方。于是，再逮蝎子的时候，他就到相对偏僻、砖头比较破旧的朝阳的地方轻轻敲打，受了惊吓的蝎子尾巴高翘，来回爬动，他伸出竹筷，夹住蝎子尾巴，迅速放进罐子里，五个蝎子两分钱。有一次不小心，他的手被蝎子蜇了一下，拇指肚不一会儿就肿得像红萝卜，疼得锥心一般。为了不让妈妈操心，唐祖宣回到家，像没事人一样，很快就去睡下了。蝎子也不能经常逮，否则就逮光了。遇到又大又黑的母蝎子，唐祖宣就赶紧把砖头垒好，将其隐蔽起来，让外人看不出。他明白不能竭泽而渔。

清晨，天刚蒙蒙亮，唐祖宣就肩扛铁锨，挑着竹编的筐，早早地到城河边的小树林、大道边、沟渠旁拾粪。大粪和草木灰搅拌晾晒成粪干，积成堆，卖给县农科所，也能挣点钱。

多年后，唐祖宣回忆起当时的情景，脸上没有一点儿悲苦表情，声音里也没有一点儿苦涩。他说："你知道吗，到后来我真的闻不到大粪的臭味了！"

母亲看着勤勉懂事的儿子，起早贪黑没明没夜地干，既欣慰又心疼："儿啊，这是妈纺棉花的钱，你拿去买书吧！"母亲把钱塞到儿子手中。"妈，我不累，钱快攒够了。""不行！快拿着！"当妈的生气了。"好，妈，我拿着。"小祖宣转身又把钱压在了妈妈的枕席下。

夏天过去的时候，唐祖宣挣了 11.26 元。他攥着一张张浸满汗水的钱币，大步流星跑进新华书店，买回了沉甸甸的《本草纲目》。他把剩下的 1 元多钱换成鸡蛋，要给母亲补补身体。

夕阳里，他捧着书本和鸡蛋，像捧着金元宝。不，那是他的无价之宝。他边走边唱，心里甭提多高兴了，把鼻子凑上去闻闻，好香，他笑了。从此后，他就像一个饥饿的人扑在面包上，每天都要背几段药书。一个夜晚，他对在油灯下缝补衣服的母亲说："妈，《本草纲目》总共记录有两千种药草，我每天背5条，一年差不多就能背完，我还要买医书背医书……你的病，我一准能给您除根。”那一刻，唐祖宣的眼神格外明亮，仿佛被火光燃着，放射出无穷的光芒。母亲忍咳微笑道：“好，好，我就指望祖宣给妈看病了。”

如今，唐祖宣已经是八十多岁的长者，全国知名的国医大师、中国医学科学院学部委员，他亲自编写和带领徒弟编写了一两百部书，这些书摞起来有5米多高，远远超过他的个子。每年，这位老人都要把自己出版的书籍赠送给需要的人。

每当送书的时候，六七十年前穿过新华书店大门照在十三岁少年身上的太阳，就又一次照在这位老人身上，照进这位老人心里，犹如当年一样暖暖的。

砖头做枕头

以仁心做药引，用医方做方

用善心文火炖煮，熬出世上佳疗效

“我能学医真的很不容易!”回想起学医从医的艰难历程，往事一幕幕从八十多岁唐祖宣的脑海里掠过。

20世纪50年代初，为照顾唐家寡母弱子，城关街道居委会安排唐祖宣到街道印刷厂当学徒工，月工资18元。唐祖宣的工作是摇动石印机手柄，手柄最高处超出他的头顶，唐祖宣就搬来几块红砖垫在脚下，站到上面用力摇动手柄，一圈一圈，石印机缓缓印出一页页文字。

几天下来，细瘦的胳膊疼得抬不起来，唐祖宣咬紧牙关，不让同事和领导看出来，以免人家不要他。然而，他的这种情形还是被厂长张恒之看到了眼里，厂长看着他说："你身体瘦小，这活儿你干不动啊！找别的工作吧！"祖宣当时就哭了，苦苦哀求："我爹死得早啊！我妈三十二岁守寡，两个姐姐不到二十岁就出嫁了。我妈得了肺结核，经常吐血，在这里干能挣点儿钱……"张厂长叹了口气，让他留了下来。

然而，命运就是这么神奇。就在这一年，一墙之隔的街道诊所竟然与印刷厂合并了！据说是为了"精兵简政"，压缩机构和人员编制，提高工作效率。拆除了界墙，两个单位合成了一家。

对于唐祖宣来说，诊所有着神奇的魔力。

每天，他早早起来，给诊所取下临街的铺板门；工间操也不休息，帮药房抓药，帮诊所的十几位中医打扫卫生、送热水。一来二去，几个老中医喜欢上了这个会背《本草纲目》里药名的小伙子，主动向厂领导提出申请，要唐祖宣到诊所当药房调剂员。领导也看出了这个青年人对医药的痴迷，而且，人小体弱摇印刷机柄也未免太让人心疼了。两个合二为一的单位，从印刷工到药剂师，无须调动手续，只是调换个工作岗位而已。就这样，唐祖宣踏进了医学门槛。

不久，命运再一次展示了它的神奇之处。1959 年夏，诊所与街道印刷厂脱钩，并入邓县城关卫生院。城关卫生院是邓州市中医院的前身，名医荟萃、藏龙卧虎。年龄最长的周连三，师从仲景学说温阳派，医术高超，声名远播。

周连三这代岐黄传人，在西风东渐的旧中国，曾亲历过中西医的碰撞、交锋。1929 年 2 月，南京国民政府通过《废止旧医以扫除医事卫生之障碍》提案，指斥传承数千年的中医为旧医，意欲废止。周连三作为来自医圣故里的医生，冒着被拘捕入狱的危险，与其他中医药界代表一起赴南京请愿，强烈要求撤除这项荒唐的提案。

“苟利国家生死以，岂因祸福避趋之。”这是中国大地上医者的风骨，他们用瘦弱的身躯，支撑起古老中国医疗卫生事业的基石，承担着救治病患、传承发展中医事业的重任。

日出东方，其道大光。1949 年，千疮百孔、灾难深重的中国迎来了新生。然而，神州大地疾病丛生，瘟疫横行，缺医少药，人民亟盼医疗事业发展。早在当年 9 月，毛泽东主席接见全国卫生行政人员代表时，就指出只有很好地团结中医，提高中医，搞好中医工作，才能担负起几亿人口艰巨的卫生工作任务。1953 年 12 月，毛泽东这样说：“我们中国如果说有东西贡献全世界，我看中医是一项。我们的西医少，广大人民迫切需要，在目前是依靠中医。”1954 年 4 月 21 日，毛泽东审阅《中共中央关于加强中医工作的指示（草案）》，在草案的“对待中医的问题，实际上是关系四万万七千万农民的疾病医疗问题”一句中的“四万万七千万农民”之后，果断地加上“及一部分城市居民”。1958 年 10 月，党中央又做出了继承发扬中医药学、中西医相结合、西医学习中医的指示。

民生呼唤中医，领袖重视中医，发展中医成为新中国医疗事业发展的重要工作。在这样的时代大背景下，邓县建立了 145 个门诊部，中医药从业人员达 2000 多人。河南省卫生厅命名了 99 位名老中医，城关卫生院有两位老中医入选，周连三是其中之一。

中医的培养，需要传承，需要以师带徒，需要师父口授心传，没有“无师自通”一说。在少年唐祖宣眼中，周连三这位不苟言笑的老先生，简直是仲景再世，再重的病，吃他几服药，病人就会很快减轻或者痊愈。心慕医学的唐祖宣心想：要是能拜周大夫为师，跟他学医，不仅母亲的病有治，自己还将救治更多的病人。

此时，周连三已是古稀老人，老伴早逝，女儿出嫁，他孤身一人住在医院内。唐祖宣看到老人家岁数大，年老体弱、忙于坐诊，根本无暇顾及生活，吃饭穿衣都是凑合着来，唐祖宣就主动帮助他，早晨给他倒便壶，晚上给他铺床叠被。周连三看到这个清秀的小伙子这么勤快，照顾自己十分周到，还以为他是受医院领导指派来照顾自己起居的，周连三问唐祖宣：“祖宣，哪个领导叫你来伺候我的？”唐祖宣说：“领导没安排我来。我看你年纪大，一天到晚给人看病，又忙又累，生活没人照顾，我是自己来的。”周连三眼睛一亮，脸上现出慈和的笑容。医者仁心，做一个好医生，首先必须得有仁心，这孩子心性善良，朴实真诚，足堪为医。

周连三半生漂泊，一身医术，一直以来，他心心念念想找个合适的传承之人，未能如愿，而眼前这么好的一个小伙子，不正是最佳人选吗？周连三温和地看着唐祖宣，问道：“想不想学医？”“想，我想学医，做梦都想，我想学成一个能治好像我父亲那种病的大夫……”当唐祖宣说到自己已能背诵《伤寒论》《金匮要略》和《内经》典籍时，老大夫沉默片刻，问出了让唐祖宣铭记在心的问题：“祖宣，你是想当大大夫还是想当小大夫？”“啥是大大夫？啥是小大夫？”“大大夫有扎实的中医理论基础，医术有名，能造福百姓；小大夫就是背背‘汤头歌’，懂点药性，混碗饭吃。”听了周连三的解释，唐祖宣目光灼灼地望着老人，毫不犹豫地答道：“我要当大大夫！”

周连三没想到唐祖宣会这般回答，他连声称赞："好，好，有这样的志气就行！"

少年发奋学习，晚睡早起，白天在诊所工作，晚上就住在诊所，灯光下，他把借来的张仲景《伤寒论》中的397条原文113方和《金匮要略》中的25篇262方一笔一画、工工整整地全部抄下来。每天都要学习到深夜，睡在柜台上，没有枕头，找了块砖头权当枕头了。

看着如此勤奋的学生，周连三发自内心地喜欢。他将自己结合临床实践和运用的黄氏经方倾囊而授，把凝聚终生心血的医事心得笔记交予唐祖宣，再三嘱咐："祖宣啊，这是我一辈子看病治病的心得，你好好看看，对你有用！"收到这些成捆的笔记，唐祖宣泪光盈盈："我一定要发奋学习，不辜负老师的厚望。"

此后，唐祖宣将这些珍贵资料与周连三诊治患者时的药方结合起来，学习揣摩，在实践中体会恩师的辨证施治之法。

检查组领导笑了

1958年9月25日，卫生部在给毛泽东主席、党中央的一个报告中，建议西医学中医的学习班由各省举办，毛主席认为"这是一件大事"，于10月11日批示办理："此件很好……我看如能在一九五八年每个省、市、自治区各办一个七十至八十人的西医离职学习班，以两年为期，则在一九六〇年冬或一九六一年春，我们就有大约二千名这样的中西结合的高级医生，其中可能出几个高明的理论家……"

毛泽东主席的指示，响彻了中国大地，各地积极行动起来。

1960 年，为了检查促进毛主席对中医药工作指示的落实情况，河南省卫生厅中医处景洪范处长和韩俊钦同志走遍河南。

邓县县委、县政府非常重视，由分管卫生工作的邱县长负责迎检工作。县卫生科也早早地通知了正式拜师的中医学徒，让大家做好准备，参加向省厅领导汇报的现场会。

检查组来到中医文化底蕴丰厚、素有医圣故里之称的邓县，这些省、地、县领导和专家对这里满怀期望，现场考察中，提出的问题自然就比其他地方更有深度，涉及的知识面更广，概念综合性强，问题难度大。面对检查组的审考，有的学徒回答问题时吞吞吐吐，有的答非所问，更有一些竟然什么也答不出来。这大大出乎检查组的意料，他们面面相觑，一时间出现了冷场，气氛尴尬，令人难堪。

县卫生科主管中医的罗德扬猛然想起了一个人，他对邱县长说："邓县城关中医院有一个唐祖宣，水平不错。可他不是正式拜师的中医学徒。""只要有水平有能力就行！赶紧通知他来！"邱县长说。

县里紧急通知邓县城关中医院。中医院领导马上让唐祖宣骑着院里最好的交通工具——唯一的一辆"羊角把"自行车疾速赶往县卫生科。

不多一会儿，唐祖宣满头大汗赶到了会场。

检查组领导看了看这个十八九岁的小伙子，不抱太多希望，随口一问："《伤寒论》的六经提纲是什么？"

唐祖宣张口答道："太阳之为病，脉浮，头项强痛而恶寒；阳明之为病，胃家实是也……"回答流利顺畅，一点儿迟疑都没有。

检查组领导眼前一亮，马上又问："《内经》的病机十九条有哪些？"

“诸风掉眩，皆属于肝；诸寒收引，皆属于肾；诸气膹郁，皆属于肺……”声调抑扬有致。

检查组的领导和专家们脸上都露出了笑容，接着又对唐祖宣抽考了几个问题，无论他们抽到哪里，唐祖宣都能背得行云流水、滚瓜烂熟。检查组的人瞪大了眼睛，不由得击掌称赞：“不简单，真了不起！”

“这次我们跑遍全省，考察各地市县中医药传承学徒情况，发现了两个好苗子，一个是开封的毛德西，一个就是这个仲景故里的唐祖宣！”

省、地区、县各级领导和专家都笑语盈盈地看着这个青年，一时间，激赏的目光、夸赞的话语溢满会场，仿佛一群园丁在欣赏着一棵承载着中医希望的小苗，他们期望他早日长成参天大树。唐祖宣反倒有些不好意思了。

此后，中医院安排唐祖宣正式参加中医学徒培训。

邓县首批中医学徒 100 名，唐祖宣是其中最年轻的一位。名医带徒，青蓝相继。周连三和唐祖宣之间有许多动人的故事，至今仍在中医界传扬。

唐祖宣当学徒不久，周连三指了指诊室里自己的办公桌，和气地说：“去，搬个凳子坐一边，跟我抄处方。”

抄处方，自然是来自老师的肯定，是学徒路上的进步。每诊完一个病人，周连三只要告诉唐祖宣用什么汤头、加减什么药，唐祖宣就能很快抄好方剂，交给师父审核、签字。徒弟的笔下，很少有差错，即使有差错，老师不用开口，一个表情或一个手势，他立刻就醒悟过来。病人离开诊室后，周连三还要结合具体情况，提出一些问题。唐祖宣认准了才回答；不会的，就虚心请教。周连三则借机一点一点把深奥的医理讲明白。

两年后，周连三决定让唐祖宣诊治病人。

一天，湖北一位老太太来看病，自述半年来消瘦乏力，现在下肢浮肿，四肢发凉，头晕头昏；吃饭不香，大便干结，夜里总想小便，但尿量很少；腿软，手指麻木，动不动就心慌。

周连三望问闻切后，叫唐祖宣抄写越婢加术汤十六剂。而后，示意唐祖宣也对病人诊断。

病人走后，周连三开始考问唐祖宣："你讲讲，我为啥要用'越婢加术汤'？"

唐祖宣诊脉后，已是成竹在胸。此时，他条理清晰地说："这老人的症候属于肝肾阴虚，脾虚挟湿，痰浊阻络，心神失养，所以老师采用了《金匮要略》中的'越婢加术汤'。这是治疗皮水肿的方剂。她服十六剂药后，症状要大轻；再来时，老师肯定在原方的基础上有所增减……"

周连三闻言异常兴奋，他竟然一下子站起来，指着自己的座位，说："好，我这把交椅可以让给你娃子了！"

药渣与太平间里安家的唐大夫

用一把锃亮的药铲在尘世的铁锅里反复

翻搅，剔除风寒

一个精通医术的人以执着做铺垫
拉开苍茫背景
腾挪踢闪，春夏秋冬
一直与疾病打斗，大汗淋漓
他要将一河清水煮成汤药
用温热祛除遍世的疼痛寒冷

1963年，南阳行署下发卫人教字第5号文件，核准成绩优异的中医学徒出师，邓县全县共有6位学徒获得行医资格证书，年龄最小的唐祖宣名列其中。

这年秋天，唐祖宣陪同周连三到南阳治疗牙病。给老师打饭时，在餐厅门口处，看到两个病人在痛哭。哭声一阵一阵，仿佛一把刀割在柔软的心上。唐祖宣走上前询问，原来这两人一个是来自西峡的封朝安，一个是南阳城区人林富胜，都面临截肢的问题。唐祖宣蹲下身，卷起他们的裤腿，认真观看，但见他们的双腿发乌发肿，按下去一个窝。仔细观察他们的病情后，唐祖宣说："你们这病叫脱疽，我老师周连三会治，跟我来吧。"两人半信半疑，跟着唐祖宣来到周连三处。看到徒弟去打饭，却带回两个病人，周连三哭笑不得，但心中又为徒弟的做法叫好。仔细诊断后，周连三给他们分别开了处方。二人去中药窗口买了中药，熬煎成汤，当天服用，第二天疼痛减轻。两位病人后来到邓县住院，经过一段时间治疗后，痊愈出院。

他们的病不是个别问题。共和国成立初期，掀起基础设施建设高潮，广大工人、农民、解放军战士经酷暑，历严冬，冒风雨，踩冰水，顶风冒雪投身国家的水利、公路、铁路建设，这也是那个年代脱疽即脉管炎多发的原因。脱疽这种病症，最早是两腿发凉、酸、胀，出现间歇性跛行；再往后，出现肢端发凉、坏疽，疼痛加重；如果治疗不及时，患者最后只能截肢保命。

1965 年，《中医杂志》陆续刊登了唐祖宣的《茯苓四逆汤的临床应用经验》和《治疗脱疽的经验体会》等学术文章，中医界反响强烈。从东北到西藏，从海边到内地，全国各地患者纷至沓来，邓县中医院的病房里挤满了病人。

不少农民患者衣衫褴褛、面黄肌瘦。那时农村没有合作医疗，农民有病不能报销。从 20 世纪 60 年代到 80 年代，脉管炎的后期和肺结核一样属大病重病，一旦患上，无钱治疗，要么因病致残，要么因病赤贫，老百姓只好听天由命。作为大夫，唐祖宣很同情他们，经常送钱送物帮助他们，但是纵然将自己微薄的工资全部用来帮人，也是杯水车薪。

用什么办法救治这么多穷苦病人？唐祖宣为之苦思冥想。

有一年，秦岭大山里有个大汉在妻子的搀扶下来到医院就医。大汉人高马大，身材魁梧，往那儿一站，黑铁塔般，翻山越岭如履平地。他是家中的顶梁柱，全家都靠着他打猎耕种度日。可是，他在前一年秋天突感两腿无力，走路困难，有人说他杀生太多，是动物鬼魅缠上了。猎户四处求医无果，打听到邓县中医院治疗这种病拿手，夫妻二人就一路要饭，一路寻找来到了邓县。看着衣衫褴褛的病人和家属，唐祖宣心中隐隐作痛，他给周连三说："师父，您看。"周连三会意地点点头，他们决定先给病人开两服药观察观察，尽量让他们花最少的钱取得最好的疗效。

病人脉相低沉，气血不畅，下肢阻隔。又看双腿，果然下肢发乌，又了解病症，脱疽无疑。第一剂药服下后，病人说脚热了，疼痛减轻了；第二剂药服下后，病人说脚也不痛了。看来，真的是对症了。唐祖宣再去给他诊断时，发现门口的石头板上摊放着药渣，随口问："这些药渣还留着弄啥?"

壮汉的妻子不好意思地说："药是拿钱买的，俺们舍不得扔，就想问问医生，这药渣熬熬洗脚管用不?"

是啊，中药熬过之后，难道完全没有药性了吗？药渣是不是还能用？唐祖宣心中猛一激灵：对！就在药渣上做文章！

猎户病情很快有了大好转。半个月后，猎户已经能独立行走，不用搀扶了，夫妻俩千恩万谢，带着他们开的36服药回老家了。唐祖宣则开始了对药渣的研究。

他先从病症分型入手，药渣兑水重煎，让分型相同的病人服用，有一定效果，但是效果不突出。

接着，加大药效，把两服药渣兑水重煎，让病人再试试，疗效有一些提高，还不十分理想。

然后，他不停分析、总结经验，发现其中总有一两味中药，煎一次后药效丧失殆尽，影响整个疗效。唐祖宣便有的放矢，增加这一两种中药后，重新煎熬，疗效明显改善。

还有些农民病号的病型特殊，不能直接用别人的药渣，唐祖宣就和医护人员一块儿，不厌其烦地从药渣中挑出主要成分，重新配药煎熬，让贫困病人花小钱，治大病。

从20世纪60年代开始，一直到80年代初，在那个困难的年代，唐祖宣用药渣挽救了很多来自全国各地没钱治病的病人。他一生看好、救助了多少病号，他记不清了，但是病号记得他，一辈子也忘不了。

邓县刁河店农民张玉柱记得唐大夫。1969年，张玉柱得了脉管炎，家贫无钱求医，眼看有生命危险，人们才把他抬到医院。唐祖宣亲自给他看病，找来同类病人用过的药渣，煎好让他服用。经过几个月的治疗，张玉柱基本上恢复了健康。出院那天，张玉柱突然跪在唐祖宣面前，双手捧起一块上海手表。这块手表是他远在新疆的妹妹为了报答唐大夫对哥哥的救命之恩，变卖了新疆的房产买来的。唐祖宣理解他们的心情，坚决拒绝接受。

河南许昌水道杨的吴发青夫妇记得唐大夫。吴发青是被毛泽东主席赞为“一不怕苦、二不怕死的共产主义战士”杨水才所在队的小队长，因为患有脉管炎，1970 年夏天，来邓县找唐大夫看病。但不到半个月，吴发青夫妇带的钱和干粮快用完了。唐祖宣多方救助，坚持用药渣汤剂给他治病，经过一年多的治疗，吴发青恢复健康。因为老家太困难，回家没出路，唐祖宣又托人让他们在邓县蔬菜队落户。

泌阳的孙兰平老人记得唐大夫。2011 年 9 月 21 日，时隔四十三年，他专程赶到邓州市中医院找到唐祖宣大夫，表达一名患者对医生的真诚感谢。

邓县城关镇居民牛德聚记得唐大夫。1973 年，邓县城关镇居民牛德聚身患脱疽，一条腿已烂得露出骨头，发出阵阵腥臭。唐祖宣下乡义诊时发现了这个病人，他一头扎进牛德聚的小屋，细心地号脉、诊治，还发动大家捐款。经过治疗，牛德聚腿上坏肉褪掉，长出了新肉，直至痊愈。病好后，牛德聚感激不已。数年后的一天上午，牛聚德牵着一头奶羊来到邓州中医院，引起众人围观。众人七嘴八舌：难道羊也得了病？牛德聚见到唐祖宣，把羊绳递了过去，说：“唐大夫，我这腿是你给治好的，又能蹦跶了，这羊是我的心意，牵来让你喝羊奶。”唐祖宣心里热乎乎的，他看了看这头肥美的奶羊，对牛德聚说：“你把羊牵回去吧，心意我领了。你保住了腿，有个好身体，比送我啥都强！”

唐河县苍台镇邵庄后谢村的谢海苍老人记得唐大夫。2008 年 4 月，年已 75 岁的他再次来到邓州市中医院，见到唐祖宣激动地说：“唐大夫，你还认识我吗，我是你四十年前的病人啊！”老人说着，捜起袖子擦拭着自己潮湿了的眼睛，“如果不是唐大夫，就没有我现在老老少少 28 口之家了。”当年谢海苍因患脱疽住院治疗，唐祖宣用药渣煎药治好了他的病。

从医以来，唐祖宣不知为多少贫病交加、濒于绝望的家庭带去希望。许多病人治好后，该回家乡了，想表达对唐大夫的感谢，但囊中羞涩，只好以最古老的方式，到唐大夫办公室、家里，一家老小下跪表示感谢。

他们不知道唐大夫也是穷苦出身，也曾为生活苦苦挣扎，甚至结婚的时候，因家里穷盖不起房，医院为帮助这位业务骨干，把刚建好拟做太平间的一间屋子借给他做了婚房。在准备超度死亡的房间里，生活着挽救生命的唐大夫。

苦难的身世，造就了唐祖宣悲悯的情怀；经历过尘世的苍凉，唐祖宣特别理解穷人的难处。患者就医的不易，家属心情的焦虑，唐祖宣感同身受。病人，在他心目中从来都占据着最重的分量。

2022 年 1 月下旬，邓州迎来了新年第一场大雪。唐祖宣正陪着外地客人参观张仲景展览馆，听说邻县有患者冒雪找来看病，他立刻向客人致歉，健步下楼去给病人看病。

从医六十多年来，这样的情形，对于唐祖宣来说是家常便饭。2013 年 3 月的一天，他要赴京参加人代会，提前定好了火车票。下午 5：20，接他去火车站的轿车已经在门外等候，装好行李，他拉开车门，正准备上车，“丁零零”，手机铃声响起。“唐院长，我们从淅川赶来，刚到医院，想让你给看看病！”手机里传来患者呼哧呼哧的喘气声。唐祖宣二话不说，转身大步回到诊室，仔细为患者把脉，亲自脱下患者鞋袜查看病情。大家都屏住呼吸，“咔嗒咔嗒”，诊室里静寂得仿佛能听得见钟表飞转的齿轮咬合声。身边的工作人员提醒他，注意时间，再迟就耽误火车了。他说：“车误了，可以坐下一趟。看病耽误了，就会影响病人健康，误不得呀！”坚持把病看完，开了处方并叮嘱如何服用，他才快步走出诊室，坐车疾速驶往火车站。

全国人大代表

当年，张仲景辞去长沙太守回乡行医时曾说：“进则救世，退则救民；不能为良相，亦当为良医。”从政为民，行医救人，是古代知识分子的人生理想。

唐祖宣，曾有机会当“大官”。20世纪80年代，省领导慧眼识珠，决定调他到省中医药局任职。唐祖宣谢绝了，他说：“是邓州这片热土和人民养育我长大，我的根在邓州，我的家在邓州，留在邓州才能更好地为基层群众看病。”他坚持留在生养他的热土上，为广大农民看病疗疾。

生活、工作在基层，医院就是他的会客厅，办公室就是他的接待室，病房和义诊的田间地头就是他了解民情的现场。唐祖宣在基层一步步摸爬滚打，练就了真功夫，同时也加深了他同老百姓的联系。唐祖宣积极而诚恳地听取基层声音，深感人大代表不只是荣誉，更是沉甸甸的责任。

他真心为群众服务，群众就选他做代表。1981 年，唐祖宣被选为邓县六届人大代表，他结合自己的工作，广泛了解民意，积极撰写提案，为民代言，不负信任。此后四十年间，他又先后当选南阳市、河南省和全国第七届、九届、十届、十一届、十二届人大代表。多年来，他提交议案、建议 1165 件，其中有关中医药事业的 522 件。担任全国人大代表期间，每年两会，唐祖宣提交的议案、建议，在河南团名列前茅。在历任三十多年的全国人大代表生涯中，他积极向党和政府献计献策，关系经济社会发展中的重大问题致信中央主要领导 86 封，出版了《秉书献国策》一书。这一切都浸润着一位人大代表的为民情怀，彰显着共产党员的使命担当。

1990 年，在全国农村中医工作论证会上，唐祖宣即针对农民因病致贫问题，提出实行农村合作医疗制度的建议。唐祖宣因此被媒体称为“最早建议在全国实行新农合的代表之一”。

2008 年 10 月，国家《关于深化医疗卫生体制改革的意见（征求意见稿）》公布以后，唐祖宣发现这篇以国务院名义下发的医改征求意见稿，洋洋洒洒三万字，提及中医药的仅百余字。那么，在医改中，如何突出中国特色、发挥中医药的优势？唐祖宣夜不能寐，经过深思熟虑，写出了长达 3600 字的建言，致信时任总理温家宝，副总理李克强、吴仪，引起了三位领导人和三位主抓卫生工作的部长的高度重视，他们都在信件中做了重要批示，且把他的议案建议纳入医改配套文件中。

2013 年 12 月，唐祖宣就中医药立法问题致信习近平总书记，恳请他拨冗关注中医药立法。在中医药立法问题上，唐祖宣多次以人大代表身份协助国家中医药管理局领导向人大法制办等部门反映中医药机构不合理，中医、中药分开管理带来的医不管药、药不问医，相互掣肘问题，不利于中医药传统文化的传承。国家最终认同了中医药一家亲的现实，发文实现了中医、中药合并统一管理。河南省率先出台了《中医管理条例》，并建立了中医药管理局。在他和中医界人大代表几十年坚持不懈的推动下，2016 年 12 月 25 日，《中华人民共和国中医药法》终获颁布。

国医大师和学部委员

一部《伤寒杂病论》让草木从历史里返青
湍河在药香迷人的伏牛山下缠绵回旋
人间春色乍现
笑声从疾病酷冷的缝隙里打开缺口

六十多年来，唐祖宣深入临床一线，积累了丰富的学术经验，在诊治周围血管病方面具有独到经验，造诣颇深，治疗血栓闭塞性脉管炎有效率达 97. 7%；治疗静脉血栓形成有效率达 96. 51%；对糖尿病坏疽的治疗有效率达 93. 3%。其研究成果获河南省科技进步一等奖、河南省重大科技成果奖等。

为了方便患者，他经过数十次反复试验后，把传统的汤剂改革为高效、方便、价廉的颗粒剂和口服液。静脉通冲剂获得国家级三类新药“脉络舒通颗粒”，至今仍是山东鲁南制药的主要品种，以其预防治疗心脑血管和静脉血栓形成的功效，救治了国内外很多患者。

为国家和人民做出贡献的人，国家和人民不会忘记他。2014年10月30日，北京人民大会堂，人社部、卫计委、国家中医药管理局在这里联合举办全国第二届“国医大师”表彰大会，该活动每五年评选一次，是我国中药行业最高荣誉。

经过层层选拔、严格考核，30名来自全国各地的著名老中医专家获得此表彰，唐祖宣是全国唯一一位来自基层临床一线的中医。

身披大红绶带，神采奕奕、精神矍铄的唐祖宣缓步走上领奖台，郑重地从时任国务院副总理刘延东手中接过了印有“国医大师”字样的烫金证书。

那一刻，他的内心如江河波浪翻涌，激荡着幸福和感动。“能为乡亲们看病、治病，能为中医药事业发展奔走，我感到光荣，我会一直走下去，永不停止。”唐祖宣说出了肺腑之言，现场掌声如雷，经久不息。

却顾所来径，苍苍横翠微。从立志学医，苦读医书，到投身杏林，治病救人，唐祖宣始终保持着淳朴厚道的本色，秉持着共产党人的初心使命，不断钻研，以医术和品行赢得了社会各界的信任。他是中国中医科学院学部委员，享受国务院政府特殊津贴，曾两度荣获“全国卫生文明先进工作者”称号，荣获全国中医药杰出贡献奖、中华中医药学会终身成就奖和河南中医事业终身贡献奖。他是中华中医药学会常务理事，中国中医药研究促进会仲景医学分会会长；泰国中医药学会、瑞典中医药学会永远名誉主席。

几十年来，唐祖宣个人的努力与我国中医药的发展、与整个时代的进步同频共振，弹奏着令人震撼的雄浑乐章。

战疫中的中医力量

那一抹红
是心跳的声音
血液的面容
顶在朝阳的额头
一寸一寸上升
每一步都照亮前进的征程

唐祖宣办公室的衣架上挂着一件衣服，衣服的袖子上别着鲜红的袖标，上面印有“共产党员”四个大字。

2020年春节，邓州市新冠疫情防控一线，七十八岁的唐祖宣正是戴着这个袖标，每天奔波于各疫情防控点。红色的“共产党员”袖标，如一团希望之火，刺破了疠疫的雾霾。

邓州是河南省的西南大门，其中有7个乡镇与湖北接壤，两地边界线105公里，人员跨省来往密切。疫情爆发正值春节，返乡人员较多，防疫任务严峻。

号角声声催人急，疫情就是命令。1月25日，唐祖宣勇敢地站在了战疫一线，他带领攻关科研团队，于大年初一拟定出“预防新型冠状病毒处方”，由中医院制剂室及其他医院医疗机构煎药室熬制后免费发放。

那些日子，他每天早上5：30起床，早早来到医院，查看过前一天的疫情通报，7：30 拟订工作方案，8 点召开防治小组工作会，布置当天的任务。会议结束后，了解新收病人病情，调整中医药方，然后到卡点发放预防汤药或了解服药反馈，一路奔波，鞍马未歇。晚上回到办公室，思考当天新发病例的治疗方案……工作强度连年轻人也自愧弗如。

中医是祖国的传统医学，几千年来，中华民族依靠中医治疗疾患，得以生生不息，兴盛发展。中医的早发现、早介入、早见疗效，赢得了医疗界的普遍好评。“中医药在疫情防治方面大有可为。”唐祖宣说。

汉代以来，有记载的流行疫病多达 321 余次。“历次大疫，医圣的《伤寒杂病论》都起了重大的作用，这是我们的瑰宝。”由于中医有效的预防和治疗，中国历史上从未出现过像西班牙大流感、欧洲黑死病那样导致千万人死亡的悲剧。

无数先贤前辈前赴后继、用心血浇筑的、充满东方智慧的祖国医学，理应在今天发挥更大的作用。唐祖宣是这么说的，更是这么做的。他曾同各种疫魔进行过三次殊死较量，每次俱以中医药为武器，获得全胜。

第一次是在 1987 年，河南南阳和湖北襄樊、枣阳等地爆发少儿下肢红斑性肢痛症。唐祖宣采用大剂量清热活血药物，治愈了接诊的数十名患儿，其经验在河南全省推广，《中医杂志》也及时转载了他的论文《清热化瘀汤治疗红斑性肢痛症》。

第二次，2003 年，“非典”疫情暴发，唐祖宣认为中医药应尽早介入疫情防控工作中。兵贵神速，唐祖宣迅速找到邓州市相关领导，建议尽早使用中药防控，市领导同意了。他立即行动，向全市易感人群发放中药，有效地遏制了“非典”的传播。

第三次，2009 年，国内小儿手足口病流行，疫情汹汹，近两万名儿童感染，外地出现死亡病例，唐祖宣心急如焚，在政府的支持下，充分发挥中医药治未病的优势，煎煮中医药 22 万剂，向全市托幼机构及社会散居儿童免费提供防疫的中药汤剂。据统计，全市仅有 16 名儿童患手足口病，没有出现重症和死亡病例。

唐祖宣认为，在基层设备相对落后、相关药品和防护设施紧缺的情况下，中医药治未病的优势应该得到更充分的发挥。

除了亲自斟酌拟定预防新冠病毒药方，唐祖宣还要求众弟子依据所在地疫情，结合临床实际，积极参与疫情防控。国内外千余人拜他为师，其中不乏博导、教授、主任医师等中医界精英。此外，他还利用分布在全国各地的 98 个国医大师唐祖宣学术研究室，发挥中医药防治的特色优势，为疫情防控贡献力量。

2020 年 3 月，我国新冠肺炎疫情防控初战告捷，疫情却在国外快速蔓延，不少华人华侨和国外民众希望及时用上中药。同仁堂国药集团依托遍布世界的 149 个基地，设立同仁堂境外新冠肺炎防治专家组，邀请唐祖宣担任专家组组长。

为了更好地把自己的医术和学识，传播到更远更加需要的地方，唐祖宣建立了自己的直播间，通过视频连线，缩短了距离，节省了时间。在直播间里，唐祖宣坐镇邓州，七次连线海外，分析了美、德、意、日、韩等国家和地区的温度、湿度、风力、饮食、体质和用药习惯，开具一国（地）一策的“扶正避瘟饮”系列预防药方，贡献中医药力量，助力世界战疫。

3 月 11 日，由唐祖宣领衔的境外新冠肺炎中医防治专家组，向意大利、加拿大、新加坡开具中医预防处方“扶正避瘟饮”1号、2号、3号。

3月18日，向新西兰、英国、法国、德国、加拿大温哥华、阿联酋、荷兰、中国香港、中国澳门等国家和地区提出中医防疫方案。

3月20日，在第三次境外新冠肺炎防治专家组视频会上，研究制定西班牙、伊朗、瑞典、捷克、挪威、波兰、瑞士、泰国、柬埔寨、文莱、马来西亚等11个欧亚国家的中医防疫方案。

3月27日，由唐祖宣领衔的境外新型冠状病毒肺炎中医防治专家组，以云发布的方式向世界各地公布中医防疫“扶正避瘟饮”系列组方，向意大利、伊朗、西班牙、法国、德国、英国、美国、韩国、日本、澳大利亚和中国香港、中国澳门、中国台湾等30个国家和地区提供中医防疫方案。

5月6日，为印度、老挝、苏丹、俄罗斯、白俄罗斯5个国家和地区提出中医防疫方案。

9月4日，为阿根廷、菲律宾、墨西哥、秘鲁、哥伦比亚等14个国家和地区提出中医防疫方案。

……

境外新冠肺炎防治专家组针对50个国家和地区，出具了71个靶向性组方，实现了非常有针对性的“一国（地区）一策”。

此外，唐祖宣还向非洲马里共和国捐赠了价值20万元的1000服中药。马里驻华大使特意向唐祖宣发来感谢信。

习总书记指出，要讲好中国故事。同样，在全球抗疫之时，讲好中国方案。一国一策，正是唐祖宣响应习总书记“一带一路”号召，在环球疫情肆虐的日子里，用中医药给世界开出防疫的中国药方，为构建人类命运共同体，使中医药国粹走出国门、走向世界，做出了应有的贡献。

一百三十八部著作九千万字

“老牛自知夕阳短，不用扬鞭自奋蹄。”

近年来，唐祖宣一直有种紧迫感，总感觉时间不够用。时至今日，唐祖宣仍坚持每晚看书、写作至深夜 12 点，每天清晨 5 点左右起床，中午仅稍作歇息。一代中医人有一代中医人的责任，他是太想把自己的学医心得、医术经验传承下去了。

国家命名的前两批共 60 名“国医大师”，目前有一半业已作古。尚在人世的，有的神志不清，很少人尚能参加讲学、研讨等活动。每次想到这些，唐祖宣就心急如焚，自感责任重大。

在高强度对战疫情的间隙，唐祖宣加班加点，从自己的著作和论文中，挑选出有关防控疫病的文章和经验，出版了 58 万字的《全球新冠肺炎研究与治疗》，发行海内外。

为了做好中医药传承，唐祖宣先后应邀担任南京中医药大学、江西中医药大学、辽宁中医药大学客座教授，暨南大学名誉教授，河南中医药大学和南阳理工学院终身教授，在全国 98 个地方设立国医大师唐祖宣工作室。他再忙再累都抽出时间前往授课，培养人才。

数年来，唐祖宣奔波于大江南北、跋涉于长城内外，演讲授课，广布医道，不敢懈怠。至目前，国内外拜他为师的弟子千余人，其中博导、教授、主任医师 268 人，不乏来自美国、泰国、瑞典、马里等国的医学专家。在唐祖宣的众多弟子中，有一位名叫迪亚拉的马里人，他是世界首位黑人中医博士。他说：跟着唐老师不仅要学精湛的医术，更要学习高尚的医德。

崔松涛是南阳市中医药发展局办公室主任，当年大学毕业后，分到邓州中医院，师从唐祖宣，他博闻强记，努力向唐祖宣学习。唐祖宣打心眼喜爱这个弟子，支持他的发展。在唐祖宣的悉心培养下，他一步一步发展成为市中医药发展局骨干力量。他总结唐老著作 5 部 200 万字。

当年周连三曾教育唐祖宣："好记性不如烂笔头，当医生应该多总结自己的临床治病经验。""什么都传不下去，只有文化才能传承下去。"他把这些话也郑重地赠送给弟子们。

宁夏银川中医刘道源出身于中医世家，自幼喜爱中医典籍，对中医古方多有心得，虽有写书的念头，却一直不敢下笔。唐祖宣得知后，就用自己自学出书的经历鼓励他。在老师的指导下，他终于鼓起勇气，写出了一部 100 多万字的书。

"是党培养我成为一名中医工作者，我现在年事已高，希望能通过著书，将多年积累的经验传递下去。我现在的主要工作除了给病人看病，就是带着徒弟们不断总结实践经验，编著成书，传递世界。"唐祖宣说。

从 20 世纪 80 年代，唐祖宣出版第一部医学著作《唐祖宣医学文集》，数十年来，为了发展和传承中医，他或亲自创作或布置选题、修改编辑，带领海内外广大弟子日夜笔耕，最终成就了 138 部 9000 万字的唐祖宣医学书系。

唐祖宣最终的目标是带领有中医药造诣的弟子们和传承人出版

200 部、一亿字的医学著作，他对此充满信心："仅 2021 年一年我们就出版各类医学著作 15 部，相信很快就能实现这一目标。这些医书，能够替代我们服务社会。"

而今迈步从头越

2021 年 5 月，习近平总书记亲临南阳视察，首站即来到医圣祠，了解医圣张仲景生平及其对中医药发展做出的贡献，并由古论今，纵论中医药未来，对中医药工作作出重要指示，为推动中医药传承创新发展全方位"把脉"。

中医界人士备受鼓舞。身为医圣故里的中医专家，唐祖宣尤为振奋。他仿佛年轻了许多，浑身有着用不完的劲，将全部身心投入中医药发展中去，同时带领和影响了身边更多人士把中医药事业发扬光大。

近一年来，唐祖宣增强了广播医道、传承中医的决心、信心和力度。他说："我恨不得把一天掰成两天用。"

邓州有一处名胜古迹，是范仲淹当年修建的"花洲书院"。范仲淹在这里写下了名篇《岳阳楼记》，其中的"先天下之忧而忧，后天下之乐而乐"，激励了一代又一代中华有志之士，感染了这片热土上的邓州人，更深深地影响了唐祖宣。他说："我一辈子做了两件事，一是当中医大夫，二是做人大代表。"

在大地上行走，他的脚印深刻岩层
落脚处长满生机，长出一株株药材

那些植物性温味苦，解毒消炎

活血化瘀，令疾瘴失色

人间被春风漂洗，洒满笑声的阳光

六十年行医，一百三十八本著作，九千万字，千百名学生，九十八个唐祖宣学术研究室，当医生，仁术良方济当世，为民谋福。

四十年人大代表，八十六封上书，一千一百六十五份议案建议，做代表，建言献策促发展，为国担当！

治病救人、传承发展。春风里，唐祖宣迈着坚定的步伐，向前走着。

一代大医，在路上。

点燃爱的灯火

——走近好人李相岑

祁　娟

李相岑

谁都有自己的梦想。梦想的海河纵然跌宕起伏，也充满了奔跑的愉悦，只要你追着自己的梦想在飞，一刻也不停歇。

从发愿“一定要自己养活自己”，到追求“一定要服务社会，献爱于社会”，一位农民出身、进城务工的农民志愿者正向我们走来。在他坚定的脚步中，我们感受到了热情与温暖的力量，读到了虽然平凡却令人震撼的故事——他，就是南阳好人李相岑。

曾经很多次想象李相岑的模样，但见面以后，他还是超出了我的想象。那天天气阴郁，有些寒冷，我们在电话里约定，在他办公室见面。刚下电梯，便看见李相岑微笑着站在电梯口迎接我。我当时有些愣住了，面前的他身材有些矮小，甚至还有些驼背，其貌不扬，怎样才能把他所做的那么多的好事联系起来呢？他又有怎样的巨大能量，几十年如一日地让自己发出无限的光和热，把爱传递给这座城市，传递给城市的人们呢？

他六十岁左右，面目和蔼从容。然而走近后，却发现他阳光开朗，不像个六十来岁的人；他是农民工出身，可一点也没有土的感觉，得体的穿着，优雅的谈吐，加之身后书架上那么多的书籍和琳琅满目的获奖证书，看起来倒像一个儒雅的学者。他又有些内敛，在我诸多疑问的逼迫下，他才徐徐地打开了话题。

李相岑是一个丰富、深刻、火热而又智慧明亮的人——这是他给我的直接感觉。

一

首先，李相岑是个农民，或者说他曾经是个地道的农民。

1953 年生于南阳市卧龙区清华镇的李相岑，自小家境贫寒，兄妹众多，家里全靠几亩薄田度日。饥寒贫困的家庭，使李相岑从小就感受到了命运的嘲弄，但他从不抱怨上天不公，更不愿接受别人的怜悯。他想凭着他的聪明才智，改变自己的人生，改变家庭的命运。

李相岑首先把希望寄托在学习上。他想，只要多学知识，考上了好学校，就可以跳出农门，不但可以吃上商品粮，取得让人尊重的社会地位，还可以帮助别人。因为深受家庭风气的影响，尤其是父亲的影响，少年李相岑便有了帮助别人的想法。父亲是个泥水匠，经常走村串户，无偿地为乡人垒墙和筑房。那时候父亲身体强健，手艺精湛，颇受大家好评。李相岑看在眼里，记在心里，他觉得只要有了能力，有了帮助人的能力，就要尽力去帮。他尝过生活的苦楚，知道在落魄和艰难时，多么需要温暖和爱护。于是青灯黄卷，凉桌子热板凳，他一笔一笔描绘着心中的梦想。然而初中刚刚毕业，他便无奈地辍学了，因为家里实在困难，实在拿不出多余的钱来供他上学，家里还有那么多人口，吃饭都紧张啊。

在人生的道路上，十五岁的李相岑第一次遇到了艰难的选择。

俗话说，“条条大路通罗马”，“东方不亮西方亮”。父亲是个泥水匠，在乡里走村串户地为需要的人建筑房屋，李相岑跟着父亲学了一段时间，就也跟着出工了。但那时候乡亲们都穷，谁家建房，一般顶多管顿饭，从不给钱。但李相岑毫无怨言，身体瘦弱的他，总是随叫随到。尽管双手磨出了血泡，炎热的天气里，皮肤晒得脱皮，他也总是乐呵呵的，看着自己手下的房屋拔地而起，满心欢喜。

随着时间的推移，李相岑成年了，参加了一个颇有名气的建筑队，在市内承包了一个个建筑项目，并且积累了一定的资金。不满足现状的他，在闲暇时间抽空读书学习，终于拿到了梦寐以求的大专文凭，通过学习，证明自己一直在进取，一直在向好的方向努力。少年时期的梦想还历历在目。他思索着，是时候给大家做些事情了。

二

有一次回到农村的家，他看到家乡那条常走的道路还是那么崎岖不平，尤其下过雨后，泥泞不堪，而路中间那座小桥也已经残破，给人带来了诸多不便。李相岑就寻思着要改变它们，为家乡做点贡献。他自己掏钱，买来水泥、沙子以及石子等，并请来工人一起铺路修桥。乡亲们走在平坦笔直的马路上，穿过那座稳妥坚固的石桥，都打心眼里发出赞叹，老李是好样的！乡亲们竖起大拇指说，俺们大家伙都受益啦。

李相岑看到村办小学的校舍太破旧了，教室里的桌凳都摇摇晃晃的，他的心被深深地刺痛了，孩子是祖国的未来，坚决不能苦了孩子们。他亲自修桌凳，并购买了一批崭新的桌凳，又将破旧的校舍翻新。

见有乡亲们在盖房子，他亲自上阵帮忙。农村吃水是老大难，他出钱打井，看着甘洌的水涌出来，流向每一村户。看到乡亲们轻松地取水用水，他由衷地笑了。

金秋是新学期开始的时候，总有莘莘学子因家庭贫困面临失学。李相岑了解到有学生考上大学，却因贫困而焦灼和心酸，徘徊在失学的边缘，想到自己当初也是因为贫困而中断了学业，同理心使得他毫不犹豫地拿出钱来，资助十几名贫困大学生，直到完成学业。那些大学生走上工作岗位后，还不忘曾经帮助过他们的好人。他们买东西看望李相岑，李相岑执意不收。被资助过的大学生，挣钱以后，也为社会做了该做的贡献，帮助他人，传递爱心。他们说，要像李叔一样，尽力做一些有益社会和人民的事情。

在城里务工时，遇到节假日，他常常领着孩子们到街上，修补道路、擦拭护栏、清除小广告等，尽心做一些力所能及的事。城市的阳光洒在他古铜色的脸庞上，将他并不高大的影子拉长，过往的行人都纷纷向他致以注目礼。时间久了，大家都知道，这个叫李相岑的农民工，正在身体力行地为这座城市的美丽和整洁贡献自己的力量。

在南阳曲剧团院墙外有条近百米的排水沟，平日脏臭难闻，特别是夏天，苍蝇和蚊子像轰炸机一般，到处都是，路人都绕道而行，附近的居民更是苦不堪言。李相岑得知后，自备砖、沙、水泥和管子，请来了一帮民工弟兄，排污清洁，忙活起来他和干活的弟兄们身上都糊得一身泥粪，衣服也被汗水湿透。但自此这里的空气清新，水沟清澈，花儿怒放，一派崭新与向荣景象。周边的居住者们由衷地感叹说："这条臭水沟熏了我们几十年，是老李给大家带来了福音！"

李相岑不太想过多地聊自己的经历，总觉得做这些事情是自然而然的。他多次自掏腰包帮助过陌生人的细节，他也不过多提及，就像翻书一样，把这些生活章节一带而过了。

“我初中毕业就开始了自力更生，到后来有了积蓄，其实也不是太多。”他说，“但我就想帮助人，给这座城市出一分力量。我们现在生活在一个好年代，日子过好了，不要忘记曾经吃过的苦，不要忘记曾经拉自己一把的人。”

我望着对面的他，陡然心里一颤，被感动了。李相岑的第一份工作，只是简单的一个小工，因为是小工，他不能像别人那样经常做一些具体的事情，没有奖金和劳保用品。更多的时候，他只能在旁边做一些琐碎的事情。夏天日晒雨淋，冬天风吹雪打，他却辛苦而快乐地工作着。用心的他一点一点积累着经验，直到有一天成为一名熟练的建筑工人，到处被邀请参与城市的建筑与规划。

“小时候，父母常常为我的未来担心，现在我已经自食其力了，这就该庆幸；当时很多农村人生活都没有着落，而我在年轻时就有了工作，这就是幸运。”李相岑说得坦荡而真诚，“人应该知足，知足者常乐；当然也要为这份幸运而对社会有所反馈和报答。”

三

1995 年，一个平常的日子，李相岑经历了一件不平常的事情。那天，他乘坐的 4 路公交车，在卧龙大桥和迎面而来的小轿车在一声巨大的声响中，轰然相撞，小车司机当场重伤昏迷。在这人命关天的紧要时刻，他毫不犹豫地下车冲上去，把伤者从车里拖出来，拦了一辆正在经过的的士，一路抱着伤者。看着怀里受伤的人面无血色，伤口不停地涌出血来，李相岑紧紧地按住伤口，在心里不停地祈祷。他把伤者送到医院，交了押金，安置好后听到医生说了一句“幸亏及时送来，脱离危险了”，他才放心而疲惫地离开。因他浑身沾满了伤者的血，在回家的路上，迎来无数吃惊的目光。

三天后，伤者家属通过报纸寻找救命恩人。当时医生问李相岑是伤者什么人时，李相岑只是摆了摆手，他并无意透露自己的姓名，所以医院也不知他是谁，家属只有通过报纸寻求线索。

“老李，你看，那天你送到医院的伤者家属在找你呢。”邻居正好看到报纸消息，过来找李相岑。李相岑淡淡地笑了笑，没有说话。这件事对他来说，再正常不过了。对于一个对社会对人民满腔热爱的人来说，面对正在陷入困境的人，不可能袖手旁观。

1997 年香港回归，百年国耻得以洗雪，他抑制不住心中的喜悦，心中的自豪感和使命感一直澎湃着。怎样表达自己热爱祖国的心情呢？他拿出一万多元组织了三天的庆祝活动，搭建舞台，举办各种比赛活动，并为参赛者们每人买一件红色 T 恤，上面印着“庆祝香港回归”几个醒目的大字。现场热烈欢腾，将气氛一次次推向高潮。他又捐出 31997.71 元，支持市政府庆祝香港回归。

“你这么大力地做好事，到底受了哪些触动你的人和事的影响呢？”我忍不住问他。李相岑笑着说：“其实很多人都问我，‘是什么事情让你感动了，让你开始做好事的？’事实上，还是家风的影响吧，20 世纪六七十年代，农村家家户户盖房子，从来都是义务帮忙，没有任何报酬，有些困难的家庭一顿饭不用管房子就能盖起来。我那位做泥瓦工的父亲，村上的义务活他干遍。上学阶段，遇着星期天节假日，我就跟着父亲一起去帮忙，从小就养成了助人为乐的好习惯。我很大程度上是被父亲的好习惯影响着。

“一方面是父母的言传身教感染着我、带动着我，与人为善，帮助别人；一方面，我们从小是听着《学习雷锋好榜样》的歌曲长大的，雷锋精神也影响了我，要向雷锋叔叔学习，做好事，当好人。”

人到中年，正处在上有老、下有小的人生阶段，同时也处在年富力强、承上启下的事业上升期。这就意味着对家庭要承担更多的义务，对社会要承担更大的责任。然而，时间的列车常常会在同一轨道上相向而行，不经意间就把家庭与事业、义务与责任作为矛盾摆放在人的面前——这个时候，谁给谁让路呢？

“难道你的家人都没有一点怨言吗？你总是捐款捐物、出钱出力的，而你只是因搞建筑工作挣到了一些钱而已，又不是做生意的大款、大企业家。”我带着疑惑问。

“刚开始家人不理解，尤其是老伴不理解，她有段时间几乎天天吵我，还赌气不理我。”李相岑说着沉吟了片刻，一抹笑意在眉间展开，仿佛此刻说的不是自己，而是与自己毫不相干的人。

那段时间，忙碌了一天的李相岑回到家里，晚上，家人围在一起吃饭是最令他放松的时刻。可是有时候，家人们对他的挖苦和埋怨却也让他的心情沉重。“老李，你还回来干什么？钱都给了别人，住外面得了。”昏黄灯光下的老伴，面带愠怒地看着他说。李相岑刚夹起一口蒜薹炒肉送到嘴边，笑着说：“帮助别人快乐自己啊。”儿子在厨房的门口悄声说：“爸，我的朋友们都说你圣人蛋。”李相岑一笑了之。

他该怎么做就怎么做，不断地有人和团体送来锦旗，李相岑的名字跟“好人”两个字牢牢地挂钩，家人也慢慢地接受了，还主动和他一起做公益活动。

其实，李相岑家挣钱也不容易，农忙时在家种地，农闲时进城打工，每一分钱都是一家人辛苦换来的、勤俭节约省下来的。孩子们的衣裤大部分是别人送的旧衣服，家里的拖把舍不得买，都是家属用旧衣服自己剪剪制作的；洗脸、洗衣、淘菜水都要积攒起来冲厕所用。全家人不吸烟、不喝酒、不去娱乐场所。但对需要帮助的人，他们从不吝惜，也无怨无悔。

他家是一个四世同堂的大家庭，几代人跟随他参加公益活动。从协会创办以来，他成了专职志愿者，十八年来，他不但没给家里挣一分钱，协会的办公、房租、活动等费用，每年还要花掉家里几万块钱。二十多年来，前后花去100多万元，家里人从没有抱怨过，而全家人为公益的奉献和付出，也不是用钱能衡量的。

“不过，我认为这是我活着的使命和责任。”李相岑依旧微笑着，表情认真而坚定地说。

我心里怦然一动：什么是使命？什么是责任？这些平时看起来很空洞的词语，只有搁到事情上，才会有实实在在的内容。什么是精神？什么是境界？平凡生活中的每一个细节，才是度量一个人精神和境界高低的刻度。

四

2001年，南阳市政府发出创建国家园林城市的号召，李相岑得知这一消息，带头认养了市区的梅苑游园。当时的梅苑空荡而寂寥，仅有几棵梅树零落地站在那里，地面杂乱无章，有些地砖早已经残缺不全，裸露出下面的土质，野草疯长，鲜有人光顾。李相岑先将梅苑范围内的护栏修好，接着请人接通水电、盖了厕所、建立雕塑，将地面重新收拾一遍，路面铺了崭新的地砖，余下的位置做了绿油油的地坪，先后投入十几万元。

那些日子热火朝天且富有激情，李相岑每天和工人一起，在梅苑没明没夜地忙碌，终于一个略见雏形的园子浮出水面。李相岑像看着自己的孩子般，久久地站在园子门口。“我们家里的所有成员，如果没有特别的事情，最近都到梅苑帮忙干活。”晚上吃饭时，李相岑刚喝了一口热粥，就郑重其事地对家人说。家人纷纷说，好啊，没问题。连年过七旬的老父亲都斩钉截铁地回答：要去！不能让你一个人太累。老父亲心疼儿子因劳碌而日益消瘦。老伴拍着他的肩膀说，放心，我们都去！坐在灯影里的李相岑，望着一张张亲切的脸庞，禁不住湿润了眼眶。

李相岑又买来一批梅树、蔷薇、兰草等花木。他和家人种花植树、灌溉、除虫，一丝不苟地打理梅苑。冬去春来，终于，一个漂亮而热闹的梅苑出现在市民眼前。梅花开得热烈而恣肆，香气袭人，而蔷薇也妩媚引人，一朵一朵地绽开笑颜。附近和远处的居民，闲暇时都爱到梅苑消遣，他们在这里吹拉弹唱，抒发着心中的欢畅和对生活的热爱。人流如织，这里成为大家自在的游乐园。

但同时，梅苑出现了卫生问题。因为人流量大，所以每天地面难免会有些废纸、狗粪、甘蔗渣，等等。于是，每天早上，天还未亮，李相岑就和家人一起，到梅苑清理垃圾，直到天色大亮，上班的人和车辆急速而过，明晃晃的太阳照在梅苑的植物们，照在李相岑和家人满是汗水的脸上。而到了晚上，等到游客们尽兴地全部离去，李相岑又和家人再整理梅苑。在这期间，有些梅树病亡或其他原因缺失，李相岑的老父亲一个人乘车，长途颠簸，到南召再次购买梅树补充，路上就带一瓶矿泉水和几个馒头充饥。这一干就是七年。七年的悠长岁月，使原本不起眼的小游园，变成了四季常绿交替花开的精品园、市民休闲娱乐的好去处。

五

“做一个高尚的人，一个纯粹的人，一个有道德的人，一个脱离了低级趣味的人，一个有益于人民的人。”

这是20世纪六七十年代人人都耳熟能详的毛主席语录，也是激励很多人勇往直前的座右铭。李相岑读到并写下了这句话，理解其中的深刻含义，更深深知道“一个有益于人民的人”需要付出多大的代价和心血。李相岑在笔记的扉页写下这句话，不仅是时代的影响，更多的是“要向雷锋学习，发扬共产主义精神，听党话，立志做一辈子好事，不会停歇”，这样的话，像闪耀的星星一般，照亮他的前路。

有人说他脑子不够使；也有一些人对他的所作所为不理解，对他指指点点，或者说，老李肯定想让政府给他好处，不然他怎么总拿钱做好事，总帮助别人？诸如此类的话传到李相岑耳朵里，他并不解释，只是淡淡一笑。

那是个柳絮漫天飘舞的周日下午，五岁的小孙子跑过来：“爷爷，带我去超市买玩具枪，小伙伴玩打仗游戏，就我没有枪。”孙子望着他的眼神充满了渴求。他犹豫了一会儿，说，爷爷自己动手做一把木头枪给你。说着便动手拿起一截木头，开始制作。不大一会儿，一把散发着木香的小手枪便做好了。他将枪上面的木屑吹掉，递给孙子："爷爷亲自做的枪好使，你试试看。"他哄着嘟嘴的小孙子。小孙子不情愿地接过和超市里帅气逼真的玩具枪相差甚远的木枪，轻声说："爷爷小气，不舍得给我买，把钱都给了别人。"李相岑看着孙子跑出去的背影，心里一阵酸楚，心里想，等你长大就理解爷爷了。

李相岑用点滴行动，履行着他写在日记里的誓言：我立志要尽心尽力做一盏永不熄灭的灯，走到哪里亮到哪里。

"咦，这马路上怎么有一大坑？"他骑着缠满胶带的破旧电动车出门买东西，看到附近一条马路上，赫然出现的一个坑，万一谁没有看到，不小心摔倒怎么办？他一边自言自语，一边掉头回家。不一会儿，他带来水泥和工具箱，叮叮当当一下午，填平了马路。路上人来人往，车水马龙。汗水涔涔的李相岑，露出了欣慰的笑容。

他的确是一盏灯，一盏照亮社会和他人的明灯。

李相岑稍稍停顿了一下，似乎在平复一下此刻又将沸腾的心。我是有点傻吧，就连现在，人们还经常开玩笑说我圣人蛋，的确有点啊。其实，我是受到了雷锋精神的影响。

"社会需要你这样的人，人们是对你信赖和爱戴，才这么说你。"我认真地回应他。

早在2002年，李相岑邀约了十几位文明市民和爱心人士，发起成立了南阳市"学雷锋小组"。社会各界热烈响应，学雷锋队伍迅速发展壮大。

"弘扬雷锋精神，倡树文明新风，关爱弱势群体，共建祥和家园。"这是协会的宗旨。目前，协会已拥有个人会员三万多人，团体会员上百个，公益团体延伸到各县市区，组织公益活动上千次，累计志愿服务 400 多万小时，给南阳营造了良好的社会公益氛围。后来，公益团体和志愿服务延伸到各县市区。2003 年在南阳市民政局登记注册了南阳市社区志愿者协会。2017 年 6 月成立南阳市社区志愿者协会党支部；2017 年 10 月成立南阳市社区志愿者协会工会联合会；2018 年被评为慈善组织；2020 年 5 月成立了南阳市社区志愿者协会妇女联合会；2020 年 7 月被批准成立中共南阳市社区志愿者协会联合委员会。

祖国日益强大，人们生活幸福且美满。作为祖国的一分子，作为一名新中国红旗下成长的普通党员，李相岑深感自己的使命和义务。他带领大家自编自导了很多歌颂祖国、歌颂家乡、歌颂美好幸福生活的戏曲、小品、舞蹈等文艺节目，经常利用节假日，到敬老院、社区慰问演出。业余演员们的表演技能精湛。他们一丝不苟地化装演出，不分严寒酷暑，为敬老院的老人们送温暖，为社区的人们送来了精神大餐。敬老院的老人们都说，老李真是我们的贴心人，是我们的亲人。他们一见到李相岑，就激动地拉住他的手不放。李相岑像他们的儿女一般，自然地在敬老院同老人们拉家常，为他们做清洁，为他们解除心中的烦扰。2004 年，他组建的老人爱心艺术团，如今已有 5000 余人，为老年朋友老有所乐、老有所学、老有所为提供了舞台。

小时候生活艰苦，如今生活条件好了，我得为大家做些事情，才能体现我对党的感恩之情。李相岑双目闪耀着明亮的火花：这都是党的政策好啊！

协会的公益宣讲团于 2015 年 6 月 19 日，在一个阳光明媚的日子里成立了。道德文明、传统文化、安全教育、法律援助、心理咨询、文化文艺、生态文明、公益放映、红色文化、卫生健康十个宣讲部门，都是由德高望重和有专业技能的专家成员组成。走进学校、社区、乡镇、企事业单位，倡导文明，传递社会正能量。

六

“白河孕育滋养着南阳大地，也孕育滋养着众多生命，她见证着历史的变迁，是我们大家的母亲河。”李相岑说，“我们绝不能让母亲河受到一丝一毫的污染。”于是，他发起了“保护环境，孝敬母亲河”的活动，而这成为协会的一项重要活动。2016 年 6 月 24 日启动，倡导全民参与星期六下午的义务劳动。

每逢周六，李相岑带领全家，带着袋子和铲刀，来到河边清理一些枯枝落叶，将地面的废纸和废弃的瓶瓶罐罐捡起来，拿铲刀铲去地面的污渍和口香糖。七岁的小孙子跟在爷爷后面，边捡垃圾边欢快地说：“爷爷，你看，我手中的袋子都装满了。”正在弯腰拿滤网打捞河面一些浮游的塑料袋和树叶的李相岑站起身，看着不远处整理垃圾的年迈的父亲，看着父亲银色的白发在风中飘扬，又望着碧波粼粼、清澈甘洌的白河，发自心底的喜悦涌上心头。

白河越来越美了，像一颗璀璨的明珠，镶嵌在两岸锦簇的花海之间，她缓缓地流淌着，迎着晨曦和落日，迎着来往的行人，无声而愉悦地吟唱着快乐的歌谣。李相岑的行动带动了广大群众、公益团体、学校、企事业单位，大家都积极参与生态文明建设。于是周六的白河岸边，前来义务参与劳动的队伍蔚为壮观，成为一道感人的风景线。活动已持续四年，宣传环保，清捡垃圾，保护花草树木，监督污染排放等，使义务“民间河长制”得到推动和延续。

随后协会又成立了“影视宣传中心”，包含有微信公众平台、公益网站、公益放映队和在《南都晨报》上开设“南都公益”专版，专门宣传党的方针政策和好人好事。协会拍摄的《孝老爱亲典范》《安全教育常抓不懈》和《文明的瞬间》在网上可以随时观看。而“孝爱帮扶中心”，是协会针对社会推选出来的孝老爱亲典范逐家看望慰问，组织爱心企业对特殊困难的家庭结对帮扶；把特殊的家庭、优秀的案例拍摄制作成视频广泛传播，推动孝老爱亲的传统美德。

“鹊桥服务中心”，是由协会爱心艺术团抽调出来的年龄较大的优秀志愿者组成，一直致力为单身人士义务搭建一个喜结连理的平台。

协会“书法家委员会”的老师们，一是努力传承着优秀的传统文化，积极参加社会公益活动，他们组织了纪念“长征胜利 80 周年书画展”、纪念毛泽东诞辰等活动；二是义卖书画扶弱济困，救助贫困学子，受到一致好评；三是为贫困家庭义写春联，给社会带来浓重的文化氛围。协会的志愿服务队，清积雪、修下水、擦护栏、义诊、理发、修家电、道路执勤、维护治安等，哪里需要到哪里去。

特别是在人人自危的疫情面前，他们没有犹豫，没有退缩。作为党员的李相岑充分地发挥着党员的引领作用。他带领协会的党员同志和志愿者们，始终奋战在抗疫一线。在抗疫关键的一个月内，协会参加抗疫活动的党员和志愿者 2000 余人；捐款（物）关爱一线医护家庭、居家隔离家庭、城管、交警和孤残家庭 2600 余户；协会公众号平台首创发表倡议、公告、宣传、表彰等文章 136 篇；极大地鼓舞了广大民众的抗疫斗志。

七

阳光每天都照耀着大地，大地的一切因光而温暖，但有照不到的地方，我们得想办法让他们感受到一样的温暖。爱心汇聚力量，真情共筑希望。李相岑深谙其中的爱和道理，他时刻关注着弱势群体，并付诸行动。

他无法忘记，他走访的偏远乡村的第一家。那是个凛冽的冬季，接近中午，李相岑来到了一个叫作小丰的男孩子家。小丰才十岁，由于父母都在南方打工，他跟着年迈的奶奶一起生活。李相岑说明来意，老奶奶蹒跚着赶紧倒开水，用干枯的双手颤巍巍地捧给他。李相岑打量着四面漏风的院落和房舍，看着不远处趴在摇晃着的小方桌上写作业的小丰，心里颇不是滋味。“需要什么尽管提，大娘!”他说着又起身探头望了一眼祖孙俩窄小的床，几乎感受到洗得发白的床单和陈旧的棉被透着丝丝彻骨的寒意。小丰奶奶抹着眼泪摇头：“好人啊，不用了，孩子爸和妈年底回来就有钱改善生活啦。”李相岑不由分说地从门外的车上，将带来的新棉被和一袋米、一桶油一并放下，又掏出 1000 元递给激动得不知所措的小丰奶奶说：“给孩子买个书桌和营养品吧。”李相岑看着衣着单薄而又瘦小的小丰，心被揪动般的疼痛。他知道，其实农村还有许多个像小丰一样的留守儿童，都需要帮助。

此后，他在协会设立了“情寄留守，爱暖童心”的项目。这个项目曾荣获 2014 年河南省优秀志愿者服务项目的称号。活动范围已涉及卧龙区、宛城区、新野县、社旗县、淅川县、南召县、内乡县、镇平县等地区，受益学生达3万多人。活动得到社会各界爱心人士积极响应，社会累计帮扶现金和物品在500万以上。他们还为100多所乡村小学建立了爱心书屋，使更多的贫困学子受益。他们开办慈善超市，帮扶弱势群体：2004年5月1日，协会第一个“爱心超市”在梅园挂牌运行，随后逐步发展到社区及各大专院校，为需要社会救助和愿意提供帮助的市民之间搭建桥梁。整洁明亮的爱心超市，有序地摆放衣物、米面粮油等生活用品。若有人需要，就去爱心超市取到需用品。人们已形成了默契，这默契里有自觉的文明，即便没人监管，也不会多拿。

天灾不可控。汶川地震、玉树地震、舟曲泥石流灾害发生时，身处南阳的李相岑就立即行动起来，平时节衣缩食，一件衣服穿了五年都舍不得扔的他带头捐款捐物，还走上街头、走进社区宣传募捐救灾，表达爱国赤子情怀。

那天，阳光很毒，从早晨到暮色四合，他忙得只吃了一顿街边的素面，浑身的衣服都湿透了，晚上到家时，已经累得说不出话来。“你忘了今天是自己生日了，”老伴心疼地说，“中午炒了两个菜等你回来，结果连个电话和人影都没有。菜都凉啦，我再拿出来热热。”老伴说着打开冰箱，一扭头，发现疲惫不堪的李相岑已经沉睡在沙发上……

近年来，李相岑带领志愿者走访调查困难家庭，建立档案，进行长期帮扶，又建立了旧衣清洗加工厂，整理发放旧衣物十万余件，加上发放的其他物资，价值达300余万元，有效整合节约了资源，维护了生态环境，惠及各县市区的广大贫困家庭、养老院、福利院等。

“大爱南阳，金秋助学”，李相岑提出了这个温暖的口号。他说，他带领协会开展精准扶贫，救助贫困大学生的活动。项目自2014年发起，每年都有上百家爱心企业参与。累计筹集善款 100 多万元；帮扶家庭贫困大学生 200 多名。2017 年筹得善款 157051 元，救助贫困大学生 45 名；2018 年救助贫困大学生 40 名，另一对一资助 17 人，筹集善款 31 万元；2019 年救助贫困大学生 42 人，另一对一资助 9 人，筹集善款 28 万元；2020 年救助贫困大学生 49 人，普通资助 28 人，定向资助 6 人，一对一资助 15 人。助学活动的持续开展，带来了良好社会影响。

温暖陪伴，帮扶残障孤寡老人：协会组织志愿者，深入社区，为空巢、孤寡、残疾老人结对帮扶，入户提供义务生活照料、家政服务上万小时。针对患有阿尔茨海默病的老人，协会星火志愿团走进社区为老人免费发放黄手环防止走失。2017 年至今发放黄手环 4000 余个。每个星期天深入敬老院关爱陪伴老人，陪老人聊天，开展爱与陪伴服务。2017 年至今开展服务 140 余场。

每年春节前夕，协会都会组织“暖冬”活动，2017 年至 2019 年，累计帮扶困难家庭 1600 余户，捐款捐物价值 96 余万元。

大病救助，解决燃眉之急：协会结合慈善组织，通过社会募捐、网络募捐、义卖等多种方式筹集善款，组织过上百次社会募捐活动，用于贫困家庭及复杂病儿童救助，帮助他们渡过难关，挽回一个个鲜活的生命。

关爱残疾儿童，减轻社会负担：协会在南阳市特教学校设立志愿服务帮扶基地，长期对学校的盲童进行心理辅导、生活帮扶，开展特长培养，教会他们一技之长。

协会还成立了自闭症儿童家长互助团队——启航融合教育中心。3 年来，已经有近 60 个孩子得到了有效改善，帮助这些家庭走出阴影。

八

为了南水北调的工程，为了沿线人民吃上好水，为了全国人民，为了生命之源的清澈和甘甜，淅川一部分人要离开家乡。一次大规模的迁移，要有多少人离开魂牵梦绕的故地家园？这种伟大的奉献精神也让李相岑久久地不能平静。

李相岑思考了许久。2019 年是新中国成立七十周年之际，“弘扬南阳移民精神，献礼新中国七十华诞”，庆祝南水北调中线通水五周年，李相岑改编并组织协会拍摄公益微电影《碧水丹心》，反映了南水北调移民迁安过程中，优秀干部舍小家为大家为国家的无私奉献精神。影片里，碧水滚滚的丹江，雄浑肃穆的香严寺，壮丽浩瀚的丹江大观苑，庄严俊逸的紫荆关古建筑群等人文古迹，风景名胜，无不惊艳着观众。

“一步啊，一回头，把您张望。生我养我的地方，您是我的亲娘……”每当嘹亮且饱含感情的主题曲响起，全场观众的心都激动起来……人们也许不会想到，这首主题曲的词作者竟是农民工出身的李相岑。那些歌词，每一句都是他苦苦思索和斟酌的成果。有时候夜深了，他还坐在桌子前的灯光下，写写画画，涂涂改改，纸上跳跃的每个字，都倾注了他的心血。《碧水丹心》随南水北调通水一路放映到十几个城市乃至北京，受到了广泛好评。这部公益电影是他自费 15 万元完成的。问其原因，不善言辞的李相岑说：就是想让大家记住这份情，记住这份牺牲，让历史不要忘了淅川人民。

创建全国文明城市的征程中，志愿者们更是体现了学习雷锋、奉献他人、提升自己的志愿服务理念，身体力行，发挥了无可替代的作用。多年来，在做好原有各项工作的基础上，他们又将保护环境，宣传环保，清捡垃圾，保护花草树木；道路执勤、劝阻违章、规范停放等，也纳入志愿者协会常规的服务内容。

在倡导宣传文明，传播社会正能量方面，他们宣传卫生健康、倡导节约、反对浪费等，深入学校、乡村社区；组织爱心艺术团的艺术家们，把和谐和欢乐洒满南阳；协会组织观看抗日战争、抗美援朝等故事影片，提醒广大市民，无数先烈抛头颅洒热血换来今天的幸福生活，我们如何去珍惜？他们在中秋节和重阳节都会组织慰问百名抗战及抗美援朝老英雄，感恩他们、歌颂他们的丰功伟绩。协会组织的“歌唱祖国、歌唱南阳、歌唱幸福生活”的庆国庆大型诗歌朗诵活动，无不传递着太平盛世给老百姓带来的福祉。协会的宣传部，宣传好人好事，传播正能量，无一不是在为南阳城市的文明与和谐而努力奉献、添砖加瓦。

尾　声

回顾十八年来的工作，李相岑深情而有力地说：“我们每一位志愿者都感到无比的自豪。我们始终坚守一心为公、为民办事、为政府分忧的信念。从团队到个人，大家都只讲付出，不图回报，人人自觉自愿，无怨无悔，乐观向上。我们也深深地感受到，在帮助他人的同时，也锻炼和提高了自己。”

协会目前会员众多，服务门类齐全，服务领域遍及全市各个角落的方方面面，深受媒体关注、领导重视和群众欢迎。在社区志愿者协会这所大学校中，培养、造就出了一大批先进集体和英模个人。新闻媒体曾以不同形式报道上千次，《河南日报》都市版，曾以整版篇幅图文并茂地报道了协会的事迹。河南省委常委、宣传部长孔玉芳同志和南阳市历任市委书记都对志愿者协会给予了高度评价。

协会先后获得“南阳市民间组织工作先进单位”“河南省首届优秀志愿服务集体”“河南省民间志愿服务团队之星”“全国先进社会组织”等几十项荣誉称号。

在会员中，涌现出杨帆、惠长坡、刘清河、杨可扬等三百多名各级文明市民、道德模范、先进共产党员和优秀志愿者；李来先、耿伟、李瑞鸟等二十多位被评为河南省优秀志愿者；雷克、刘德香等被评为河南省金牌志愿者；谭浩、刘宣红等十三位同志登上“中国好人榜”。

协会书记李相岑的事迹受到各级领导和媒体的高度关注与好评，他也因此获得了多项荣誉：2003 年被评为“全国社区志愿者先进个人”，2009 年获得“全国五一劳动奖章”，2012 年被评为“全国优秀志愿者”，2014 年被评为“全国孝亲敬老之星”，2015 年被评为“全国劳动模范”，第九届中华慈善奖“十大慈善楷模”，2016 年被评为“全国老有所为楷模”，他家被评为“全国最美家庭”“全国五好家庭标兵户”“第一届全国文明家庭”，2017 年荣获全国志愿服务四个 100“最美志愿者”，曾受到习总书记等领导的亲切接见。

协会在每年年度检查中，全部合格。多年来，协会广大会员广泛而持久的志愿服务活动，为构建和谐社会做出了积极的奉献。

新的时代，新的征程，李相岑带领的志愿者协会将以更高标准、更崭新风貌，谱写新的篇章！

李相岑的话像长河流水，翻卷着回忆的浪花，抒发着他对往事的感慨，也打动着我的心。此刻身材矮小的他在我们眼里是高大的。有道是“世界上最广阔的是海洋，比海洋更广阔的是天空，比天空更广阔的是人的胸怀”。李相岑的胸怀够大，大得可以装下目光所触及的一切，哪里有需要，他就到哪里去。几十年如一日地做好事，从不间断；全心全意地为人民服务，把满腔热爱和赤诚给予人民。

人生在世，能获得别人的尊敬可不是件容易的事。受尊敬的人不外乎两种：一种人本来就坐在受尊敬的位置上，这种人靠位置获得着别人的尊敬；另一种人并没有显赫的地位，却走进了民众的心里，得到了他们发自内心的尊敬和拥护。

人们提起李相岑，无不由衷地赞叹和感动：老李真是活雷锋啊！更多时候，人们被他的精神感召着，也紧随其后，为城市和需要帮助的人，贡献自己的力量。这，就是榜样力量。

作为一名优秀的党员，他在平凡中彰显了伟大，伟大中又蕴含着平凡。他默默无闻、勤勤恳恳，用实际行动履行着一个共产党员的光荣职责。他以自己的无私奉献，成为一面旗帜、一根标杆、一盏明灯。

李相岑的故事，朴素却动人。李相岑做到了他的誓言：做一盏永不熄灭的灯。这盏灯有热烈和纯朴的爱，点亮了人们心中的希望，也明澈着我们的社会；这盏灯充满了善的光华。正是这份善，构成了李相岑人生品格的支架，在他平凡的人生中做着不平凡的事情，如同珍珠和星斗，辉映并照亮这座城市。南阳因李相岑这盏明灯和无数个志愿者，而更加美丽耀眼，温暖如春。

为了大地的丰收

——陈增喜的科研故事

刘少乡　姚全军

陈增喜（右一）

中国人的饭碗任何时候都要牢牢端在自己手上。

——习近平

2015年芒种的前一天。刚过了八点，太阳就开始释放热情，蝉激烈地扯着嗓子鸣叫，仿佛在抗议烈日的灼热。位于豫西南的南阳市宛城区科技局院内，一位穿着白色短袖衬衣、深色裤子的男子，快步穿过热气弥漫的院子，朝办公室走去。男子身形清瘦，步伐矫健，浓密的眉毛下，双目炯炯有神，却又遮掩不住洋溢着的书卷气——他，就是宛城区科技局局长陈增喜。

已过不惑之年的陈增喜，依然透着年轻人的活力。此时，他的办公室门前围满了人。他边朝大家点头示意边打开门。八九个人不等相让，即蜂拥而进。陈增喜按开空调，招呼大家。

"陈局长，这是我们公司申报的材料，您给看看，指导一下。"

"陈主席，您啥时候有空，再到我们镇上给大伙讲讲课，大伙都想你呢。"

"老陈，我今年想种点大葱，你觉得销路咋样？"

大家七嘴八舌地问个不停。这中间，有衣着讲究的企业老板，有不拘小节的种粮大户，有裤脚和手上还沾着泥土的菜农，也有谦逊矜持的乡镇农技员……年龄更是参差不齐，小的二十出头，中的三四十岁，老的年至古稀。

一个人无意间看到陈增喜的名片，就笑了。他的名片上一下子印了四个电话：办公电话、住宅电话和两个手机号。一般领导怕麻烦，宅电、手机都保密，陈增喜却生怕别人找不到他。每次下乡，他都带着名片，见人就发，边发边交代，有问题随时打电话。这些年，陈增喜发放的名片有10多万张。如此一来，他的电话成了24小时咨询热线。遇到农忙时节和灾害性天气，电话常常响到深夜。有时候刚躺下，有农民打电话说有紧急情况，他二话不说，穿上衣服就往外跑。

陈增喜除了电话多，还有“两多”，就是朋友多、下乡多。一年中，除了出差、开会，陈增喜有 200 多天都在乡间地头。上午十点，打发走客人，陈增喜又匆匆赶往金华乡去指导农民收土豆去了。

陈增喜说自己是“农科河上一纤夫”，老百姓亲切地称呼他为“三多局长”“田间局长”；有人说他“金光闪闪”，有人说他“朴素如泥”……

他到底是一个什么样的人呢?

执着的农科梦

阳光透过窗户照在陈旧的办公桌上，白色搪瓷缸里的水冒着热气。老师坐在椅子上，皱着眉头看着面前这个纤瘦倔强的男孩。

老师苦口婆心地说：“增喜，你学习成绩好，完全可以报考师范学校，不但不交学费，上学还有补助。你家里姊妹多，这能省下点钱，毕业以后还能留在城里，分配个好工作……”

陈增喜低着头不说话。

“你现在改志愿还来得及!”老师着急道。

“我，不改了!”陈增喜朝老师鞠了一躬，转身走出办公室。

这是 1979 年，陈增喜是复读生，成绩优异。老师看着他的背影，对这个一、二、三志愿都报考农校的学生，生出一些困惑和无奈。

当时，改革开放的春风已经劲吹，当时党的工作重点和全国人民的注意力都转移到社会主义现代化建设上来，国家也开始大规模地培养青年人才，大批学子有了接受高等教育的机会，学习科学文化的热潮在青年人中盛行。彼时，社会上还流行着一个闪闪发亮的词：理想。而陈增喜，也被理想点燃。

陈增喜 1961 年出生在南阳市唐河县湖阳镇一个村庄，祖辈与父辈都是受人尊重的人民教师，也算是乡村的书香门第。他从小就喜欢待在院中的耳房——这里的西墙上有一整面的书架，摆满了各种书籍。受家庭影响，从蹒跚学步起陈增喜就喜欢书，稍大一点就开始坐在木制的小方桌上像模像样地看书。耳房北墙上挂着的那副“一等人忠臣孝子，两件事读书耕田”对联，成为陈增喜的人生箴言。

陈增喜兄弟姊妹五人，家里条件虽好于一般人家，但在那个“红薯干，红薯面，红薯疙瘩红薯蛋儿，离了红薯不吃饭”的年代，他们家和大多数人家一样，天天以红薯为主食。即使这样，仍然有吃不饱的时候。因为天天吃红薯，陈增喜常常胃酸胀气，胃里灼热难受。那时候，他最大的愿望和期盼就是过中秋节和过年——只有这时候，才能吃上几顿白面馍。

陈增喜自小就比同龄人沉稳成熟，做事认真，喜欢混在大人堆里。到了十二三岁，就成了生产队的小劳力，下地干农活。

陈增喜经常想，大家天天在地里忙活，为什么常年吃不饱饭呢？

1978 年，陈增喜高考落榜，他一边在家复习功课准备再考，一边给村里的农技员打下手。

一天，陈增喜问农技员：“你说咱们为啥天天干活还是吃不饱饭？”

“一亩地才打二三百斤，哪能够吃。”农技员随口答道。

“为啥产量这么低呢?”陈增喜问道。

“一是缺少好种子，二是缺少高产技术，不会管理。”

那天，陈增喜坐在田埂上想了很久，打定主意考农业类大学，学习农业技术，让乡亲们吃饱饭。

次年，陈增喜如愿被信阳农业专科学校（现信阳农林学院）录取。在大学的三年里，他整日泡在教室、图书馆、实验室，拼命学习。星期天或节假日，其他同学跑出去玩，他却跟着老师在试验田里顶着太阳搞研究。他白净的皮肤变成了古铜色，身体也更加壮实。

转眼，到了毕业时间。陈增喜作为学校的优秀党员和系里的团总支书记，品学兼优，又踏实能干，一直深得老师青睐。

“陈增喜说话办事都利落，学习能举一反三，有思想有能力，是个搞农业科研的好苗子。”一位老师这么评价他。

系主任却说：“陈增喜是个教学的料子，应该留校任教。”

而陈增喜，已经收拾好行李，准备回乡了。他的心早已到家乡广袤的土地。

“啥？你要回老家?”系主任吃惊地看着他，着急地说，“这是你人生的重大选择，你一定要慎重。”

陈增喜淡定地笑笑，认真地说：“老师，我回农村去，是落实咱学校‘推广技术富乡里，输送人才为地方’的办学方针，我一定会给咱学校增光添彩。”

系主任继续劝说：“你是咱这一届的优秀代表，学校已经决定让你留校了，在这里搞科研能让你的才华得到更充分的施展。”

陈增喜躲闪着老师的眼神，没说话。

“增喜，你得听老师的，别执拗，留下来吧。”

系主任苦口婆心说了半天，陈增喜却没有丝毫动摇。

系主任不死心地说："你先回去好好想想，想好了再说。"

对于这个得意学生的"一根筋"，系主任急得直搓手。陈增喜刚离开办公室，系主任就连忙给陈增喜家里发电报：毕业留校，征求家长意见。

父亲收到电报高兴得像个孩子，儿子能当大学老师，是家里的荣耀。父亲立马回电报：同意，留校极好！

系主任觉得这下妥当了，就拿着电报找到陈增喜。陈增喜却说："老师，我想回去和家里再商量商量。"

"行，那你快去快回。"系主任想了想，点头答应。

在唐河县湖阳镇小学当老师的父亲，听到儿子回来，立马迎了出去。他看到儿子成堆的行李，疑惑地问："不是说好了留校当老师吗，怎么把行李都带回来了？"

陈增喜笑了笑说："我想好了，不留校。"

父亲急得直跳脚："当个大学老师多好啊，你、你让我说你什么好啊！"

陈增喜耐心地向父亲解释："爹，你听我说……"

父亲了解自己的儿子，他认准的路子，谁也改变不了——他只能接受儿子的选择。

陈增喜骑上自行车奔向田野，风拂过他的短发，吹动他的衣裳。泥土的气息，庄稼的清香，让他心情舒畅，蹬着车在田野间飞奔，心中的梦想更加热烈而清晰。

陈增喜以为，他的工作分配已尘埃落定——留在农村用自己掌握的农业技术帮助乡亲们种好地。谁料想，一个月后父亲把一张派遣证递给了他。

陈增喜接过来，派遣证上赫然写着——

中共桐柏县委组织部：

兹派遣 陈增喜 等 一名 同志任桐柏县乡镇团委书记，望接洽是荷。

中共南阳地委组织部

一九八二年八月十日

父亲又高兴起来，他知道这是时代的机遇。1982年，国家正开展干部建设，提出干部要“革命化、年轻化、知识化”，大力培养青年干部。

“我不去。”陈增喜说。

“你别太任性，这样的机会多少人求之不得。”父亲从人生、以后的生活，甚至下一代的培养等方方面面开导陈增喜，费尽了口舌。他却初心不改，反过来央求父亲托人找关系调动工作。

南阳地委组织部的工作人员看着这个精干的小伙子有些不解——人家托关系都是想从农村调到城里，他却是从县城改到农村。

“你想好了？”工作人员问。

“我是学农业技术的，在农田里才能发挥我的特长。你们看能不能把我改派到桐柏县农技岗位？”陈增喜一脸诚恳。

“桐柏太远了，你再考虑考虑？”工作人员好心劝说他。

“越是艰苦的地方，越是需要农业科技。”陈增喜笑着回答道。

于是，应陈增喜的要求，南阳地委组织部把他安排到桐柏县农业科学试验站工作。

初出茅庐

熹微的晨光透过窗户洒进屋里，鸡鸣、犬吠，还有清脆婉转的鸟鸣传来。陈增喜住在桐柏县农业科学试验站简陋的屋子里，很早就醒来了。他已就任试验站党支部书记。

试验站不大，像是一个小农场，有些杂乱，也缺少生气。但这里肩负着豫南水稻区域试验和南阳盆地小麦区域品种科学实验和改良示范的重任，还有农业技术开发、服务农业生产的职责。这样一想，陈增喜立马来了精神。

陈增喜跟着老技术员在试验场跑了几天，摸清了情况，厘清了试验场的主要问题：一是县里水稻品种多、乱、杂，亩产只有三四百斤，不少农民有弃稻种麦的打算。二是试验站里的农工属于自收自支的“商品粮”，收入低，孩子成年又无法安置，家庭困难、矛盾多，缺少工作积极性。三是试验站里党员少，缺少凝聚力和干事活力。

心里有了底，陈增喜敲开了试验站站长徐世秀的门。

让座、倒茶之后，徐世秀静听着陈增喜谈感想。

“家庭联产承包责任制已经推行两年了，现在村民干劲十足。可是咱们试验站里工人情绪消极，没干劲。这种局面如果不改变，那么指导地方生产的职责很难完成，更别提攻关技术和科研了。”陈增喜说。

“你说怎么办?”徐世秀看着陈增喜问。

陈增喜说出了自己的思路：一方面加强党建工作，凝聚人心，带动全场工作。另一方面增加农工福利，改善生活条件。

说干就干，陈增喜开始动员，积极发展党员，把干部和大学生先调动起来，然后评比技术尖兵，开民主生活会，调动起大家的积极性。

陈增喜还发现一个问题，一群搞农的人，守着“金饭碗”，竟然还为“吃”发愁。农工工资低，但桐柏县蔬菜价格却很高，大家吃菜都要精打细算。于是，陈增喜和徐世秀等人员商量后，决定给农工搞内部福利，每个农工分半亩菜园，找来种菜能手教大家种植各种蔬菜。

不到一年时间，农工们不但解决了自家吃菜问题，还可以出售，而且因为蔬菜又好又新鲜，深受居民们喜爱，逐渐成为桐柏县的名牌产品，饭店、机关和居民都抢着来这里买菜。农工家里的子女有了出路，干劲十足，早晨四点钟就起来去卖菜。

很快，大家的腰包鼓了起来，开始买摩托、盖新房、娶媳妇。家家户户办喜事，陈增喜都是座上宾。

农工的生活好了，试验站的情况也需要改善。陈增喜理出规划，大家齐心协力，买来小钢磨，办起了面粉厂。后来又搞起大米加工厂，办起了竹编厂，还挖通渠塘养老鳖，兴修水利造良田。

两年过去了，试验站大变样，办公房、机关宿舍、车间焕然一新，还购置了两辆拖拉机。

试验站的条件也得到了改善，但如何增加全县农民收入，提高他们的生活水平，成为陈增喜新的课题——这也是陈增喜的初心。

来桐柏之初，陈增喜就走遍了全县乡村，他发现桐柏县水稻低产的主要原因在于气候。

桐柏县位于大别山的西北边、桐柏山的背阴坡，南阳盆地东缘桐柏山腹地，处在淮河源头，是我们国家南北气候的分界线，也是秦岭淮河 800 毫米降水量的分界线。这里的农田大多在大别山与桐柏山之间，东南暖风吹不进来，又常下雨，稻田里泥浆过深、温度低，影响秧苗生长。

陈增喜开始在产量最低的梁庄开展改良试验。他蹬上胶鞋，把外衣挂在田边的小树上，然后撸起袖子，接过老农手中的镐头带着大家干起来。

他指着靠山坡一边的稻田说："咱们就在这挖条水沟，让山里渗出来的凉水顺着水沟流走。"挖完水渠，他又带着大家拉来酒厂烧过的粉煤灰，用来改良土壤，使稻田透气升温。

然后，陈增喜踏上了寻找良种的路途——先坐一天车到郑州，拿到省农科院的介绍信，然后南下江苏、上海、福建、江西、广东、湖北等 6 省（区）传统的"鱼米之乡"，到农科院拜访"求种"。

去福建，他整整坐了一天一夜的绿皮火车。车厢内空气混浊，闹哄哄的。没有座位，陈增喜在过道里站着，人挨人，拥挤不堪，他站了五六个小时，累得双腿打战。顾不了那么多了，便垫了张报纸席地而坐。为了省钱，陈增喜从家里带着馒头、烙饼，饿了就坐在路边啃干粮，渴了就喝凉水。

这还不是最难的，到了外省农科院，一说要种子，人家根本不理他。辛辛苦苦研究出来的良种，谁也不会轻易给人。

陈增喜每次遇到闭门羹，就会像个钉子一样钉在那儿，软磨硬泡，每天七点半就来到办公室，人家一开门，他就进去帮人家提水扫地、擦桌子，还帮人家做试验、搞记录，只要能干的就抢着干，直到拿到种子为止。

陈增喜用真心和耐心打动了人家，不仅从外省带回来 300 多个水稻品种，还抄写了当地科研人员视为珍宝的实验记录——当时没有打印机，只能手抄——他为了抄记录，常常通宵加班。

回到试验站，陈增喜就开始研究这些宝贝。天刚蒙蒙亮，他就在稻田里侍弄秧苗。300 多个品种，需将秧苗一株株编号，观察、记录，每查一遍苗，就是俩小时，稍有差池，就可能前功尽弃。

接下来的时间里，陈增喜成了“拼命三郎”，白天开会、育种、实验，下村指导；晚上待在屋里做科研分析，查看记录资料，天天夜战，人日渐消瘦。

1983 年 7 月初的一天，陈增喜像往常一样，一大早就骑着车去张庄村察看秧苗。阳光越来越强，他从稻田里出来，坐在路边揉着累得酸胀的腿。

该回去吃饭了。陈增喜有点饿了。转念一想，算了，来回跑一趟耽误时间，干脆到中午一块吃得了。

陈增喜又进了稻田，每株水稻他都要细细察看，豆大的汗珠砸落在水田里，他全然不顾。不知不觉已至中午，他按着腿直起身，这才感到腰腿酸痛，被汗水溻湿的衣服贴在身上，又潮又黏。他擦擦汗，朝稻田外走去。到了地头，抬脚之时他突然眼前一黑，昏倒在稻田里。

张庄路过的一位村民看见陈增喜倒在稻田里，连忙跑过去救人。

陈增喜身体泡在泥水里，脸上布满了细密的汗珠。那位村民背起陈增喜边往医院跑边喊：“陈书记晕倒了，快去叫人。”

城郊乡卫生院里，医生拿下听诊器摇摇头，他们没有办法。

试验站的同事又把陈增喜拉到桐柏县医院，会诊后建议送到南阳市中心医院救治。试验站的同事犯了愁，从桐柏县到南阳一百多公里，全是土公路，开车需要三四小时。关键是县里没有救护车，他们也没有车，要乘坐第二天早上的班车，就得等一夜。

大家看着昏迷不醒的陈增喜，面面相觑。有人说："不能等，不行了我们就用摩托吧。"

大伙找来四辆摩托，把陈增喜绑在人力车上，准备以摩托接力的办法把他拉到医院。他们刚准备出发，突然传来了汽笛声，一辆军车在他们面前停下来。原来是县领导听说了这件事，协调桐柏县驻军部队用军车送陈增喜去南阳抢救。

第二天，太阳悄悄地探出了头。南阳市中心医院病房里，挂着点滴的陈增喜双目紧闭。试验站的同事找到主治医生询问情况。医生顿了顿，神色凝重地说："暂时还没有脱离生命危险，再观察一天，不敢保证能醒过来啊。"

试验站的一个小伙子伤心地哭起来，大家都止不住地流起眼泪。陈增喜才二十二岁啊。

同事给陈增喜的父亲发了电报：增喜病重，在南阳市中心医院救治。

陈增喜的父母连夜赶到，看到病床上不省人事的儿子，在病床前泪水奔涌。母亲抓着陈增喜的手，一声声呼唤着儿子。

医生闻声赶来，担心影响病人的稳定，要求他们出去。

父亲用手抹着满脸的泪水，央求道："大夫，大夫，求求你，让我们在这儿陪着孩子吧，我们保证不出声，求求你了。"

陈增喜感觉自己处在黑暗中，浑身松软无力。突然他看到了一点亮光，挣扎着朝那点亮光走去，绿色、绿色的稻苗，在那点光中闪闪发亮……

灰白色的房顶、透明的输液管、母亲慈爱的脸，一点点映入他的眼中。母亲欣喜地抹着眼泪喊着他的名字，儿子醒过来了。

刚过了危险期，陈增喜就嚷嚷着要出院。医生对他说，你这次是劳累过度致病，若不是抢救及时差点成了植物人，多可怕啊！

大家怎么劝都不管用。他说试验田里的秧苗得天天观察、做记录，要不大家这一年多的付出就白费了。

大家拗不过他，医生给他开了七天的药，办理了出院手续。

在回试验站的路上，村民们看见陈增喜先是一愣，接着欢呼起来。原来，他病危时同事往家中发电报的事情被误会了，大家以为他死了。陈增喜被大家簇拥着进了试验站，这次轮到陈增喜惊诧了——农工们正在院子里流着泪绑花圈。看见陈增喜回来，农工们破涕为笑，扯碎花圈，拿红纸做起了大红花。

这一年，陈增喜筛选出的红南（籼稻）、桂朝二号、广104，经过精心的培育种植，亩产达到800斤，亩增产近400斤，稻农的收入翻了一番。陈增喜选育的水稻品种荣获河南省农科院科技成果三等奖；桐柏县农业科学试验站也被评为全国农副产品加工先进单位。

陈增喜成了“名人”，全国多个省份的农技人员专程来找他取经。

时任县委主要领导看到陈增喜的能力和耐力，想安排他去做一个乡长，被他婉言谢绝。

农业界的斜杠青年

1988年的一天，天已经黑了，陈增喜骑着自行车回到单位，把后座的几捆资料卸下来搬进办公室，然后才坐下来擦汗、休息。这时，他已被调到南阳县农技推广中心任支部副书记兼副主任，承担南阳县稻麦两熟试验，并一举获得成功，还拿到了南阳地区三等奖。

因为工作突出，南阳县把陈增喜调到了科委，承担麦棉套种课题研究。当时，南阳县是全国小麦、棉花基地县，南阳地区种植的小麦主要是宛麦 7107，亩产只有 300 多公斤，不但产量低，生产周期还长，影响棉花种植。

陈增喜决定先找出适合的套种技术，然后寻找合适的品种。现在他做的是前期资料收集。

办公室的地上、桌子上、柜子里都堆满了资料，一箱箱、一摞摞、一捆捆。这些资料是他从气象站、土肥站、植保站、种子站找回来的：1982 年以来全县的土壤普查数据、1980 年到 1988 年南阳田间测报数据资料、病虫草害防治数据资料和近三十年来的历史气象资料以及 1980 年以后南阳县小麦、棉花品种和推广面积数据资料。

这么多资料，如果靠自己整理、分析，不光耗费大量的时间精力，应用起来也非常麻烦。陈增喜有些犯愁。

陈增喜突然记起《人民日报》上有一篇和农业管理系统有关的报道——报道上介绍，从美国回来的农业专家熊范纶带回来一套国际上最先进的农业专家管理系统；报道中还说，熊范纶在中科院合肥人工智能研究所工作，离南阳不远。

陈增喜喜出望外，立即向县里打报告申请购置一台电脑——这是南阳科技和农业系统的第一台电脑，它将为南阳农业的发展打开一片新天地。

“你弄个电脑会用吗？”

“那玩电脑的可都是专业人员，你能行吗？”

陈增喜面对质疑，淡然一笑说："我不会，但我可以学啊。"

陈增喜很快赶到了合肥，他找到熊范纶教授，请求学习农业专家管理系统。熊范纶看着这个黑瘦的小伙子笑笑说："这个系统由知识库、数据库、模型库、推理系统、管理系统构成，不是想学就能学会的，就算你学会了，也不一定能用，我看你还是回去吧。"

陈增喜认真地讲了自己的情况和对这套系统的急需性，最后表示能学会、学好。熊范纶被陈增喜说动，看他这么执着，又勤奋好学，决定教他。

陈增喜白天帮助熊范纶干活、学习建模，晚上整理资料、录入信息、统计分析。熊范纶教得仔细，陈增喜学得认真。他很快在电脑里建构起玉米、小麦管理模型，然后把气象专家和基层技术人员三十年来特别是近十年以来的大田监测数据全部录入。等他敲完最后一个数据，用鼠标点操作键，系统瞬间弹出了对南阳小麦种植的专家意见：

南阳小麦产量与 5 月份的气候直接相关，气温 30℃时建议停止灌浆，干热风是减产最大因素。

麦棉套种可以播种矮秆早熟品种。

…………

会议室里，陈增喜拿着全国第一套农业专家管理系统给出的结论，认真地说："我们现在有了目标，就是要有矮秆早熟的小麦品种，但如果现在去做品种培育耗时太长，各位专家集思广益，看看有没有这样的品种。"

宛城区种子专家张学林说："矮早 781 也许能满足这个条件。"

陈增喜激动地看着他，示意他说下去。

“这个品种是农民育种家徐才智培育的，他在洛阳市偃师县二里头村。”

徐才智是全国自学成才十大标兵，但对自己的技术把控得紧，不轻易给人，而且性格古怪，记者去采访都不理睬。

陈增喜却不信有办不成的事，第二天就坐上班车出发了。到了二里头村，天已经黑了，陈增喜借着月光，深一脚浅一脚摸到了村部，把南阳科委的介绍信递给值班的同志，值班的同志为难地说：“都这么晚了，咱村也没地方住啊。”

陈增喜四下看了看，拉过来两条凳子，又让值班的同志帮他把靠墙的一块破门板抬过来，搭了一张床。然后他拉开自己背着的薄被子说：“这就行了。”

当时正是晚春时节，昼夜温差大，值班人员怕他冷，又给他找来了一件旧大衣。

次日天刚亮，陈增喜就去找徐才智。到了徐才智家，他又觉得太早，怕打扰人家休息，就蹲在门口等待。

等了大概一小时，一个农民打扮的中年男子从院子里走出来。

“请问，您是徐才智老师吗？”陈增喜问道。

男子瞥了他一眼，径直走了。

陈增喜问了一个路过的老乡，确定刚才那个人就是徐才智，他赶紧快步追上去，一口一个“徐老师”地叫着。

徐才智不接待、不拒绝、不搭理的“法宝”，在陈增喜这里失效了。他根本不把徐才智的“脸色”当回事，每天天一亮就去徐才智家，等院门一开，他就进去挑水、喂鸡、扫地，见活就干，还帮着徐才智做资料统计。

转眼一个多月过去了。徐才智见这个小伙子话少、勤快，把自己放得很低，慢慢改变了态度。他翻开陈增喜帮他做的统计分析本，不禁愣住了——记录规范详细，绝对的专业水准。

“你是搞科研的?”徐才智问道。

“嗯，从大学毕业就干这一行。”陈增喜淡淡地说。

“哎哟，你咋不早说！我看了你的介绍信，以为你就是科委的领导。”徐才智握着他的手笑起来，“明天你就回去忙工作吧，等到了收麦子的时候我给你打电话，你来拿种子。”

陈增喜回到南阳，换了衣服洗了澡，又背上行装第二次去二里头村。这一年，他去了七次，把豫麦 18 号（矮早 781）这个品种从授粉、扬花到抽穗、灌浆各个环节的管理技术都学到了手。

南阳几位“权威”农技师看到陈增喜带回来的矮早 781 直摇头。南阳地区农科界一直奉行“大穗大粒出高产”的观点，而这个品种穗不大，籽粒又不大，他们都劝陈增喜趁早放弃。

陈增喜也不反驳，带着麦种来到溧河乡胡庙村的刘长海地里试种。乡亲们听说陈增喜来了，争着抢着拉他到家吃饭。为了观察麦子生长，陈增喜干脆搬到了胡庙村，住到地头的牛屋里，与村民打成一片，喂牲口、烧锅、择菜、挑水，啥都干，一有空就下地帮助村民管理庄稼。

陈增喜常年随身带着两个手提包，一个包里装公务文件，另一个包里装着下地的“三宝”——一把铲子、一把钢卷尺、一卷保鲜袋。铲子用来刨土查看墒情；钢卷尺用来测量作物的长势和密度；保鲜袋随时用来装土壤、作物样本。

村支书杜耀炳媳妇一直不待见招待下乡的干部，但只要陈增喜一来，立马放下手里的活去做捞面条。

杜耀炳笑她说："别人来你翻白眼，老陈来了做捞面！"

女人瞪他一眼说："那是，咱家能有余粮，老陈是功臣。做捞面算啥，等收了秋，俺还要给他杀鸡摆盘呢。"

陈增喜种下麦子后天天守着，亲自下手浇水、施肥。第二年测产，亩产 800 斤，超过了计算机的模拟数值。"豫麦 18"随即在南阳 13 个县市全面种植，面积达 1000 多万亩，实现了南阳市小麦品种的第五次更新。从 1991 年开始，两年间南阳地区平均亩产增收 30%以上，湖北和安徽也种植了上千万亩。陈增喜的研究成果获得"南阳市科技成果进步一等奖""河南省科技进步二等奖"。

面对荣誉，陈增喜总是"波澜不惊"，他又躲进办公室开始"捣鼓"那套农业专家管理系统。这套系统是按照美国集约化农业生产设计的，只有玉米、小麦两种农作物。而我国多是小农生产，农作物品种又比较多样，常常二十亩大的一块地，就有五六种庄稼。就拿棉花来说，控制旺长需要打缩节胺，打的标准在 1~5 克之间，下雨天打 5 克，干旱了打 1 克。看着苗长得旺了，就打 3~5 克……总之，具体问题具体分析，而农业专家管理系统给出的结果却都是一样的。

陈增喜又搬出整箱整箱的资料，开始往电脑里录入，他认为要想有精确的结果，系统里必须要有足够多的数据资料。他整整敲了三个月，妻子曹志华天天都不知道他什么时候睡的。半夜，曹志华在幼子的啼哭声中醒来，坐起来给孩子喂奶，看到陈增喜还在电脑前敲字，孩子的啼哭声对他没有丝毫干扰。曹志华是南阳市中心医院产二科的护士长，工作强度大，还要带孩子，对丈夫的工作却从来都是全力支持，她知道丈夫干的是关乎老百姓吃饭的大事。

陈增喜把能够找到的各种作物资料都一一录入系统，包括棉花、大豆、红薯、芝麻、花生、小辣椒、高粱、谷子、绿豆、西瓜、甜瓜等。近千万字节的录入，让农业专家管理系统实现了迭代升级。

陈增喜的农业专家管理系统，现在可以精确地推算出西瓜主蔓上第八个叶子上结的瓜最甜最大；花生浸种催芽可以使种植时出苗提前一周，出苗率提高16%；小辣椒在17°C到30°C生长快，在25°C时用3%磷酸二氢钾补肥，产量可以提高15%以上……

“真是好东西，明天拉到村里，让它为大家答疑解惑。”陈增喜太爱他这套“神算”系统了。

这天，红泥湾镇裴庄村热闹得像过年，陈增喜兴奋地向大家讲解着农业专家管理系统的功能。

村民们围得里三层外三层，伸长脖子，瞪大眼睛，看着那个比17英寸电视屏幕还小的东西，想不通它怎么会有那么大的“本事”。陈增喜见大家半信半疑，立马打开系统开始了针对农户的“一对一服务”，现场给出的答案，让村民们一下子沸腾了，直呼“神奇”。十里八乡的乡亲听说了，也都纷纷赶来看这个“西洋景”。

陈增喜升级的这套系统在南阳迅速得以推广，短期内即为当地农业增加经济效益上亿元。

1992年9月，秋色宜人，在安徽举行的国际农业专家系统研讨会上，“动态专家管理系统”中文和英文两个版本引来了70多个国家与会代表的关注与赞赏，称陈增喜为计算机在农业生产应用上开辟了一条道路，是跨界的计算机专家。

陈增喜也因此成为全国农业计算机研究会理事，并与中国工程院院士、农业信息化专家赵春江合作参与国家863计划，一举成为这个领域里的著名专家。2005 年，陈增喜被团省委授予“全省第二届 IT 青年新锐”称号，《人民日报》、央视《经济半小时》报道了他的事迹，河南省科技厅专门办起了“农业动态管理学习班”，全国各地的农技人员纷纷来河南学习取经。

新世纪的生态农业

这天天还未亮，陈增喜坐在书房，看着桌子上一份南阳市委、市政府出台的持续高效生态农业发展计划出神。

妻子从睡梦中醒来，走到他身边，意味深长地说：“你知道你的选择意味着什么吗？”

陈增喜点点头说：“知道，我以前在农业科研部门干过，有研发经验，还做过农业科技推广，能把控前行方向，这个课题我觉着我能干好。”

“可你要把现在的岗位、工作都停了，再次回到农村去？”妻子强忍着气说，“你在城里也可以研究嘛。”

“是啊，这次南阳要把治沙与生态农业当作发展全市生态经济的一个重大课题，市委文件讲项目承担者在三年研究中可以与原工作脱钩，潜心研究，攻克难关。我应该利用好这个机会。”

“你好好想想再做决定吧，你说走就走，心里还有这个家吗？”妻子生气地说完，转身回卧室了。

天亮了，陈增喜带着文件刚打开办公室门，几个同事就跑过来，推心置腹地劝他留在局里。

“你想一想，你干了快二十年才回到市里，如今再脱钩到农村，什么时候是个头啊？”

“你当上这个局长多不容易，一下乡，这一切都白瞎了。”

…………

陈增喜笑笑说：“谢谢你们的好心。可我本身就是学农的，从来不是为了当官。”

就这样，陈增喜为了推广高效生态农业，离开了宛城区科技局局长岗位，带着10个刚毕业的大学生到白河东岸的沙岗村，包下300亩河滩地，开始了改良沙漠化暨南阳生态高效农业项目试验。

眼前的荒凉让大学生们瞠目结舌——到处是干瘦的杂草、石块和黄沙，风一吹，粗粝的沙粒打得人脸颊隐隐作痛。

陈增喜看看自己的队员——个个愁眉不展，便淡然一笑说：“这里的条件，比你们想象的更艰苦吧？但大家想一想，我们能把这里治好，那是一件多么了不起的事。”

接下来，陈增喜提高了声音：“我们是学农的，就要把心放在科研上，敢啃硬骨头。俗话说出水才见两腿泥，我们必须争口气，摸索出一套高效生态农业的发展模式。我有信心，和大家一起共同奋战，完成这项光荣而艰巨的任务。”

陈增喜从包里掏出本子，说：“我连夜制订了作战目标，本来想晚上再给大家开会，干脆就在这儿说吧。”

陈增喜归纳了这次生态实验的三个目标，又谈了自己的具体设想和构思。大家一扫刚才沮丧的表情，青春的脸庞重新焕发出朝气，眼睛也开始放光。他们凑过来，你一言我一语地说起各自的想法。

陈增喜抓住时机，大声问：“大家有信心吗？”

“有！”一个充满激情的声音回答。

“有！”又一个激昂的声音响起。

“有！有！有！……”一群青年的和声变成了威武雄壮的誓言。

陈增喜带动大家，开始了改造沙荒的工程。他们一边研究用沼泥改造沙滩，一边种植从外地引进的作物新品种。

每天凌晨四点，他们就来到荒滩开始开荒工作，挖鱼塘、修沟渠、栽果树、种蔬菜。一天的工作干完，直到晚上他们才摸黑回到住处，草草吃完饭，不顾疲劳聚到一起研究讨论，常常到十一二点才睡觉。每天早晨还要轮流去赶早市，售卖他们种植的农产品。

有一次，陈增喜的妻子来看他，远远地看见灰头土脸的陈增喜带着几个灰头土脸的青年人，顶着大太阳在田间劳作。她不由得鼻子一酸，眼泪溢了出来。

“增喜，你到底图个啥？”妻子问他。

他拉着妻子的手嘿嘿一笑，说：“这些孩子跟着我吃这么大的苦，我得想着法子让他们有个手艺，有点收获和进步吧？”

这年 7 月 20 日，夜里燥热难耐，蚊子嗡嗡地叫着，陈增喜从睡梦中醒来，听到窗外噼里啪啦的响声。他推开窗户一看，起了大风，眨眼工夫，就电闪雷鸣、大雨滂沱。陈增喜顿时睡意全无，他惦记着地里成熟的西瓜。

天不亮，他就叫醒学生们，披着雨披，蹚着水赶往试验田。越走水越深，试验田变成一片汪洋，圆溜溜的西瓜漂在水上。陈增喜二话不说就跳进去捞瓜，学生们也跟着他下水。

天亮了，雨却没有停下的征兆。陈增喜带领团队拼命地抢救西瓜，在大雨中干了一整天，捞出了两万多斤西瓜。

第二天，雨停水退。没来得及摘下的西瓜都陷在了淤泥里。花生叶子也被泥浆覆盖。果树上沾满了泥浆，在炙热的阳光下，被大风掠下的叶子落了一地，树上的叶子则打起了卷。

陈增喜带领大家赶快施救：拉来水管冲洗泥浆。气温高，如果不尽快冲洗干净，果树会被烫死。他们忙活了三天，顾不上喝水吃饭，饿了就啃个馒头。尽管如此，还是有很多农作物因抢救不及时颗粒未收。

这次打击和常年的劳累使陈增喜一病不起，在医院调养了小半年才有所好转。觉得身体可以了，他就要回沙岗村。妻子不同意，但又挡不住，只能含着泪水看着他走。

"现在沙土改良才刚开始，如果停下来就前功尽弃了。"陈增喜说，"大家都在一线拼命干，我不能躺在病房里享受。"

曾经有朋友打电话对陈增喜说："老陈呀，人家都说你是得罪了领导才被发配下去干苦力，现在天天浑身泥土，酸臭无比，都快累得没命了……"

"让他们说去，我干好自己的事情就行。不过有一件事他们说得对，那就是我天天都是浑身泥土，臭得很啊。"陈增喜毫不在乎地说。

两年后，陈增喜摸索到了果树加沼气渣改沙固土的方法，成功使300亩沙荒地的含沙量从80%降到30%，沙荒地变成了良田。

跟着他下乡的10个大学生也都买了车子和房子。其中的三对还结成了夫妻，在这里生子安家，扎下了根，成了蔬菜、养鱼等方面的专家。

最先利用沙荒改造技术受益的是宛城区新店乡。几年里，新店乡利用这一技术形成了独具特色的农业产业新格局：昔日的沙荒被改造成林果地达15000亩以上，畜牧养殖也蓬勃发展，全乡建成养殖小区

7个，各类养殖专业场124个，养殖专业村18个，养殖专业户320户。

老百姓富了，陈增喜却还是老样子。哪里需要他就去哪里，换个地方继续干工作，什么事难干没人干，他就干。只要对老百姓有好处，他都会用心去干。近年来，他研究出了扶贫“双加”模式、六字“倒算法”、艾草培育技术……似乎他生命的每一个时段，在每一个地方，他都能整出些“不一样”的东西来。

陈增喜办公室后面的铁皮柜里，有一堆红皮的荣誉证书，有的已经褪色陈旧，有的鲜艳夺目。这里的几十个荣誉证书，记录着他奋斗的足迹。

2003年，陈增喜被评为河南省“科技服务优秀专家”；2004年，被评为“南阳市建市十周年功臣”；2005年，被评为河南省“星火计划先进个人”；2014年，被评为全国百名“人民群众满意公务员”；2017年3月，被中宣部授予“全国岗位学雷锋标兵”称号……

陈增喜说：“再过几年我就退休了，退休后我还会为农民服务。我可以搞培训、搞研究、搞咨询，帮助农民搞搞技术，跑跑销售。反正只要大伙需要我帮忙，我就去。”

2017年7月，南阳市宛城区举办了学习陈增喜精神专题研讨会。著名作家二月河在研讨会上说，陈增喜在农业岗位上几十年如一日，实实在在为民服务，不求名利。他在当今百舸争流的时代，充分发挥出了一个知识分子的人生价值。他是农民朋友心中的好朋友、老大哥。他为南阳人民能过上幸福日子付出了无数心血和汗水，以一连串实用的科技成果回答了当今时代给每个人提出的时代考题。

2021年，陈增喜按国家政策退休之后，依然不忘初心，心里装着他的农业科技，继续走村串户，奔走于田间地头，为河南扛稳粮食重任奉献着自己的“余热”。老伴看着他总是累得疲惫不堪的样子说，增喜啊，你都退休了，不惜力也得惜命啊！陈增喜总是一笑说：“奋斗者永远是年轻啊！我虽然退休了，但共产党员没有退休的时候，要为共产主义事业奋斗一辈子的！”听了这位老共产党员的声音，你怎么能不动心呢？

匠心

——记电力工程师郭跃东

张春峰

郭跃东

鸡蛋，从外打破，是食物；从内打破，是生命。

人生，从外打破，是压力；从内打破，是成长。

——郭跃东

南阳供电公司变电检修中心行政楼二楼，有一处轩朗的工作室。室内素白的墙壁上镶嵌着16个人物相框，天花板上水晶灯如星光一样洒照下来，相框里的人物熠熠生辉。这里不同于一般的行政办公室，它是南阳供电公司“劳模创新工作室”。每一个相框里的人物都有着卓然不凡的建树，他们是电力系统的各级劳模。

人生不可能无限拉长，但可以把生命的宽度拓展到极致，让精神永恒。

迎门一个相框里，是一位中年男子，浓眉大眼，国字型脸庞上透着坚毅和自信，他叫郭跃东。从一名战士到工人，从普通工人到中原大工匠、高级工程师、全国劳模、五一劳动奖章获得者，郭跃东不停地拓展着自己生命的宽度，让平凡成为卓越，让汗水闪耀辉煌，留下了一串坚实的脚印……

军人素养铸就事业之基

所有的坚持，都来自内心真正的喜欢；所有的成功，都来自锲而不舍的坚持。坚持和喜欢，源自对某种事物的热爱。热爱是成功的动力。

郭跃东1971年出生，家就在南阳近郊。郭跃东上小学的时候，对死记硬背的语文课没有兴趣，偏爱动脑筋演算数理。小小年纪的他，就能把手里的电动飞机、小火车等玩具拆了装，装了又拆，乐此不疲。再长大一点，那些玩意儿已不能满足他的好奇心，他那一双灵动的大眼开始瞄上家中的家用电器，趁父母亲不在的时候，他就把桌上的钟表、电风扇都给拆解了。这些东西对他来说有些复杂，拆开容易，再组装起来却难度不小。有一回，他把电风扇拆得七零八落散了一地，眼看母亲就要下班到家，却一时难以恢复原貌，急得头上冒汗。正当这时，母亲跨进了屋门，一眼看见被他肢解的电风扇，顿时火冒三丈，大声训斥道："败家子！你拆了小的拆大的，就等上房子揭瓦了！父母省吃俭用买件像样东西，都叫你给毁了！""我哪儿毁了，我是嫌它声音大，想看看它是咋转的。""你还犟嘴！咋转的？我教你看看是咋转的！"母亲的巴掌啪啪地落在了他的屁股上。"大热天，好端端的风扇叫你弄成了废物，嫌声音大，啥风没有声音！"从来没对他动过手的母亲破天荒狠揍了他一顿。20世纪七八十年代，老百姓的物质生活水平还很低，家用电器短缺，一台风扇的价钱对于普通家庭来说是一笔不菲的开支。小跃东眼里噙着委屈的泪水，他梗着脖子蹲下身来，凭着记忆把地上四散的零件一个一个往上拼对，不多时，风扇恢复了原貌。他从地上一跃而起，插上电源，按动开关，扇叶儿嗡嗡嗡旋转起来。小跃东笑了。他把风扇朝向母亲，清凉的风儿吹拂起母亲耳旁的乱发，母亲脸上顿时云开日出，绽放出欣喜的红光。她一把将儿子拉进怀里，抚了抚他的小屁股，不无歉疚地说："这台风扇花我一个月的工资哩，真怕你给弄坏了，没想到你有这样的记性，长大了还真能成个技术员！"

随着年龄的增长，他成了家里的维修员，但凡自家或街坊邻居家中的收音机、时钟、自行车之类坏了，母亲就喊他来看看是啥问题，他也乐滋滋地去找出毛病，解决问题。一来二去，他修理东西越来越熟练，成了附近赫赫有名的“小专家”。

因为父母都在电力系统上班，郭跃东慢慢也对电力系统产生了向往，1988 年，他如愿被电力技工学校录取，学习变电运检专业。在知识的海洋中，他不知疲倦地尽情吸纳着书中的营养。他有着层出不穷的好奇和疑问，从书本到课堂，从老师到同学，他不停地求教着，思考着，不把问题一一弄清，决不罢休。同学们笑他“轴”，老师却很得意有他这样一个学生。

1990 年，郭跃东从学校毕业了，二十岁的他意气风发、踌躇满志，胸怀拳拳爱国之心，响应国家号召，去部队服兵役。没有远离过家乡的他，毅然踏上了从军之路。

从学校到部队，这是他人生路上的一次跨越，正是这段军营生活奠定了他事业的基础。

机遇只垂青有准备的人。郭跃东当的是炮兵，入伍后被分配到了某军械修理所。少时浓厚的机电兴趣，两年的机电专业知识学习，使他如愿以偿地当上了军械维修兵。军械修理、机电修理，这辈子注定与电力机械维修杠上了。

在军械修理班，他十分庆幸自己遇上了一位技能出众的好班长。面对各种枪支、大炮，掌握其性能，检查出毛病予以维修，并不是简单的事情。一天晚上十点钟，他们班突然接到命令，要连夜校正好 300 支枪的准星。一班六个人立即走进高大的军械库，面对一排排不同种类的手枪、步枪、冲锋枪、半自动步枪、轻机枪，他这个新兵一边学一边看，一边拿出笔记本记下每一种枪的机构连接方法和操作动作。他发现班长不管校正什么样的枪，根本不用子弹试，就准确无误地校准了，而有的士兵用完十发子弹来调试也未能校正好一把枪的准星。一夜过去，班长一个人就校正了100多把枪，让他十分钦佩。更令人叹为观止的是，班长能盲装各类枪支。将各种枪支的零部件混合起来，摆上一大堆，班长被蒙上眼睛，只见他摸起一个部件装到一种枪上，摸起一个部件装到另一支枪上，一件一件地往不同的枪支上装，竟然没有一次失误或犹疑，一堆鸡零狗碎的枪支部件，被他瞎摸组装出一支支不同类型的枪来，简直魔幻一般。郭跃东看傻了，这比他小时候拆装一台电风扇不知繁杂了多少倍。自己什么时候也能变成这样，怎样才能变成这样？他心潮涌动，像小溪奔临大海，眼前呈现出一派无有际涯的壮阔波澜，要做一个大工匠成就一番事业的勃然之气顿时充满胸膛。

勤奋是必然之路。从此郭跃东怀里揣上了一个黄皮小笔记本，查资料、扒书本，遇到问题弄不懂就去问班长，笔记本上记满了各种枪支、大炮的结构数据，操作维修技能和理论知识。班长对这个勤勉好学且为人真诚的战士十分赞赏，遇到难题总会带上他一起去处理。在一次模拟演习中，炮长指出有一门炮不在状态。班长说："郭跃东，你跟我去看看。"他随班长来到发射现场。他们走到这门炮前，班长一声不吭，绕着炮身走了一圈；他跟在后面，随着走了一圈。班长说："有答案了。"郭跃东听了，一脸茫然。班长说："如果你还没有找到答案，你继续找。"班长说完转身走了。郭跃东望着茫茫沙场，一脸迷茫，风儿掠过他饱满的额头，他眉宇紧锁，班长为啥转了一圈就有了答案？他转这一圈看到了什么？也没见他的目光在哪个地方停留可就有了答案，就这么轻描淡写地撂下一句话走了。难道问题简单得不用找就撞上了眼球？寥远处，班长的身影在广漠的黄沙中渐行渐远……那就是自己的楷模。郭跃东收回目光，看着班长留下的脚印，他也开始绕着大炮转起圈来。他的眼睛在炮身上巡睃，转了一圈又一圈，不见端倪。他查看得越来越仔细，每转一圈，排除一个疑点，一个一个疑点细察，不放过任何蛛丝马迹，足足转了40分钟，终于在一个地方停住了脚步。他对炮长说："我感觉是水准仪出了问题。"按照他的判断更换了水准仪，炮的状态果然恢复了正常。郭跃东顿时豁然开朗，正可谓"踏遍铁鞋无觅处，得来全不费功夫"，然而没有踏破铁鞋的寻寻觅觅，何以能有信手拈来的从容。班长以洒脱的一圈把他带进迷阵，让他在这里一圈一圈地转，是对他术业精进的启悟，足够他回味一生。郭跃东能够独立解决难题了，一连几天他春风满面，浑身焕发出勃勃朝气。

1991年年初的一天，班长找到郭跃东："郭跃东，你平时只知道埋头干工作，有没有啥想法?"郭跃东一脸不解地笑望着班长。班长说："你想不想向组织靠拢，争取入党?""当然想了!"郭跃东毫不犹豫地回答。他很快就写了入党申请书。

部队是淬炼人意志的大熔炉，在这里，郭跃东的体魄得到了锤炼，心智受到了启迪。两年零十个月的时间，郭跃东从一名新兵逐步成长为一个带兵的班长，并荣获"优秀士兵"称号，成了一名共产党员。

用青春浇灌梦想之花

梦想是照亮人生路途的璀璨明灯。不管前方的路有多么遥远和险峻，只要有梦想在，前行的步履就一定坚实有力。

1992 年 12 月，郭跃东服役结束，光荣退伍，分配到了南阳地区电业局变电检修中心，正是他所喜欢的机电维修专业。得到这个消息，战友们跟他一起分享喜悦。临别前，平时不喝酒的他与战友们一场豪饮，喝得热血沸腾，微醺中他大声唱起了《电力工人之歌》——

似雄鹰　搏击在天空，
似织女　编织着光明，
我们是普通的电力工人，
挥洒着汗水，无上光荣。
暴风雨是我的伙伴，
烈日严冬，有我的身影，
风风雨雨我无所奢求，
只为人们把光明奉送。
……

郭跃东回到了南阳。去工作单位报到前，朴实无华的父母把人生积攒的工作经验一一告诉给儿子，叮嘱他工作中，要嘴勤，懂礼貌，尊重领导、师傅和同事；要腿勤，多干力所能及的活；要多思，工作上的事多琢磨，不懂就问……面对父母语重心长的叮咛，郭跃东的眼睛湿润了。此时的郭跃东再不是那个拆电风扇的孩子了，经受了部队的陶冶，他已心智成熟，以维修各种枪炮的技能来承接变电站的维修，他自信一定能干好这份工作。

郭跃东上班的第一天，师傅递给他一本《安全工作规程》，郑重地说："好好学学。"他接过小本子，一天时间就翻了个遍，第二天就着急找师傅要活儿干。师傅看了郭跃东一眼，语重心长地说："咱们从事的电力工作，是个高危行业，俗称'电老虎'，安全生产马虎不得。你不要轻看这小小的一本书，书里的内容一定要牢牢记在心中，每个细节都不容马虎，里面写的每一条工作规程记牢了，就不会出事。"他腼腆地点了点头。师傅又说："我问你，如果工友在两米多高的电线杆上干活，你突然看见他想把手里的工具板子往下扔，你的第一反应是什么？""嗨！"郭跃东仰头吼了一声。师傅笑了："你小子行！这我就放心啦！发现违规操作，先大吼一声，将他镇住，然后再批评他。"师傅又给他看了一些因违规操作造成的工伤事故，那都是血的教训。郭跃东内心受到震撼，知道从事电力工作，首先要守住安全这根红线。

这个变电检修中心被称作南阳电力系统的"120"，承担着南阳辖区内数十座变电站的维护工作，只有确保变电站设备的正常运转，才能将电厂生产的电能源源不断地输送到千家万户。

郭跃东所在的班组，主要是对南阳市区内的变电站设备进行定期维护和检修，责任重大，专业性强。走进变电站的郭跃东，看到工作现场经验丰富的师傅们，说着一句句专业术语，进行着熟练的操作，还是生手的他只有羡慕的份儿。他猛然发现，书本上的知识跟实际操作相差得太远了，变电站里的变压器和军械库里的枪炮更是两码事。

他竟成了个一窍不通的门外汉。变电站的电力设备太多了，有超大的各种形状的变压器、成排矗立的配电柜，还有好多他叫不上名称的各种设备。他有些发怵。一位老师傅好像看出了他的心思，拍着他肩膀说，变电检修学问大着呢，要想干出点名堂来，必须下功夫钻进去。是，钻进去！郭跃东想起在部队时班长带他绕着大炮转圈的情景。他从斜挎在肩头的绿帆布包里掏出了本和笔，开始跟在师傅后面熟悉各种变电设备的名称及作用，一边看一边记一边问……

郭跃东在变电站里一刻不停地走着看着，他抬头上望，天高云淡，林林构架之上一道道高压线凌空纵横交织，经由变压器输出的电流通过这一根根高压线路将电力输送进千家万户，供应照明、制冷制热、科技网络、农业机械、工业动力……电力是工业的翅膀。郭跃东目光穿越蛛网般的高压线，望着上面翔飞的鸟儿，心境无限开阔起来。

变电检修，在于保障电力的正常运行供应，必须定期进行。这种工作一年四季无论严寒酷暑都在室外操作，维修时爬高就低，折腰屈臂，有时要跪膝马爬侍候这些铁冷的电老虎。但这些对于历经沙场练兵的郭跃东来说，算不了什么。郭跃东凭着自己的韧性和勤奋很快就进入了状态，用老师傅的话说，“钻进去了”。

1995年，110千伏内乡变电站断路器、隔离开关等设备定期大修，时间紧任务重，班长根据工作计划将人员分成几个作业小组，每个作业小组承担不同的工作任务。班长第一次把比较核心难干的工作分配给了郭跃东。他心里虽然紧张，可嘴上没有说什么。他暗暗给自己鼓劲，怕什么，既然班长把这么重的任务交给自己，就说明在班长眼里，自己已具备了这样的能力。班长是一名老共产党员，他的胸前总佩戴着一枚鲜红的党徽。望着班长鼓励的眼神，郭跃东从心底升起一股力量，他攥了攥拳头，愉快地接受了任务。

工作紧张，气氛严肃，工作繁忙而有序地进行着。中午，忙碌了大半天的工友们吃过午饭都在树荫下休息，郭跃东却一个人围着设备转圈，细心观察。有些问题不太确定，他就在笔记本上画下来，找师傅请教。晚上下班后，他把一天干的工作说给师傅们听，让他们给自己把关。在变电站设备检修的时候，经常会有些零部件需要维修或更换，作为技术人员，就要针对需要维修或更换的部件，通过查找厂家、图号来确认备件。这些图号都是由数字、字母和小数点组成，一次在查找图号时，他错写了小数点的位置，师傅发现后指着图号说："可别小看这个小数点，如果位置标错，厂家发来的备件就可能用不成，小则造成材料浪费，弄不好还会酿成大事故……"师傅的话对郭跃东触动很大。在检修过程中，郭跃东心无旁骛，紧绷检修这根弦，他心里想：这第一炮，要是崩瞎了，那可丢人！经过一周勤勤谨谨、一丝不苟的努力，最终顺利完成了这次检修任务。

他的身体瘦了，皮肤晒黑了，双手粗糙了，而内心充实起来。不负青春韶华，这正是他所想要的一种人生状态。郭跃东在他工作的平台上开始左右腾挪，迅速成长起来。

匠心独运

一个人、一支笔、一个笔记本、一个试验台、一套工具，便构成郭跃东的创新"小世界"。创新是郭跃东头脑中永不衰减的兴奋波，时而如涓涓细流，时而如奔涌的江河，永不枯竭。

变压器主体新旧更换是维修中的一项大工程。按照常规的工作思路和传统方法，“旧主变”拆除时需要先把本体内的变压器油排空，然后拆除变压器相关附件，再退出本体。“新主变”安装时，先将“主变”本体就位，然后吊装变压器相关附件，再注油试验。一台变压器重四五十吨，从地面移上水泥基座，需由“大件”公司来移换。新旧变更一次一般需要15~20天，如遇阴雨天气，那就不知要多长时间了。2009年，地处南阳市核心区域的一所110千伏变电站的“1号主变”因容量小需要进行更换。时值暑气渐盛的6月，千家万户的空调已在吹送清爽的风儿，更换变压器造成的停电则会给人们生活带来极大不便。怎样才能缩短这种新与旧变更过程的工时，这是郭跃东很长时间以来一直琢磨的问题。早在4月，他们班组制订出的施工方案打紧算所需时间15天。上报后，领导说，不行！时间太长。

郭跃东一人来到变电站，他绕着“1号主变”转了一圈又一圈，然后弓腰塌背开始测量，主体与空间、不同方位不同点位，反反复复测，一边测一边记一边计算，笔记本上记满了密密麻麻的数字。6月天，骄阳下，他头上戴着安全帽，穿着蓝色的长袖工作服，一待就是一天，衣服都溻出了汗渍。十多天时间，他食不甘味，夜不成寐，经过反复思考和科学分析，直到连同新旧“主变”进退换移过程中的路线空间尺寸，都一一计算精确后，郭跃东向工友们拿出了他的变压器主体整体更换新方案。大家对方案进行了认真而热烈的讨论，一致认为方案设计精细严谨，十分可行。工友们一下子兴奋起来，他们在站内选择一处合适位置作为组装区，将新“主变”在组装区内完成所有附件的吊装、抽真空、注油及相关的油务、电气试验工作。这样新

"主变"在组装区就已经具备运行条件，这时再申请旧"主变"停运，将旧"主变"整体退出至旧设备存放区，随即把新"主变"整体就位。在郭跃东的统筹安排下，大家认识到位、齐心协力，一鼓作气，仅用 16 小时就完成一台 110 千伏"主变"的更换工作，刷新了国内"主变"更换的纪录，有效减少了设备的停电时间，累计减少电量损失 500 万千瓦时，确保电网安全稳定运行，受到了省公司领导的高度好评。这种方法在此后的变压器更换工作中得到广泛采用，工作效率成倍提高。之后，经过提炼总结，形成了"一种电力系统的主变更换方法"创新项目，荣获省电力公司 2013 年班组创新促节约劳动竞赛一等奖。

从 2010 年开始，单位加强对职工创新能力的培养，对基层员工进行了专利知识培训。在公司和工区领导的指导和帮助下，郭跃东根据自己在工作中总结出的创新技术，申报了第一项专利，没想到很快通过了国家专利部门授权。从此，他一发不可收，以平均每月申报两个专利的速度，迅速将自己的创新成果、发明创造进行了完善和总结。可以说，正是他平时的刻苦钻研、勤学苦练，才一步步铺就了通向成功的阶梯。

创新的目的在于应用，只有结合工作实际，才能让科研成果转化为最大功效。LW6-220H 型断路器配 CY 液压机构，由于产品自身设计原因，每当遇到油泵故障需要检修时，都必须将断路器停电后才能进行检修工作。更换一只油泵约需 10 分钟时间，而停、送电操作及采取安保措施则需要约 60 分钟，如需"主变"或母线停电，则需要更长时间，停、送电操作过程也存在一定风险。为了避免操作风险且能够带电更换油泵，根据设备结构原理，郭跃东经过反复推敲、试验，研制出一种高压断路器带电更换油泵装置。该装置投入使用后，不停电即可处理液压机构油泵故障，有效规避了操作风险，提高了电网和设备的安全系数。

在同事的眼中，郭跃东发明的东西总是能够及时解决他们最实际的问题，因此，遇到难题，都喜欢向他求助。同是全国五一劳动奖章获得者的孙更也十分佩服郭跃东，他说："每次看到郭跃东的发明或者解决问题的方法后，我们都会恍然大悟，原来这么简单。他总是那个捅破窗户纸的人，为什么我们就没有这个慧根!"

成才的道路从来没有捷径。在郭跃东的办公桌上，有厚厚的一摞设备检修记录本，详细记录了重要设备的检修过程、数据，有的甚至画下图表以备今后进行研究。聚沙成塔，集腋成裘，点滴的积累使一名普通工人爆发出无穷的能量。

有人评价他说，郭跃东将传统的检修工作变成了"智慧工厂"。除了创新发明，长期一线工作的锤炼，让郭跃东对变电检修工作有了更深的思考。"随着电网的快速发展，变电设备迅速升级换代。要想在新形势下做好本职工作，必须改变传统的工作思路，要更多在日常工作中加入管理创新的元素。"郭跃东如是说。

在日常工作中加入管理创新的元素，他早有成功案例：2013 年 10 月，他提出了 110 千伏变电站集中检修新模式。这是对以往常规集中检修工作的创新和延伸，即前期做好方案和物资、人员准备，强化部门协同，将原来分段检修转变为"整站整线"全停集中检修，这样就可以在仅增加五六个人员的情况下，将原来一个月的检修时间缩短为一个星期。他的这一想法和国家电网公司当时提倡"七分准备，三分现场"的检修工作理念不谋而合。

截至目前，他申报的107项国家专利全部得到受理，90项已转化成科技成果，在生产中得到推广应用；他在《电工技术》《电气应用》《电世界》等核心期刊发表论文67篇。积极组织设备隐患分析，通过技术革新消除设备安全隐患，12项典型经验分别入选河南省电力公司及国家电网公司典型经验库。另外，开关柜触指压力检测装置等群创项目已在实际工作中得到应用。

同时他还主持完成了《南阳供电公司变电检修规程》《南阳电力调控规程》《220千伏隔离开关检修标准化作业指导书》《220千伏隔离开关大修施工方案》《220千伏变电站集中检修工程总体策划书》的编写和初审工作，规范了检修流程和工艺标准。其中《高压开关柜作业流程优化管理》《基于智能站按电压等级全停的检修新模式》分别荣获2014年度、2016年度南阳市企业管理现代化成果一等奖。

他善于总结，不断创新工作方法，能够根据设备原理积极开展技术改造和创新。郭跃东认为，创新不只是高精尖，基层工作中也有很多创新点，只有技能娴熟才能发现问题，才能创新。

郭跃东在工作中理论联系实际，灵活运用自己所学到的知识，加上自己敏锐的职业嗅觉，他越来越游刃有余。2016年10月的一天，郭跃东在设备巡检时，发现一台220千伏断路器合闸弹簧的压缩位置不准确。当他把这个问题提出来时，有同事说："不可能吧！这台断路器已经正常运行八年了，何况它的弹簧指示针也在正常范围以内！"可郭跃东凭着自己的判断认为，八年没出问题只是侥幸，虽然眼下暂无大碍，但如果不及时查明原因，尽早排除，极有可能产生连锁反应直至设备损坏。他坚持让大家赶紧排查同类型的断路器，排除隐患。

接下来，工友们在排查过程中，又发现了几台情况相似的断路器。

大伙认为，既然几台情况相似，且都在正常运行中，这老郭是多虑了！好好的设备运行了七八年都没事，要有问题不早就有了吗？大家都不以为然。可三天后，情况真的出现了。一台同型号的断路器储能电机在合闸过程中，开始出现拒合现象，也就是电机送不了电了。这下大家都慌了神，到底是哪儿出了问题？

郭跃东更是不休不眠，抽丝剥茧刨根寻底，终于查出是因衬垫变形，衬杆位移所致，属于生产厂商选材、设计和安装工艺不良之类的"家族性"缺陷。郭跃东立即联系设备生产厂家，希望他们给出一个说法。但是当电话打过去的时候，厂家态度非常强硬："作为电力和自动化技术的全球领导厂商，我们在中国参与了众多国家重点项目建设，多年来没有发生过一例此类现象，您反映的问题我们已经记录，会尽快向技术部门反馈。"这家世界级知名企业过于自信。而郭跃东对于自己的研究判断同样也很坚持，毫不退让，据理力争，几番交涉，对方终于答应派技术专家前来查验。

郭跃东面对厂方派来的电气设备制造技术专家雷林，缓缓打开手里的笔记本，指点着满页的相关数据和理论依据，不急不躁地说："我们搞维修就像医生治病，针对的是病症，而不是一个人的身份。任何企业都不可能尽善尽美，如果没人指出你们这个工艺上的缺陷，你们就有可能一直深陷在自己的思维局限里，固执和僵化有可能拖垮一个品牌。"

雷林听着郭跃东的话，脸上的凌人之气消散了，眼里透出了温和的光。他伸手拿过这个已磨毛了边的旧笔记本，慢慢翻看，良久，他抬起头看着郭跃东肃然说道："没想到这是一个隐藏很深的事故隐患，这个隐患有一个长期积累，层层叠加以至于连锁反应的过程，发现它很不容易，发现它的人更是了不起。我们公司也因此排除了一个巨大的工艺缺陷!”他放下笔记本，双手握住郭跃东的手，激动而敬重地说：“我从你身上看到了一种可贵的工匠精神。谢谢您，谢谢您啊！我们会尽快为你们更换该类型断路器的相关零件。”

郭跃东深深认识到要想成为一名优秀的变电检修工，需要不断拓展自己的知识，不仅熟悉本专业的知识，同时还要浏览大量的关涉本专业的其他理论和技术书籍，做到知识的融会贯通，开阔视野，才能更好地解决检修中遇到的难题。

2015 年，在 110 千伏黄台岗变电站巡视设备时，郭跃东从 10 千伏封闭开关柜的下部观察窗仔细察看，发现该 10 千伏电压互感器零序 PT 附近地面上有一些黑色胶状物。职业的敏感提示他，干式 PT 有胶状物流出，说明 PT 一定有严重缺陷，不能再继续运行了。他马上向主管领导进行汇报，随后调度下令将台 10 东表退出运行。

检修试验人员对该 PT 进行了检查试验，发现零序 PT 内部绝缘已损坏，耐压试验通不过。现场技术人员分析，该零序 PT 在 10 千伏系统正常运行时不承受电压，但当系统发生接地故障时，承担较高电压，由于绝缘损坏，势必会导致故障扩大，诱发更严重的事故。郭跃东的明察秋毫，使得这起重大设备隐患得以及时发现和消除。

变电难题的“终结者”

提到“终结者”，人们会想到美国著名影星阿诺·施瓦辛格在好莱坞电影中饰演的未来战士 T-800，他高大、威猛，能够战胜一切。

工作了多年的郭跃东，也得到了这样的美誉。在许多人心中，他是一个变电难题的“终结者”。大家说别看他个头不高、温和内敛，但只要工作难题到了他那里，他就会爆发出超人的能量，给出满意的解决方案。变电检修室主管张亚涛说：“只要有跃东在现场，再复杂的检修任务也不用担心。”

多年来，他不断地学习和实践，凭借一双长期练就的火眼金睛，先后发现并解决了隔离开关拉杆方向节异常、断路器液压弹簧机构等重大安全隐患，解决了检修与安装调试过程中关键性的操作技术和工艺难题。2009 年，他任国网南阳供电公司变电安装公司变电一次检修技术兼变电检修管理技术专责。他说：“作为一名专责，现场作业人员在工作现场中遇到问题，首先要反映到我这里来。如果我不解决，只是向上反映，那我不过是个‘传声筒’而已。”

不当“传声筒”，志在当一个难题的“终结者”。然而“终结者”得有真本事。“认真做事只能把事情做对，用心做事才能把事情做好”，这是郭跃东的座右铭，更是一种工匠精神。

每当春夏之交，都是用电高峰到来之时，这一时段的检修任务就格外繁重。2008 年 5 月，唐河 110 千伏黑龙镇变电站在安装调试过程中，由于 10 千伏断路器的特性指标不合格，经现场指导安装的厂家技术人员鉴定已经无法调试，须返厂换货。这样就会延长停电时间，给百姓生活带来不便。正巧，郭跃东从别的站干完活回来，看见大家停止了工作，他赶忙上前询问，问明原因后，他立即去看设备里面的配置，仔细观察反复操作后，他说：“应该没有啥大问题！”工友们一听都围了过来。经过反复几次的实验，最后只是调整了一个弹簧拉紧力，再测试就合格了。此举为厂家挽回了经济损失，更重要的是节省了设备返厂再拉回的时间，确保能如期供电。

郭跃东凭借扎实的技术功底，在现场解决了安装调试过程中一个个技术难题，仅用了5天时间就完成了包括110千伏3台断路器、2组避雷器、35千伏一台站用变及PT更换和15台10千伏断路器的无油化改造工作，为如期送电赢得了时间。这项工程被河南立新监理公司评为“南阳市城网改造优质样板工程”。

为了尽可能在工作时减少对用户的影响，郭跃东和同事们需要经常连轴加班，争取最短时间内更换或维修设备。不管是深更半夜还是恶劣天气，他总是随叫随到，最忙碌的时候，他一周处理过4个“零点工程”，而且白天还要研究图纸、准备工料。在郭跃东的影响下，他带领的团队练就了优良的作风和精湛的技术，多次完成紧急抢修和重大保电工作任务，在2012年第七届全国农民运动会保电中，创造了变电设备“零故障”的佳绩。

在维修工作中，变压器的潜油泵更换是一项艰难的劳作。常态下，一个潜油泵运行8~10年就会老化、渗油，需要拆下来修好后再装上。每次检修，现场五六个人挤在仅有1.2平方米的狭小空间里，用手托举着300多斤的潜油泵，松下螺丝将其卸下、装上，沾满油污的手托着没有棱角的潜油泵既光且滑，时时让人感到有滑脱伤人的危险。郭跃东一直在想怎样来改善这种作业条件。有一天，郭跃东在路上遇见一辆抛锚的大卡车，司机一脸汗水地从车下爬出来，用一个千斤顶支起了车后轮子。郭跃东的眼蓦然一亮，有了！就是它！他兴奋地回到班上，给工友们卖了一个关子：“咱只知道埋头干活，一台变压器七八个潜油泵，拆下来装上去，又沉又不安全，你们想想有没有啥办法，解放一下劳动力？”一位工友笑道：“你要没办法，我们都没办法。”

另一个工友说："我们一年到头都是这样干的，要有啥好办法，早有人想出来了。"郭跃东脸上绽出一抹得意的笑，接着就讲了自己看到千斤顶支起大卡车所受到的启发。大伙听了，不以为然，觉得说着容易，不一定行，如果行，早就会有这种工具了。

郭跃东没再说什么，他开始独自打造这个特殊工具。他在现场先测量出精确的数据，然后找来一根粗钢管、两块钢板，到外面找人家给上下焊接上，这工具就成了。工友们试着一用，果然不错，原来五六个人干的活，用上这个台架，两个人便可以操作了，省人省力。但是，郭跃东觉得还存在缺陷，中间一根柱，不稳。他又进一步改良，给四角焊上四根钢柱。就这样，一种稳固助力的"变压器潜油泵检修台"诞生了，从此终结了工友们在维修潜油泵时的繁重作业。

2018 年夏天的一个下午，郭跃东正在市内一处变电站检修变压器，突然接到主任的电话："跃东，这边一台 220 千伏断路器开关出了问题，你赶紧过来瞅瞅，到底是咋回事。好几个班长陆陆续续去了十几趟，断路器上的一个漏气问题就是解决不了，耽误时间长，开关停运，影响可就大了。""好的，我马上就去。"

这个 20 世纪 70 年代建的大型变电站，坐落在城郊一处荒秃的山坳里。两栋红砖小楼的墙体上仍隐约可见"备战备荒为人民"的宋体大字。一片高层构架电网在日头下闪着刺眼的光，机器的嗡鸣声在燥热的空气中震颤。

郭跃东头上冒着汗珠匆匆赶到这里。他走进现场，只见七八个人正围着一组断路器，七嘴八舌议论着，有人还在弓着腰查看里面的管路。断路器是切断和接通负荷电路，以及切断故障电路，保证安全运行的关键设备。大家见他来了，立即闪到了一边，正在检查的两个技术人员也直起了身子。

“已经找这么长时间了，还是查不出漏气原因。”一位技术人员拽起衣袖拭了一下脸上的汗看着郭跃东说。“已经换三根高压空气管了，换了也不行。”另一位也很无奈地说。其他人也说：“几个班长都来检查好几遍了。”“叫厂家过来换断路器吧！”

管生产的副主任说：“既然跃东来了，快叫他看看再说。”

郭跃东一脸温和地问：“现在啥情况？”

“啥情况，找不出问题。”副主任说。

郭跃东走到断路器前，瞄了一眼问：“这些丝扣地方都检查过了？”

“用肥皂泡都抹了好几遍了，不漏气。”

这一刻，郭跃东已经清楚地判断出了问题的所在。他对旁边的人说：“你去找些保鲜膜来。”那人瞪大了眼睛：“你要保鲜膜弄啥？”“一会儿你们就知道了。”大家听着都是一脸的迷惑。

保鲜膜找来了。大伙像是观看魔术表演似的，一双双眼睛紧盯在郭跃东的举动上。郭跃东不慌不忙把一张保鲜膜包扎在了注油孔上。现场再没人吭声。几分钟过去，包裹在注油孔上的保险膜鼓了起来，膨胀成了一个透亮的气球。

“咦！气咋能从注油孔里冒出来哩？”

“这思路，不知是哪儿跟哪儿绕上了！”

“他脑子里的办法真多！咋想到的？”

“郭工，快给大伙讲讲！”

原来，是单向阀里面的阀口上密封垫出了问题。那上面有个比针鼻还小的小黑点，气就是从那儿出来的。换了片密封垫，困扰了大家两个多月的难题一下子就解决了。

工友们说，一块保鲜膜竟然找到了漏气的部位，咱一大群人想了俩月多咋就想不到呢?

郭跃东腼腆地笑笑："因为我平时喜欢查查资料，碰到新设备，就去想它的构造原理，积累多了，就知道这样弄。"

是的，每当安装一件新设备，郭跃东都把每一个部件用手机拍照下来，在笔记本里记述下它的内部结构，对每一台设备的内部结构及原理都要弄个一清二楚。在郭跃东眼里，对于每一台设备，犹如庖丁解牛，一眼就能洞穿它的天然肌理，自然也就游刃有余了。

润物无声

作为一名高级技师和国网河南省电力公司的优秀技能专家，郭跃东常常主动承担新入职员工师带徒的任务。他在传业授技中，尤为注重现场培训和理论知识相结合。

在现场作业中，老师傅们一般都是叮嘱新员工：对线夹的螺栓一定要拧紧啊！但要拧多紧才算合适，老师傅们并没有明确答案。郭跃东的一番话给了新员工们很大启发，"螺栓拧得过紧，容易导致线夹接触面产生形变，受热胀冷缩等因素影响，导体接触面反而会发热，因此螺栓并不是拧得越紧越好，而是要根据螺栓的型号和材质，按照规定的力矩拧紧就可以了"。郭跃东传授的就是一个如何掌控操作"度"的基本原理。

他的徒弟吴海波，在国网河南省电力公司变电检修技能竞赛中获得了全省第一名。这位年轻人激动地说："在技能竞赛前夕，我有一个问题始终没有弄透彻。当时已经晚上 12 点多了，师父二话没说，一直画图、写公式为我细细讲解，在办公室给我指导到快天亮……"

已成为检修班长的李小乐说："我从上班第一天就跟着郭师傅，师父从来没有批评过我。我问师父问题的时候，他从来不会直接给你答案，只是模糊地说个大概，然后告诉你，这个问题在某某书里，那个问题在某某材料里，你去查查。起初，我以为是师父自己不敢确定才叫我去查的，后来才慢慢发现，其实答案早已清清楚楚在他脑子里装着，他故意不说，教我们自己去查、去读，为的是让我们加深对理论知识的理解。师父传递给我们最宝贵的是他的工匠精神。"

2014 年 9 月~12 月，郭跃东作为兼职培训师受聘于国家电网公司技术学院为新入职员工授课，他以丰富的实践经验和高超的理论水平以及对故障分析的独到见解赢得了新员工及学院专（兼）职培训师的一致好评，所带学员有 102 人分别在专业比赛中获得一、二、三等奖。郭跃东也因此获得国网技术学院"优秀兼职培训师"荣誉称号。至今郭跃东在系统内外已培训学员达 1 万余人次，手把手培养的徒弟中已有 30 多人分别取得变电检修高级工、技师、高级技师资格证书。

郭跃东是懂得感恩的，他说："作为一名一线工人能够获得全国劳模这么高的荣誉，离不开企业搭建的平台，离不开领导和同事们的帮助。在我身边，许多老师傅干了一辈子，始终默默无闻，他们甚至付出的比我还多。这个荣誉是属于我们全体变电检修人的，同时我更希望能把自己多年积累的知识和经验传授给年轻人。"作为一名共产党员，他不仅在关键的时候站出来克服困难，而且在从业三十年来，历经近十个岗位，他都以仁和的胸襟向年轻员工传授着自己的技术经验，同时也以其工匠精神潜移默化地影响着他的团队和身边的年轻人。

如今郭跃东两鬓已生华发，面对日益增多的变电新设备，为了减轻同事们的工作强度，他在努力优化检修方案，上班早来晚归，礼拜天也很少休息。同事杨宾说，无论多早走进办公室，第一眼看见的就是郭跃东，他要么是在看书，要么就是趴在桌上在笔记本上勾勾画画。杨宾跟郭跃东开玩笑说："郭主任，咱俩干的都是技术活，天天工作忙得不得了。我看你除了跑现场，就泡在办公室里，礼拜天也坐在这儿，是不是嫂夫人嫌弃你，在家里待不住啊？"郭跃东抬起头憨厚地笑了笑说："不嫌弃，俺跟鲁东是青梅竹马，一起长大哩。""你也一家子人，难道屋里就没个事？难道夫人就不抱怨？"郭跃东笑着摇了下头，没再说什么，他内心对妻子抱有深深的歉意。

妻子鲁东跟郭跃东是小学同学，两小无猜，相知甚深。两人结婚二十多年来，面对郭跃东这种近乎痴迷的工作状态，鲁东真的是从来没有抱怨过。她看着丈夫每天早出晚归，回来后，还在画图纸、查资料，很是心疼，主动承担起家中大部分家务。郭跃东过意不去，总是稍有空闲就抢着做家务。每当这时，妻子就会推开他："这些家务活谁都能干，你干的事别人不一定干得好，去干你的事吧！那比锅碗瓢勺有意义。我多干点家务，权当锻炼锻炼身体。"这个铮铮汉子看着通情达理的妻子，心中充满了温情和感激。

郭跃东深知，作为一个丈夫，他亏欠着对妻子的温存；作为一个父亲，也亏欠着对女儿的父爱。1999 年，女儿过一周岁生日，鲁东欢欢喜喜在饭店定了两桌酒席，请了亲戚朋友，精心准备了生日蛋糕和有象征意义的"抓周"用品，寻思着一定要让女儿隆重地度过这人生的第一个生日。郭跃东也很兴奋，夫妻俩商量着宴席上要订的菜品。

然而，就在女儿生日的前一天晚上，郭跃东从单位回到家，突然告诉鲁东，女儿的生日参加不了啦，县里一所变电站出了故障，明天得下县。鲁东一听，一下子恼怒起来：“你平时上班忙，顾不上家也就算了，女儿周岁，当爸的不到场像啥话！你节假日礼拜天从没歇过，难道就不能请一晌假？”郭跃东说：“我是班长，明知道现场人手不够用，一个顶几个使，我咋好意思请这个假？再说，有些问题解决不了，耽误送电，就为咱中午高兴这一会儿，不知多少家在黑灯瞎火等着哩。”郭跃东说的理鲁东都明白，可心里就是憋气。

郭跃东第二天一大早就走了，直到半夜才回来。他推开屋门，一眼看见妻子在桌旁坐着，桌上盘子里放着一块大蛋糕，温和的灯光照在奶黄的蛋糕上，妻子在等他。郭跃东的眼一热，潮湿了。他走进卧室，只见女儿睡得正香，他俯下身在女儿的小脸蛋上亲了一下。郭跃东回到妻子身旁，妻子起身去给他倒了杯热茶放在桌上。他坐下来，对妻子“嘿嘿”笑了笑，拿起蛋糕咬了一口。忽然电话响了，有个变电站出现突发情况。郭跃东放下手里的蛋糕，端起茶呷了一口，一双大眼怯怯地看着妻子，像犯了过错请求原谅的孩子一样，腼腆地说：“我还得走。”郭跃东心中明白，无论他如何不舍，都不能留下，因为他是一名共产党员，他心中更相信，妻子和女儿会理解他的。

如今，女儿已经长大，走进了大学校门。她像父亲一样，刻苦学习，热爱生活。在郭跃东的身后，永远是妻子牵挂的目光……

三十年，郭跃东一直在路上，风雨兼程，从未退缩。既然选择了远方，就笃定坚守一生。三十年，一个电业人，“值守灯光里的每个夜晚，不论清凉酷暑温暖严寒，手握光明守护万家灯火平安”。三十年，他用毕生所学，躬身在变电检修狭窄的工作空间里，没有轰轰烈烈，螺蛳壳里做道场，但他工作中的“小事”怎么也说不完。一个人不懈地坚守着，彰显新时代共产党人的担当精神。

郭跃东在 2014 年荣获“全国五一劳动奖章”，2015 年荣获“全国劳动模范”殊誉，2018 年晋升为高级工程师。

劳模，不仅意味着一个人作为楷模的荣光，更能折射出一个时代的人文精神与价值取向，造福社会。工匠，不仅意味着一个人所拥有的高超技艺和智慧，更在于这种情感执念有着对事物无尽的完美追求，标举着一种永恒精神。工匠精神是一个行业的魂魄，它蕴含着无限的创造力。他创造着，收获着，破茧羽化，翔飞出亮丽的姿彩。

为爱圆梦

——寻亲英雄肖振宇的大爱情怀

水　兵

肖振宇

亲情是人类生命历程中最温暖最美好的记忆和疼痛。

——题记

序　曲

《等着我》是中央电视台一档大型寻亲栏目，曾经因病痛不能站立的主持人倪萍一句话“为缘寻找，为爱坚守”让多少人潸然泪下。在爱与亲情感染下的演播现场，时常有一位帅气朴实的民警嘉宾，时而含着微笑，时而噙着泪水，时而精彩点评，赢得了当事人和现场观众阵阵掌声。这位中等身材、英俊潇洒的小伙，就是来自医圣故里、月季花城的南阳市公安民警肖振宇。

多年前，一曲《便衣警察》主题曲《少年壮志不言愁》唱响大江南北，曾让无数少年心中升起做警察的梦想。在中国，人民警察几乎是正义的化身，是人民生命财产安全的保护神，更是和平年代打击违法犯罪、维护社会秩序、保护人民平安的一道钢铁长城，被称为英勇奉献、不怕牺牲的真心英雄。

地处豫西南的邓州，更是个充满人文故事和传奇的地方。

“夸父与日逐走……道渴而死。弃其杖，化为邓林。”

传说中的“邓林”就是现在的林扒。林扒镇古时就叫邓林。北宋的范仲淹知邓州，在这块土地上写下了“先天下之忧而忧，后天下之乐而乐”的千古情怀。

新中国成立后，邓县的“引丹工程”陶岔渠首闸，更是南水北调中线工程的前奏。邓县以两千多干部群众的伤亡代价谱写了地方水利史上光辉悲壮的篇章，为2009年国家开工建设南水北调中线工程“渠首”奠定了坚实基础，是“渠首精神”和“移民精神”的发轫。

人民警察肖振宇，就出生在邓州这片具有先忧后乐、献身精神的文化沃土上。

金盾闪光

想要了解一个人，必须从他的生存环境着手。

南阳市公安局先进模范人物事迹展栏中有这样的介绍：肖振宇，男，1979年1月出生，汉族，中共党员，本科学历，2002年5月参加公安工作。二十年来，先后在国保、情报和刑侦部门工作，现为南阳市公安局打拐办一位普通民警。该同志自参加公安工作以来，二十年如一日，始终带着对公安事业的赤胆忠诚和对人民群众的无限热爱，以高度的政治责任感和时代使命感，在平凡的岗位上创造了不平凡的业绩。先后荣立个人三等功四次、个人嘉奖六次，荣获全国公安系统二级英雄模范、全国“最美基层民警”、全国维护妇女儿童合法权益先进个人、河南新时代政法英模、河南省人民满意的政法干警、河南“最美基层民警”、河南省公安机关“中原卫士”、河南好人、南阳市“十佳”政法干警等荣誉称号。

四十三年的生命轨迹，不足三百字的简介，背后却是一名年轻警察宵衣旰食忘我工作的风雨历程和鲜活的人生故事。

肖振宇出生于邓州市林扒镇，祖祖辈辈都是地地道道的农民。

林扒镇位于邓州市西南边缘，紧邻湖北。这里属半丘陵地带，过去土地贫瘠，交通落后，但民风淳朴，人心向善。

20 世纪七八十年代，中国农村刚刚实行家庭联产承包责任制，这个上有老人、下有四个孩子（其中三个女孩）的家庭，劳力缺乏，经济拮据困顿可想而知。父母艰辛的劳动，农民家庭生活的不易给肖振宇的童年打上了深深的烙印。他从小就很懂事听话，学习努力，是十里八乡有名的好学生。初中毕业时他以优异成绩考取邓州一高，又考入河南公安高等专科学校（现河南警察学院），并在校入党。2001 年，全省公安系统首次进行社会招警，肖振宇被录用，成为一名光荣的人民警察。

说起入警前最能影响他人生道路的事，肖振宇肯定地说：有两件事至今难忘。

一件是入党的事。

1998 年 9 月，肖振宇进入河南警察学院治安系 98 级学习，完成由中学生向预备警官角色的转变。刚入学，老师就告诉他们说，警察这个职业是高风险职业，要忠诚于党和人民，要有使命感、责任感，随时可能为党和国家、人民而献身，并鼓励学生入党。可刚入学的大学生，一切都是新鲜好奇的，对党、对警察职业的理解多是来自书本里的文字描写和老师的讲述。肖振宇说：虽然一入学就向党组织递交了入党申请书，但那是没有触及灵魂和生命价值意义拷问的一般性进步追求。

出现思想转折，发自内心地要求入党是在肖振宇认识了他的师兄、烈士沈钦睿以后。

沈钦睿比他高两级，朴实厚道、乐于助人，不但是学习标兵，而且是一名优秀大学生党员、学生干部。肖振宇是在刚入学时的新生接站认识他的。入学的新生初到一个陌生的地方，既好奇又忐忑，多么盼望有一个亲切熟悉的面孔来帮助自己。在师哥师姐们的帮扶中，有个人让肖振宇至今难以忘怀，他就是沈钦睿。

沈钦睿并不高大健壮，可他一人拿着几人的行李，肩上扛着，手里提着，累得满头大汗，还跑前跑后，问寒问暖。美好的印象总是留在脑海中。入学接触交往后，共同的爱好和机缘，使他俩成了无话不谈的好朋友。谁知，沈钦睿快毕业时在郑州金水分局实习期间，参加了一个特殊任务，和另外两名民警在执行一起系列抢劫杀人案排查任务时，与一名持枪歹徒相遇，搏斗中，不幸中弹，英勇牺牲，年仅二十二岁。师兄的牺牲对肖振宇震动很大：一名年轻的党员，一名还没毕业的大学生，为维护社会稳定，保护群众安全，以血肉之躯去面对歹徒罪恶的子弹，这不仅需要奉献精神，更要有“随时准备为党和人民牺牲一切”的党性和觉悟！

“以前总觉得牺牲离我很远，总觉得党员献身事业只是说说而已，遥不可及，可当自己身边的同学突然倒下的那一刻，我才明白，作为一名共产党员，作为公安这特殊的职业，随时都会有事件发生，随时都会有伤残甚至牺牲。”肖振宇回忆着师兄沈钦睿短暂的人生，深有感触地说。那时他就觉得沈钦睿就是他身边的英雄，就是他心目中优秀共产党员的榜样。在沈师兄英模精神的感召和鼓舞下，肖振宇很快以优异成绩和突出表现入了党。那一刻，肖振宇感到了使命和责任。

另一件触动肖振宇心灵的事是入警时父亲沉重的送别。

2002 年 5 月，肖振宇要离家到南阳市公安局报到了。临行的那天，不善表达的老父亲送了一程又一程，脸色凝重。肖振宇一再让父亲不要再送了，可父亲不说话，坚定地要送他到车站。临别时，一向不爱说话的老父亲突然抓着肖振宇的手，含泪对他说了一段话："娃啊，进城不容易，咱庄上人老几辈都看着你呢；去了好好当警察，多为大家办好事。办事时要多想想人家的难处，少甩脸子，谁家都有难事。"

肖振宇说："爹，你放心，这我都知道。"

爹还是不松手，抹着泪笑着说："以后你就是公家的人了，要好好上班，别犯错对不起国家，啊……"

肖振宇握着父亲粗糙干裂的手，流着泪说："爹，你放心，以后要注意身体，照顾好我妈；儿子一定会好好干，干出个样子，不辜负您和庄上人的期望！"

父亲注目他好一会儿不愿离去，直到肖振宇上了车。隔着车窗，肖振宇看着有点佝偻的父亲蹒跚而去，泪水唰一下奔涌而出，热泪啪啪滴在车座上。

"那一刻，我的心都要碎了。"振宇说。现在回想起父亲当时的情态、情景，还想流泪。

父亲就他这一个小儿子，干的又是警察，一个人外出工作，是多么让父亲牵挂的事！在父亲心中，儿子就是自己的命根子，是一切的一切……

2009 年中秋节，父亲病危，接到家人通知的肖振宇，因执行公务而未能回来，错过了见老父亲最后一面。肖振宇回家后，悲恸欲绝，跪在父亲坟上放声大哭。姊妹四人中，就肖振宇一个男孩，父亲对他的爱可想而知，这种永远见不到父亲的伤痛，这种因公不能尽孝的遗憾，深深地刻在他心上，也时刻提醒他牢记父亲的话，用心当好人民警察，多为大家办好事，做群众的守护人、贴心人，对得起亲人和国家。

贫穷的出身和勤劳善良的教育，往往会影响甚至决定着一个人未来的事业和命运。父亲的教诲，好友的舍命，深深地镌刻在肖振宇的心上。他要当一名优秀的警察，做天底下最好的民警，不负这家国情怀，不负这金色盾牌。

一生勤劳吃苦的父亲去世后，母亲是肖振宇最大的牵挂。肖振宇很爱母亲，可因为工作，时常早出晚归，甚或早出不归也成了家常便饭。有时执行任务，一星期甚至半个月都不在家，没有时间照顾母亲是肖振宇最大的心痛和亏欠。可公安工作，一有任务，说走就走。没办法，肖振宇只能让母亲在三个姐姐家轮流住养。俗话说忠孝不能两全，长期的牵挂和离别之苦，是肖振宇心中的痛，但也正是这，坚定了他为千万母亲守护一方平安的决心。

无数个繁忙劳碌之夜，肖振宇成了家里的匆匆过客。

“才回来，又快半夜了吧！小声点，孩子都睡了。吃饭没有?”妻子轻声问道。

“加班。吃过了，盒饭。最近有个大案子，我是专案组的，估计得一段时间，家里有劳你了，以后加班可能是常态，对不住了。”肖振宇小声回答。

“孩子呢?”

“俺们行这几天也在巡查对账，忙得很，孩子跟他外公外婆睡。我也是早出晚归，见的也少。”在银行上班的妻子也含着歉意说。

“忍忍，过一阵就好了。等忙过了这一阵，咱们带孩子们出去玩玩，多陪陪他们。”

深夜回家已是家常便饭，孩子们都睡了，他只能悄悄亲亲他们稚嫩可爱的脸蛋，和妻子说不上几句话，第二天还得早早出征。多少次妻子想说说话而又含泪止住，不忍心耽搁肖振宇难得的睡觉时间。看着他和衣而睡，妻子暗暗落泪，这和不见面分居有啥区别呀！

肖振宇起早走时，看看熟睡中的妻子，想想家里柴米油盐、孩子上学接送、老人需要照顾，银行工作又细致认真，妻子多不容易啊！作为一个男人，家不能照顾，妻子孩子老人不能相伴，可光阴似箭，日月如梭，失去了的再也不能回来，想想这，振宇也是无限感慨。

尤其是自己的老母亲，在几个姐家轮流住，几个月难见一面，一见面母亲就抹眼泪。几个姐姐都说："没事的，振宇，你好好工作，我们会照顾好妈的，你放心。"

可母亲想儿子呀！

因为工作特殊，振宇难得为母亲梳回头、洗回脚。也有亲戚亲友相劝："振宇，都干这么多年了，给领导说说，调个轻松一点的岗位，多照顾一下年迈的母亲和年幼的孩子。'子欲养而亲不待'，时间不等人。孩子们也很快长大了。再晚，失去的就太多了。"

振宇何尝不懂这些。父亲已经走了，母亲也已老迈，还有几年陪伴时间？孩子像树苗一般，呼啦啦就长高长大了。没有父亲陪伴，孩子成长就会有缺陷。可又一想，每一项工作，总得有人做吧，自己不做，别人就会和自己一样，还是自己扛扛吧。

公安是个特殊的职业，他更知道金盾在人们心中的位置，知道群众对公安的期待、希望。自己稍不注意，就会影响警察在人们心中的形象，给党和公安事业带来不好甚至是负面的影响。

肖振宇一步一个脚印地增添着国徽、金盾的光芒，无论在哪个岗位上都兢兢业业，无怨无悔。

在国保部门工作期间，肖振宇经过大量艰苦的工作，搜集整理多条有价值的情报线索，成功化解多起可能造成严重后果的事件。2008年，在一起部督专案中，肖振宇乔装成商人，与穷凶极恶的犯罪嫌疑人面对面较量，冒着不可预知的危险初步查明该团伙的基本情况和主要犯罪事实，准确摸清了主要人员的活动轨迹，并将其抓获，对专案成功告破起到了关键作用。

在2020年的新冠肺炎疫情防控工作中，因南阳和疫情严重地湖北毗邻，他第一时间核查湖北籍人员信息1180条，梳理从武汉返宛人员信息1227条、与确诊病人密切接触人员信息991条，为打赢地方和区间抗疫人民战、总体战做出了突出贡献。2020年3月11日，从境外返回的郑州市民郭某鹏被确诊为新冠肺炎，肖振宇敏感地发现该人乘坐的K267次列车途经南阳市境内的南阳站和邓州站，就第一时间分析比对出该人同车厢密切接触人员45人，并快速上报市有关部门，为防控疫情赢得了宝贵时间。

忠诚担当，冲锋在反恐防恐、维护稳定和抗击疫情等社会和人民最需要的地方。肖振宇身佩国徽、金盾，在这片辽阔的大地上守护着人民，熠熠生辉。

花落深山

“哪里的群众有需要，公安的工作就延伸到哪里。”这是新时代人民公安对人民的承诺。对于肖振宇来说，他要求自己立足岗位，做好本职工作的同时，把零碎时间拼凑起来做更多有意义的事情。

在一次配合同事执行打拐和救助失散人员家庭寻亲任务中，肖振宇深深地被被拐人员的悲苦摧残和无奈无助的煎熬所刺痛，他感到震惊和悲伤：那是一个凄惨得让人悲愤的案例——

20 世纪 80 年代，随着高考制度的恢复，考大学成了无数农村学子实现梦想、走出农村的最好途径。一个山村女孩去省城查高考成绩，在客车上遇到了人贩子。女孩被拐卖到偏僻的乡村几十年，被迫嫁人生女，遭虐待致死。

2016 年秋天，那个人贩子落网，供述了女孩被拐被卖的经过。可当肖振宇和同事们拿着女孩的照片和相关资料一起去大山深处实施解救时，女孩已经死去多年，连坟头也找不到了。

她的闺女也已嫁人。

肖振宇他们又费尽千辛万苦找到她已嫁出去的闺女。

“你妈活着时你咋不好好照顾她?”

“当时小，看爸爸的脸色，不敢。”

“那你就看着妈妈住猪圈，饿死、病死?”

“有时我也给她端饭，时间长了，一有事就忘了。”

“你妈是咋死的?”

“不知道。有一天，天很冷，喊她不应，爸爸就说她死了。”

“死后咋处理的?”

“爸爸把她拉山里埋了。”

…………

听到此处，肖振宇再也听不下去了，扭过脸抹眼泪。

这个案例对肖振宇触动很大：都什么年代了，还有人贩子做着伤天害理的事情！妇女儿童被拐卖，好好的家庭瞬间被拆散，失去亲人之痛害得多少个家庭多年奔波在寻亲路上而家破人亡。人贩子丧尽天良的残酷和野蛮让人愤慨！有机会了我要争取从事打拐工作，为那些失散家庭寻找梦圆之路、团圆之机。

他也多次从中央电视台寻亲栏目《等着我》中看到找人寻人的生死历程，那骨肉相拥的团圆场面又让人难以自控，泪如雨下！

他下决心从事公益寻亲工作，利用现代信息技术和科技手段为全国失散家庭寻亲。

无悔选择

问世间情为何物，直教人生死相许？天底下最痛苦的莫如骨肉分离，生死不见；而让生死重逢，骨肉团圆，乃是天底下最大的善事，最亲的事情。

振宇把搜集来的一个个失散家庭、人员线索和案例记在笔记本上，他要用行动和智慧擦亮佩在身上的金盾国徽，他要用自己的洪荒之力为那些失去骨肉的人寻找亲人，抚平骨肉分离、山水相隔的伤痛。

平时，他的主要工作是上岗值班，尽一个民警应尽的日常职责。但在工作之余、节假日，他的另一个身份便是大家所熟知的“寻亲专家”。短短四年时间，他经手的成功寻亲案例已达 1200 多起。肖振宇因卓越的寻亲成绩成了“河南公益寻亲第一人”。

这令笔者很好奇：肖振宇用什么手法获得如此成功？又是什么让他走上这条潜藏着一定危险的公益寻亲道路呢？

“那要从 2015 年说起。当时我的大儿子上小学一年级。有一天中午，去接孩子迟到了十几分钟。平时，孩子会在约好的位置一直等着。可是那天去接孩子扑了个空。当时正处于放学高峰，整个街面全是人，短短的十分钟，我四处寻找呼喊，脑海里把各种结果都想到了，焦急、无助，甚至绝望，那种煎熬让我永远也无法忘记。后来，在学校附近一家面包店找到了儿子。其实就是孩子饿了自己去买点吃的。当时我就有了一个想法：十分钟我就那么煎熬，那些与亲人离散几十年的人们该是何等煎熬啊！从那个时候起，我就开始关注这个群体了。

“2017 年春，我的女儿出生。在医院陪护期间，我看了一部刘德华主演的片名叫《失孤》的影片，男主角雷泽宽历经十五年寻找丢失儿子的故事更是深深地触动了我，让我对饱尝失子之痛的父亲执着的寻找，有了更加深刻的体会。

“抱着刚刚出生的女儿，我无法想象那些失去挚爱亲人的家庭该是多么的焦急渴盼、悲痛绝望。身为一名父亲、丈夫、儿子，我深深明白家里的每一个成员都是我生命中最重要而不可或缺的一部分；身为一名人民警察，我也太清楚全国每年有多少人因失踪或走失等，与家人离散难以相见。人同此心、心同此念，每每见到那些寻亲者声泪俱下的诉说、失望无助的眼神、踽踽独行的身影，我都忍不住心如刀割。

“从那时起，我就下定决心，利用自己专业的优势，在节假日等业余时间去做公益寻亲。

“况且，为人民服务，是每一个共产党人最根本的信仰。以人民为中心，就是想人民之所想、急人民之所急。人间痛苦，哪件事有失去亲人、骨肉分离的焦急和痛苦更大？

“而当我走近他们，我才更深地体会到这个群体的悲伤：有的孩子被拐失踪，父母为了寻找孩子，从此踏上了漫漫寻子路，一路颠沛流离；有的父母始终摆脱不了失子的阴影，或是选择了离婚，或是精神错乱，有的甚至把生命永远丢在了寻子的路上；有的孩子还没来得及记住母亲的声音和长相，母亲就被骗失踪，幼小无助的孩子在黑暗恐惧的夜里，再也等不到母亲一个温暖的拥抱，严冬酷暑冷热疾病，再也没有了母亲无微不至的关心和守护……”

肖振宇动情地回忆走上业余帮人寻亲之路的心路历程。

自 2017 年起，肖振宇利用业余时间进行公益寻亲，寻亲成了他的第二职业。四年多来，他通过对上亿条数据的研判比对，让 1000 多个家庭实现了团圆梦，成功案例遍及全国 32 个省份以及美国、越南等 10 多个国家，赢得无数赞誉。2020 年 9 月，南阳市公安局设立微警局，并以他的名字命名“肖振宇寻亲工作室”，让他用一名共产党员的使命担当、人民警察的铁肩道义传递警营大爱。

组织的信任与大力支持让肖振宇深感这项工作意义重大，肩上的责任和警徽的分量。

为了全身心投入这项工作，他把八十多岁的老母亲送回老家，把退休的岳父岳母接来帮助照看两个年幼的孩子，把自己的行装放在办公室里，随时准备加班，随时准备出发。一部永远在线的手机，随时接收群众寻亲需求，在寻亲平台上通宵达旦、废寝忘食是他工作的常态……

由于在公益寻亲方面的卓越表现，2021 年 1 月，肖振宇被中宣部、公安部授予全国“最美基层民警”荣誉称号。

肖振宇也因为服务群众尽心尽力，公益寻亲成果显著，被媒体称为“用大爱照亮他人回家的路、播撒人间最美之爱”的“寻亲专家”，成为人们心目中最美的警察、最亮的灯塔。

风雨寻亲

一个有理想追求的人，一旦热爱某种事情和事业，就会全身心地投入，而且无怨无悔，执着而坚定。肖振宇就是这样。

采访中，肖振宇展示了他的三个笔记本。这上面记的不是什么大案要案，也不是什么励志的豪言壮语，而是一条条或特殊或普通的信息，有的甚至扑朔迷离，不着边际。不清楚的人物描绘、残缺照片，模糊不清的方言、地名、电话、人物关系，有的是道听途说，有的是时光远去后当事人或周围人的模糊记忆，多数是被拐或者失踪数十年的案例，提供的信息非常模糊，时间长，地域跨度大，仅靠大数据支撑远远不够，寻亲难度极大。这零碎的信息说不上有用没用，但是这每一页每一个线索背后，都有一个望眼欲穿、期盼找到亲人的悲怆故事；这每一字每一行，都如一个深深的足迹，印刻着他为了寻找失踪人员而踏遍的万水千山，风雨路程。

肖振宇凭着专业眼光和平时工作中积累的经验，总结和整理着各地的方言特点、地貌特征、特殊风俗、亲人称呼、家乡特产等，日积月累为寻亲提供了更多可行的突破口。

有一年，被拐二十一年的茶某某慕名求助肖振宇帮助寻找家人。

茶某某十六岁时被骗离家，因不识字，发音也不准确，提供的信息极其有限，寻亲一度陷入僵局。在深入交谈中，肖振宇得知她的家乡盛产芒果、茶叶和白糖，根据地方特产这一关键线索和以往寻亲经验，肖振宇最终将寻亲范围锁定在 L 省。他把茶某某说的家乡话录音，带到当地找不同民族的代表辨别茶某某说的家乡话，反复听，反复辨别，又对这一区域茶姓居民信息进行逐一排查和梳理，最终在当地志愿者、热心人共同努力下，找到了茶某某的家人。6 月 3 日，在 N 市某村，当肖振宇拿出照片让茶某某辨认时，她一眼就认出了自己的亲人。

由于茶某某没有身份证，无法买车票，为了让她尽快和家人团圆，在各级组织的协调下，肖振宇亲自将茶某某送回老家。

6 月 13 日一大早，茶某某带着收拾好的行李和肖振宇、王莉一起，坐上回家的高铁。一路上，激动得一夜未眠的茶某某毫无倦意，兴奋地向两位民警描绘她梦中家乡的模样。6 月 13 日晚上 8 时许，列车抵达 L 省，终于踏上家乡土地的茶某某更加激动。为了舒缓茶某某的情绪，吃饭时，肖振宇特意为她点了她在列车上念叨个不停的母亲做的家乡菜。“烤豆腐、腊肉、烧豆腐渣、凉粉、凉拌芒果……”家乡的土地，家乡的空气，家乡的味道，茶某某情不自禁激动得泪流满面。

由于茶某某没有身份证，买车票都很困难，从河南到 L 省，转车换车，沟通、协调难度难以想象。肖振宇他们克服种种困难，6 月 14 日，列车终于到达 L 省。

从 L 省省城到茶某某的家约有 1200 公里，肖振宇他们想找个出租车，司机一听说茶某某的家在大山深处，一查，海拔有 3000 多米，山高路险，又靠近国界，过去是茶马古道，也是犯罪分子经常通行的道路，给多少钱死活不去。没有办法，肖振宇通过朋友的朋友，借了一辆车，亲自驾驶，护送归心似箭的茶某某踏上回家的路程。

400 多公里高速，200 多公里山路，一路奔波，到达 P 市时已是晚上10时许，距离老家仅剩100多公里。由于下雨，天黑得比较早，再加上山高路险，一行人疲惫不堪，为安全起见，肖振宇们决定在县里休息一晚。

6月15日一大早，肖振宇与王莉早早起床，带着茶某某直奔L县。由于山路曲折崎岖，一边是大山，一边是万丈悬崖。

当时，L省正处于梅雨季节，雨说下就下。雨中行车，一路颠簸，从临沧到永德不到200公里的路程，险象环生。奔波在九曲十八弯的山路上，时不时有山上滑落的石块、泥土砸在路面上，路边的河水也变得浑浊不堪。为了躲避落石，肖振宇时刻保持高度注意力，眼观六路、耳听八方，小心翼翼地驾驶车辆前行。突然，一股山水从公路上方直冲下来！说时迟那时快，肖振宇一个急刹车，混着砂石的山水从车前直冲而过，惊得车上的三人出了一身冷汗。

经过5小时的跋涉，下午6时许，终于抵达L县城。一路行来，出生在大山里的茶某某因晕车呕吐了好几次。肖振宇和王莉安顿好茶某某后，顾不得劳累，立即联系L县警方。

6月16日上午，在赶往小镇的路上，一辆超车的车辆迎面直冲过来，肖振宇紧急避让，车辆前轮顿时压到了路沿石上，而路边是近百米深的河谷，一车人都吓得惊叫起来。定了定神，肖振宇继续驾车前行。一路行进，可谓风雨兼程，几度惊魂。

在派出所，户籍民警查询得知，茶某某失联多年，其户口早已被注销，但是通过查找档案，找到了茶某某的原始户籍信息。

6月16日下午，家人得知失踪的茶某某回来了，他们简直不敢相信这是真的。

二十一年前，茶某某走失后，她的家人快要急疯了，卖了家里所有值钱的东西去找她。她的母亲哭坏了眼睛，她的父亲因找不到她而经常酗酒，她的哥哥为找她外出打工失去了三根手指。二十一年过去了，一家人终于团聚了！

为了迎接茶某某回家，感谢南阳民警的一路护送，茶某某的家人拿出家里迎接贵客的腊肉，杀鸡宰鹅，邀请亲朋好友欢聚一堂，分享这一幸福时刻。

离开村子时，茶某某的家人紧紧拉着肖振宇和王莉的手，与乡亲们一路送到村口，车子已经开出几百米远了，他们依然站在村口，在落日的余晖中频频挥手，向远去的南阳民警致意。

几年前中秋节前夕，肖振宇接到了一个来自 G 省的求助，该县六个兄弟要寻找他们被拐失踪三十年的母亲郭某某。面对群众的期盼，肖振宇经过连续四个昼夜的研判分析，对上万条数据排查比对，终于在中秋节的前一天找到了三十年前被拐卖到 H 省的郭某某，让母子七人在中秋节团聚。2021 年 9 月 6 日，老人带着母子团圆的满足与眷恋遗憾地离开人世，弥留之际口中还念念不忘“肖警官、肖警官”。

H 省七十六岁的余某通过家人向工作室求助，希望帮助寻找失踪二十七年的女儿余某某。

这个从小没上过一天学、尚未成年的余某某跟随亲戚到南方打工，后来失踪。二十七年来，女儿的失踪一直是家人心里挥之不去的痛，母亲为此哭坏了眼睛，他们甚至想到女儿可能已经不在人世了。

肖振宇根据余家提供的三十年前的一张全家福，从数以万计的数据信息中来回比对寻找。一个个疑似，又一个个不是，肖振宇盯着屏幕，半年的比对寻找，硬是从茫茫人海中，在 D 省某山村找到了高度疑似人员黄某某。黄某某现在只会讲当地方言，与之沟通不畅，核实工作曾停滞不前、陷入僵局。为了能够尽快确认身份，并让余家能够尽早见到女儿，肖振宇和同事们两次前往D省，在充分确认后，当年10月，肖振宇随同央视《今日说法》栏目记者再次踏上了南下寻人之旅。两千多公里的行程，山路狭窄陡峭，两天两夜才赶到了大山深处的该山村，最终把黄某某接了出来。

10月14日，是我国传统节日重阳节，余某某终于踏上了回家认亲之旅。余某某的父母见到了被拐二十多年的女儿，收到了重阳节骨肉团圆这份最美好的礼物！多家媒体对认亲现场进行了直播，收看的人泪水不断，唏嘘不已。一个寻亲故事，牵动无数人的情感，在社会上引起巨大反响。

…………

肖振宇给笔者讲述了他们第一次解救余某某回H省的故事。

2021年秋，经过了前期千辛万苦的寻查、追踪，采集的生物物证已被专业机构DNA鉴定，被寻失踪人余某某其他身份因素也确认比对成功，在确认无误的情况下，决定去解救。当时已经是9月份，马上就要中秋节了，余某某的父母已经是七十多岁的人了，急切盼望见到女儿。肖振宇的心情其实和他们的心情一样，也希望能够尽早完成老人的心愿。于是肖振宇和另一名干警决定前往广东接余某某回家。

路上很不顺利，两千多公里的路程，从南阳到Z市，再到G市，火车、高铁、汽车，不断地换乘。到G省H市正好遇到台风。出租车司机一听地址就直摇头，最后好说歹说，师傅才同意拉他们去。那是处于G省与Z省交界的大山深处，山高路险，地质条件非常差，台风一吹，大雨哗哗。山路险而窄，大概仅能通过一辆车。途中，在一个地方，他们租的车刚走过去不久，就听见后边“轰隆”一声巨响，当时他们也很惊怵，出租车司机也不知道是什么声音。后来到了山上，村民们说，那是上午山塌（山体滑坡）了，你们命大，每年台风时总有人死伤的。几十公里的山路，肖振宇和同事是早上出发的，一路颠簸，中午时分才到达余某某家。她家就在离山顶不远的地方。

到了余某某家，接人更是艰难。他们与余某某的沟通并不顺利，主要原因是几十年来找人信息混杂，真假难辨，每次寻人不成功，余某某的家庭就要来一次地震，余某某挨打挨骂不说，有时还限制她的自由。余某某已是几个孩子的母亲，也几乎成了地地道道的当地人，已不会说老家话了。当真的解救来临时，余某某觉得好事来得太突然了，她不相信。她怀疑肖振宇发给她的父母照片和视频是假的，怕再上当受骗。虽然对警察有所敬畏，曾经的老乡口音也依稀让她有些亲切感，但她仍然顾虑重重，加上语言上的障碍，她回家的心情有所起伏。毕竟离家的时间太久了，又封闭于大山深处，余某某已安于现状了。

她的犹豫暧昧态度，决定了她“丈夫”和村民的态度。霎时气氛紧张起来。“这不是你们要找的人，她老家也不是 H 省的。你们快走吧，不然，把你们当坏人抓起来！”说着说着村民们就围了上来。

肖振宇举着证件要接余某某走，余某某的“丈夫”和村民不但不让，还说他们是假警察，是骗子。肖振宇和同事一次次让当地警方和村民通话，可余某某就是不敢上车。余某某的“丈夫”和村民们把肖振宇他俩围在院子中间，你一言我一语说着听不懂的方言进行辱骂。从上午到下午，四五个钟头，不让坐，也不给水喝，八九月份的南方天气，热燥燥的，肖振宇解释得喉咙都要哑了。眼看天快要黑了，过夜是非多。肖振宇和同事交换了一下眼色，同事灵机一动，打了一个假电话，铃声一响，肖振宇大声说：“喂，同志，你好！你们来了，好，我们下去接你们。”啪一声合上手机，立马告诉村民们说：“为了验证我们的身份，我们让派出所的人来了，现在人到了，让我们去接一下。”

村民们半信半疑，在他们稍有放松的包围中，肖振宇和同事强力挣脱，冲了出去。在村民们跟踪人数减少、走路放慢时，他俩突然疾速向山下跑去。怕村民堵截，他们不敢稍有停歇，跌倒了爬起来，滚到沟里爬上来，快到出山路口时，振宇连鞋子都跑掉了，滚了一身泥，光着脚在山石泥淖里奔跑，半夜到乡里旅馆，脚板都打泡磨烂了，鲜血直流。

第一次接人失败。

回到南阳后，肖振宇和同事及时总结解救失败的原因：一是思想麻痹，准备不足；二是和余某某及当地警方沟通不到位，没有得到当地政府公安部门的强力支持；三是当地派出所人员少，又囿于当地环境的关系，完全配合很困难。为了第二次解救成功，他们向局里汇报，同时联系了央视媒体。在上级公安部门的协调下，10 月 12 日，他们再次出发，于 14 日把余某某接了出来，才有了重阳节余某某跨省回到 H 省和父母团圆的感人故事。

肖振宇告诉笔者，他会一直坚持做好公益寻亲工作，这里不仅有警察的使命，更有正义和良知。

“在公益寻亲的道路上，我只希望岁月静好，家家平安幸福，团团圆圆。”肖振宇真诚地说。

寻亲工作做得越多，影响力越大，南阳市公安局“肖振宇寻亲工作室”这块牌子越响亮，肖振宇就越觉得自己肩上的责任重大，因为，他肩挑的，已不仅仅是自己；他代表的，也不仅仅是自己。那是南阳警察的形象，那是人民公安为人民的形象，更是一名共产党员的形象。

痛并快乐着

寻亲成功、家人团聚让人喜悦相拥，但不是每次成功都皆大欢喜。

多年前，肖振宇通过志愿者获悉，张梅（化名）十四五岁时被人从 X 省拐卖到了 H 省，先后经历了几次转卖，不幸的经历，使她愈发想念家乡和父母。但是，家在哪里？回家的日子遥遥无期。

肖振宇决心帮张梅找到她的家，但这一切并不是一帆风顺的。坎坷的生活经历和多次的被欺骗，使得张梅对任何人都不信任。志愿者和肖振宇费尽周折，耐心沟通，用实际行动温暖感动张梅。几个月时间，终于解开了张梅的心结，他们进一步了解知道：张梅的父亲是一名铁匠，20 世纪 80 年代带着全家从 H 省迁到 X 省，居住在 B 县，家中还有母亲、妹妹。

根据这些有限的信息和张梅提供的父母名字，肖振宇把那个年代从 H 省迁往 X 省有线索人的信息调出来逐个进行分析比对，大海捞针般地寻访、排查、甄别，经过长达近一年的搜寻，最终一个疑似张梅父亲的信息出现了。经了解，这家二十多年前确实丢过一个女儿，母亲在女儿丢失后带着遗憾离世。这位老人很可能就是张梅的父亲。为了稳妥起见，志愿者们为双方进行 DNA 比对，结果显示符合单亲关系。得到结果后，肖振宇让 X 省的志愿者赶快把结果告知这位父亲。但遗憾的是，就在 DNA 结果出来的前一天，这位父亲去世了。二十多年生死两茫茫，一家人即将团聚，却偏偏晚了一天，让张梅的父亲永远带着遗憾和自责离开了人世。

“如果我能早一点确认信息，哪怕是早一天，这对父女也许还能见上一面。”这件事让肖振宇始终难以释怀。

肖振宇说，这样充满遗憾的寻亲经历他已经遇到过多次。G 省的朱某某三兄弟，在他们懵懂的年岁，母亲王某被人拐卖到了 A 省。他们长大后，多年寻找母亲却始终无果。无奈之下他们找到了肖振宇。此时，距离王某被拐卖已经过去了二十八年。

肖振宇费尽周折耗费半年时间，最终确定朱某某三兄弟的母亲王某被拐卖到了 A 省，正要联系见面时，经当地警方确认得知，王某已于多年前去世。肖振宇回忆，当他把这一结果告诉朱某某三兄弟时，三兄弟哭得撕心裂肺，他也暗自落泪。

这些留有遗憾的寻亲故事，让肖振宇深刻理解时光对有限生命的残酷无情，更感到寻亲路上争分夺秒的现实意义。

寻人救人中，这样的“找到了，人已去”的遗憾痛心故事还有很多……

更让人难以忍受的是有些被解救人的心态和行为。

为了寻找和解救一个人，前期的大量艰苦工作就不说了。等到解救时刻，不但家人、村庄邻居不配合，甚至一些基层干部也地方保护，当事人更因种种原因，有时很迫切，有时又变卦，拒不配合。去解救的公安人员遭人围堵，解救人员的东西被扣留，甚至推搡摩擦。抛石子、扔棍子的现象时有发生，更有不懂法的老头、老太太躺在营救车前不让走，恶狠狠地威胁：“人不能带走！要想带走，就从我们的身上轧过去。”还追赶着他们谩骂。有一次在贵州大山里解救一位妇女，由于解救心切，事前一些困难没有考虑周全，尤其是深山信号差，通信不畅通，当地村干部躲避不配合，肖振宇他们被围困在一个山脚下的草丛中。正值酷暑，几小时的烈日暴晒和蚊虫叮咬，肖振宇和同事、司机三人脸上、胳膊上都起了大疙瘩、大血包，又渴又饿，几乎要休克。有当地善良明理的人不忍心，偷偷告诉乡里，当地增派的民警赶来，他们才得以被“解救”。

汗水浸着抓烂红肿的部位，奇痒疼痛，撕心裂肺，可以说，生不如死。

“有时想想，心都碎了。”肖振宇无奈惆怅地摇着头说。但这毕竟是极少数，解救大都还是顺利成功的。

“苦不苦，苦！累不累，累！可看到失亲失散家庭那渴盼求助的眼神，那多年千里万里寻不到亲人的绝望无助表情，我就忍不住了。人心都是肉长的，谁没有骨肉亲情，生死别离……”说到这些，标准个头、帅气英俊的肖振宇眼睛湿润了。

“人心自有公道。你对百姓一分好，百姓待你百倍热。在一个个寻亲成功案例下，党和人民给了我很高的荣誉，值，值了。”肖振宇坚定地说。

在公益寻亲的路上，肖振宇遇到过很多困难和委屈。“但一看到失散家庭那渴盼求助的眼神，那绝望无助的表情，到寻找到认亲团圆相拥而泣悲喜交加的场面，我的所有委屈瞬间都消失了。”

鲜花和掌声，责任和爱心，使肖振宇把下班时间、换班时间、节假日时间全都利用起来帮助他人寻亲，就连生病住院也不停止。

2020 年 6 月底，肖振宇反复感冒咳嗽，因为寻亲案例线索密集，不想耽误时间，没有引起足够重视，一拖再拖，结果病情越来越严重，直至呼吸道、肺部感染发炎，病倒在办公室里。

在医院治疗的二十多天里，病情好转一点，肖振宇就把笔记本电脑带到病床上，查寻信息，晚上不输液的时候偷偷跑回办公室，加班加点研判寻人信息，以致患上眼疾，一看电脑眼就流泪，到现在还没治愈。可就在住院这二十多天里，南阳市民张某在肖振宇的帮助下，来到新野县沙堰镇见到了离散三十五年的母亲李某；宛城区溧河乡七十岁的老太太杜某某在肖振宇的帮助下，为孙子何某某找到了失散二十一年的母亲；方城女子王某某在肖振宇工作室工作人员的陪同下奔波360公里，来到河南开封兰考县，找到走失十五年的姐姐……

救人救心

找人难，找回人心更难，救人还要救心。

公益寻亲这些年，肖振宇遇到了各种各样的求助，对于那些明知家在哪儿，却不愿意回家的失联人员来说，他深切感受到，“救人要救心”，不仅要帮助找到人，还要帮助他们找回失却的“心”。他觉得，找人是一方面，另一方面也要让他们真正地回归家庭、回归社会，从根源上解决问题，做好为人民服务的“最后一公里”。

肖振宇自己购买了心理学书籍，利用业余时间进行自学，尝试通过心理疏导来“救心”。为了促成少时离家出走的陈某和他家人团圆，肖振宇花了整整一年时间。

几年前的11月，肖振宇接到X省一位耄耋老人的求助。他的小儿子陈某初中毕业后，因与母亲赌气离家，一走二十余年无音讯。这期间大儿子因病去世，父亲疾病缠身，老两口没有一天不在想念自己的小儿子。

为人父母，肖振宇深知孩子对于父母，对于老人意味着什么。接到求助后，肖振宇一有空就坐在电脑信息台上分析研判。功夫不负有心人，在北京以打零工为生的陈某还真被他在各种关系和信息中找到了。这个时候，肖振宇只用将陈某的电话告诉给他的父母就行了，可是肖振宇通过沟通得知，陈某离家这些年在外日子过得并不好，靠下苦力谋生，对父母的怨气还不能释怀，他明确告诉肖振宇拒绝回家。

肖振宇试图从交谈中打开陈某的心结。可是两人加了微信后，对于肖振宇的话题，陈某总是好几天回一次，要么就是一个字也不回。知道陈某当年是因为父母偏爱哥哥才一气之下离家出走的，肖振宇就把陈某离家后家中发生的变故，以及父母多年来在内疚和自责中度过的情况告诉陈某。在陈某思想感情发生波动时，趁着去北京出差的机会，他带着南阳的土特产去看望陈某，陈某却避而不见。

知道陈某性格孤僻，肖振宇尽量不让陈某对他产生敌意。时间久了，陈某开始主动与肖振宇沟通，而此时，肖振宇甘当一名忠实的倾听者，希望在倾听中帮助陈某解开心结。不仅如此，肖振宇还找了心理专家，以自己同学的身份介绍给陈某，共同治疗陈某内心的创伤。

经过大量的心理疏导和细微的感情交流，推心换心，2020 年 10 月 16 日，陈某在肖振宇的鼓励支持下，终于回到阔别十七年的家，和父母相拥而泣。多少年的离别孤独，多少年的望子渴盼，终于像天山的雪水，化开了一家人的感情恩怨，陈某重新成为家庭一员，和父母一起享受着天伦之乐。

几年来，通过心理疏导帮扶，肖振宇让 197 名被拐或长期失踪青少年成功回归家庭，回归社会，成为遵纪守法、自强自立的人。

大爱无疆

爱是没有国度的。大爱无疆，寻亲也无疆。

随着肖振宇打拐寻亲力度的加大和成功案例的传播，找他的人越来越多，提供的信息也越来越多，肖振宇成了亲人失离家庭的“寻亲专家”和“救星”。面对大量涌来的寻亲信息，和求助人那一双双期盼的眼神，肖振宇把加班熬夜当成了工作常态。如何快速地寻找和核查，帮助寻亲人早日团圆回家？在南阳市公安局党委的大力支持下，“肖振宇寻亲工作室”和拥有300多万粉丝的“平安南阳”微警局深度融合，线上线下，手机“指间寻亲”，为求助人提供更加便捷的服务。这一举措不仅让全国各地群众有了一个快捷寻亲的平台，连国外一些求助者也通过这个平台寻找国内的亲人。

2021年3月12日，越南女孩陈某某跨国求助肖振宇工作室，希望帮她寻找失踪二十五年的父母。肖振宇先是经过四小时的工作，迅速找到她的父亲，又经过连续二十五天不间断工作，成功在中越边境小镇找到了她长期流落在外的母亲。4月5日，陈某某在给肖振宇的感谢信中说：“感恩你们，中国警察！中国永远在我心中！”

美籍华人吴平（化名），求助肖振宇工作室。原来，七十多年前，吴平的母亲生下吴平的哥哥后离异，远居美国。母亲临终前嘱托吴平要找到哥哥。根据吴平提供的信息，肖振宇经过大量工作，在H省找到了吴平的哥哥，并消除了双方的误会，促成了兄妹二人相认。为此，吴平写信致谢，感谢南阳公安民警帮她圆梦，称赞国内警察科技一流，服务一流，人民至上……

2021 年 8 月，肖振宇接到中央电视台《等着我》栏目的求助，希望为 20 世纪六七十年代我国援建巴基斯坦时在巴方牺牲的烈士找家。由于在国外，援建部队又是选择组合，烈士名单提供的内容很有限，有的烈士只有名字和牺牲年代。

帮助寻找烈士家人，对肖振宇来说是一个全新的挑战。但帮助烈士“回家”，对他来说不仅是光荣的使命，更是他开展公益寻亲时的初心。

但跨国寻亲，语言交流、寻找途径和查找线索难度更大。肖振宇查找资料，走访民政部门、统战部门、侨务部门、友好协会，最后与中巴文化交流协会联系上，才找到为烈士寻家寻亲途径。

经过中巴文化交流协会一年多的资料查询、实地走访，通过墓园寻找和健在战友及家人的回忆，最后，96 名烈士逐一定位找到。

河南省濮阳县的周铁良就是 96 名魂归故里的烈士中的一位。周铁良的女儿周军花知道父亲是援巴烈士，却不知道自己的父亲葬在何处。她听母亲说，自己刚出生，父亲就前往巴基斯坦参加援建了。之后，再得到父亲消息时，他已光荣牺牲。

周铁良是名军医，他留给家里仅有的遗物是一个听诊器，这个听诊器至今还被周军花细心地珍藏着。想念父亲的时候，她就把这个听诊器拿出来小心地擦拭。母亲带着她生活，一直没有改嫁，十多年前，母亲带着对父亲的思念离世了。2021 年 12 月，在央视《等着我》录制现场，周军花带着父亲留给她的听诊器，泪流满面地见到了父亲生前的战友。目前，经肖振宇与中巴文化交流协会协调，待疫情好转后，周军花将赴巴基斯坦为父亲扫墓。

1948 年，中国人民解放军西北野战军副团长段定玉和另外 4 名无名烈士在宛东战役中牺牲后，被社旗县张其浩村的村民们埋葬。多年来，村民们不但为烈士守墓，还一直在帮烈士寻亲，但始终没有进展。

2021 年 6 月，他们求助到了肖振宇寻亲工作室，希望找到副团长段定玉的家人。肖振宇经过一个多月的工作，对 60 多个村庄和 100 多人进行摸排调查，查阅分析了大量的互联网信息、史志、地方志、姓氏家谱，再进行实地走访、电话核实，最终在山西省娄烦县静游镇峰岭底村找到了段定玉烈士的后人。

肖振宇回想起为烈士寻亲的过程，饱含深情地说："革命先烈为祖国解放和强大做出了巨大贡献，他们用生命换来了我们今天的美好生活。为烈士寻亲至少能让烈士的后人知道烈士忠骨葬在哪里。"虽然因烈士信息不全、牺牲年代久远、行政区划调整等原因，帮助烈士魂归故里工作难度极大，但经过肖振宇的不懈努力，已经成功为 96 名烈士找到了家人。有的烈士遗骨遗物将回归故里。那时，周围没有了战争的硝烟，有的，只是鲜花绿地，白云和阳光。烈士的英魂，将如星光，点亮一代代人生命的远方。

肖振宇，以个人情怀、社会之力，把忠诚大爱雕刻在为人民服务的党徽金盾上，托举起一个个破碎家庭团圆的希望，人民警察为人民的庄严承诺，变成了江河大地，万家团圆。

为爱坚守

天下的路有千万条，有阳光大道，也有独木桥。

为爱坚守，铺人民需要的路，是肖振宇的愿望。

肖振宇从警二十年来，从小事做起，始终严格遵守各项廉政纪律和规章制度，做到无私奉献、清正廉洁。义务寻亲的他，在线索人物对象完全确定之前，都是自费出行，自己的车，自己的钱物。

做一件事并不难，但一件件的事累积起来就让人惊叹！小账不敢细算，肖振宇并没有记录，但我们粗略估算一下，一年下来，也得万儿八千，这花的可是肖振宇的个人工资啊。亲人朋友不解，妻子也和他闹过别扭，问振宇：

“寻人经费不足，你为啥要自己垫钱赔物？又不是谁逼着你非得干？有经费了做，没经费了不做。中国这么大，天下的事，你能管得完吗？”

肖振宇并不这么想。寻人过程中，在线索、案情确立之前，制度是有规定的。自己虽花了一些小钱，但对案件确立是极其有用的。况且，一点小钱对自己家庭的影响也不大。自己没有不良嗜好，不抽烟不打牌，而做公益，本身就是不计报酬。

人心都是互敬互助互相感召的。寻亲成功的家庭中，也有很多家庭条件相当优裕，想通过各种途径重金感谢，但都被振宇婉言拒绝了。他的心中只有一个信念：是党员，是警察，就应该全心全意为人民服务，走阳光大道，让人民信得过。绝不能拿群众一针一线。群众的喜悦和幸福，便是他工作的动力和目标。

十六年前，S省罗萍（化名）的女儿刘某某外出打工被人拐卖，之后他们全家踏上了艰难的寻亲之路。2021年2月，在肖振宇的帮助下，他们成功找到了离别十六年的女儿。罗萍夫妇多次要求通过手机微信或银行转账给肖振宇5万元，但都被他直接拒绝了。

一天清晨，肖振宇无意中翻看到有人微信给他转款，他悄悄翻了过去，待24小时后，钱被退了回去。肖振宇微信回复道："感谢你们的好意，我心领了，作为一名为大家服务的警察，这是我应该做的。我们已经是朋友了，请理解。"

3月28日，罗萍一家驱车千里来到南阳，为肖振宇送来一面锦旗。她说："肖警官，十六年来，为了寻找女儿我们付出了太多，是你让我们找到了女儿，你就是我们家的恩人啊！给钱您不要，这面锦旗可一定得收下，表达一下我们的永远感激之情啊！"并一定要请振宇吃个饭。推托不过，肖振宇就请他们到邻近一家烩面馆，点了几个南阳特色菜。还没等结束，振宇已悄悄结了账。一家人再一次感慨唏嘘。

几年来，多少次婉拒寻亲者的热情答谢和感恩，肖振宇已经记不清了，但是，他办公室满满三柜子数百面锦旗上洋溢着感激之情的赞誉，足以说明了一切。

如今，肖振宇的寻亲工作就像滚雪球一样，影响范围越来越大，肖振宇被评为"全国公安系统二级英模"，成了著名的打拐普法宣教讲师。到2022年1月，肖振宇英模事迹报告已达60余场，观众10万余人，涉及高校、政府部门、政法系统、企事业单位等；已20多次登上央视节目，并被新华社、《人民日报》、《人民公安报》、《河南日报》等主流媒体广泛传播，使全国人民乃至世界华人深深感受到人民公安为人民的如磐初心和铁肩担当。

在肖振宇寻亲故事和先进事迹的感召下，他身边的同事和朋友、社会爱心人士也纷纷参与到社会公益活动中。

2021 年 9 月 15 日，南阳街头出现了两辆贴满照片的车，走过的人都要驻足留意一眼。这些照片是全国各地失踪儿童的照片。两辆车的主人分别是洛阳的马水峰和江苏常州的王力，与他们同行的还有兰考的高攀。三人是公益寻亲路上志同道合的伙伴，这次来南阳，他们除了进行全民打拐宣传，还有一个任务就是代表寻亲微信群里几百个离散家庭，感谢他们心目中的“英雄”——肖振宇。

马水峰是一名生意人，也是一名热心公益的人，喜欢自驾游的他购买了一辆房车。最初关注失踪儿童家庭，是因为偶像刘德华主演的《失孤》这部电影。那段时间，他在网上收集了很多失踪儿童的信息，并联系到了其家长，开始关注他们的动态。

马水峰说：“很多失踪儿童家庭，为了找孩子倾尽所有。最初我的想法就是驾车出游时，告诉他们一声，如果有需要，可以免费捎带他们一程，路上给他们提供食宿，不至于让他们那么辛苦。”马水峰说，直到 2019 年，他自驾游前往西藏，在川藏北线上一段堵车路段，他看到一对衣着破旧的夫妻蹲在川藏线边，衣服的前后印满了孩子的照片。这对夫妻没有交通工具，吃的是凉馒头，喝的是冰川上流下来的水，这一幕让马水峰非常心酸。他突然想到，自己自驾游要去很多城市，何不把这些失踪儿童的信息贴到车上？走到哪里都能被人看到，说不定能帮这些家庭早日团圆。

从那一年开始，马水峰的车身就变了样，他把收集到的失散儿童信息整理好，请专业的公司贴到车上，走到哪里就宣传到哪里。

这一方法果然见效，两年间，他的车走到哪里都会受到关注，通过大家微信朋友圈的转发，已有两个家庭成功找到孩子。现在，马水峰房车上张贴的孩子信息已经超过 230 个。好友王力刚刚退休，也加入了马水峰的公益寻亲之旅，他的厢式货车上贴了 300 多个失踪儿童信息。

“我很早就从新闻上关注到肖振宇，我两年多才帮助两个家庭找到孩子，肖警官帮助团圆的家庭一千多个，他太了不起了，我们都称他为‘肖英雄’。”提起肖振宇，马水峰夸个不停。

“我们车上贴的这些失踪孩子的信息，都在南阳微警局和肖振宇寻亲平台上登记过。经肖警官协助，目前我认识的有 9 个家庭已实现团圆。肖警官寻亲成功的信息我也发布到我们群里，大家看了都很激动，都希望有一天找到自己的孩子，现在群里无人不知肖振宇。”马水峰说。

这次，马水峰他们公益寻亲群里的家长们听说马水峰来南阳宣传全民打拐，大家都委托他一定要见一见肖振宇，代表失踪儿童家庭表达感谢。

好人相惜，公益路上携手同行。两辆贴满照片的爱心寻亲车，满载着义务寻亲的爱心和助力失亲家庭团圆的梦想，在街头路上成了一道播洒爱的风景线。

如今，从事爱心公益事业的人在南阳像滚雪球一样，越来越多，队伍越来越大。“南阳好人”“道德模范”“时代楷模”等耀眼的荣誉，已成为南阳迈向河南省副中心城市建设中一张靓丽名片。“南阳微警局”“肖振宇寻亲工作室”更是成为全国寻亲服务的“热搜”，寻亲团圆温暖的港湾。

民警肖振宇，为爱坚守，为爱圆梦，信念坚定；历经千难万险，九死而不悔。

他，就是时代大潮中有英雄情怀和大爱的人。

后记

为人民大众而书写

五月榴花照眼明，枝间时见子初成。在遍地金黄、万物葳蕤的五月里，南阳十位作家历时五个月的时光，为南阳不同行业的十位时代英模书写的十篇报告文学顺利完稿。这是南阳作家向英模们的致敬，也是对习总书记要作家“为人民大众而书写”的践行。

2021 年春天，我想为纪念建党一百周年写篇作品，打算采访几位农村党支部书记，便联系了南阳市委组织部分管基层组织建设的副部长李恒德。他一听很有兴致，一口气给我推荐了十几个先进党支部和优秀村支书，还给我送来了厚厚一沓子材料。排在第一名的便是被称为“新时代桐柏英雄”的桐柏县付楼村党支部书记李健。他是因公断了一支胳膊的残疾人，却带领全村群众脱贫致富走上小康路。适逢《小说选刊》组织作家采风南阳扶贫先进分子，我就先去采访了这位村支书。后因长期写作颈肩疼痛，采访不能继续下去，便搁置下来。到了 10 月份，青年作家水兵约我联合采写“独臂支书”李健，并拟好了题目《英雄归来》，我欣然答应。后来南阳市委宣传部觉得这个选题好，就将这个选题上报河南省委宣传部，受到省委宣传部的重视，被定为“河南省2021年度重点文艺项目”予以扶持。但觉得写一个村支书，不足以撑得起这个“重点项目”，况且李健已是这一代村支部书记的优秀代表和缩影，各个方面的宣传报道已不少。这些年，我亲历了党的十八大以来，人们竞相在新征程上建功立业，尤其是近年来南阳各级党组织通过强化基层组织建设，实施全域党建、“支部书记大比武”、党员“三亮三评”等活动，各行各业涌现出了许许多多的优秀共产党员和先进模范人物，形成了一个英模群体。便想，何不放开眼界，全方位地展示南阳英模群体形象？特别是习近平总书记视察南阳之后，南阳群情高涨，精神面貌大振。作家也应该用手中的笔把这些宝贵的东西书写出来。这一想法得到了南阳市委常委、组织部部长李永的肯定和支持，副部长李恒德同志与组织科的同志通过严格遴选，提出了十位作家写十名英模人物的设想，十名英模实际也是十名优秀共产党员的代表。这个名单报经南阳市委书记朱是西批示同意后，便组织作家“联合舰队”，迅速于2022年1月24日启动，进行“一对一”的采访活动。写作队伍中有年逾古稀的老作家，富有激情和创作成绩的中青年作家。大家春节没休息就投入了工作，多次采访，反复修改稿子。为了提高作品质量，将之打造成向党的二十大献礼的精品，市委组织部领导和市委宣传部文艺科的同志还多次组织作家和采写对象在一起交流讨论，相互学习，弥补不足。在采访写作过程中，市委组织部李恒德、杨仁权和市作协副主席兼秘书长水兵等同志还积极为作家解决具体问题，创造良好的采写条件和环境。终于，在纪念毛泽东同志《在延安文艺座谈会上的讲话》八十周年和党的二十大将要召开的日子里，完成了十篇报告文学结集的创作任务。

我出版过多部作品，有很多感受，觉得这部作品的出版与过去出版作品不同。这部作品从一开始写作便得到了河南文艺出版社的支持。作家与编辑渠道畅通，同频共振，编辑和总编同步跟进，作家写作的进度及时传报出版社及出版集团和省委、市委宣传部门，达到了非常良好的效果。

江山有胜景，时代有楷模。一个伟大的民族有伟大的英雄，一个优秀的党有优秀的代表。十位英模是十面旗帜，是十棵大树聚成的森林。他们都是平凡的人，身处平凡的工作岗位，所做的也大多是平凡的事迹，但他们的精神是闪光的，是时代宝贵的精神财富。

在这部书即将付梓出版之际，我代表参与写作的全体作家向省委宣传部、中原出版传媒集团、河南文艺出版社及南阳市委组织部、市委宣传部文艺科、南阳日报社及写作对象所在单位给予的大力支持表示感谢！特别是对河南省委原书记的徐光春老领导和当代著名作家、中国报告文学学会会长徐剑老师在百忙中不辞辛劳，不吝笔墨为本书作序表示衷心的感谢和敬意！

李天岑

2022 年 5 月 27 日